U0472925

阳羡茶记

宜兴市茶文化促进会 编著

上海文艺出版社

图书在版编目（CIP）数据

阳羡茶记 / 宜兴市茶文化促进会编著. —上海：
上海文艺出版社，2024
　ISBN 978-7-5321-9002-7

Ⅰ.①阳… Ⅱ.①宜… Ⅲ.①随笔—作品集—中国—
当代 Ⅳ.① I267.1
中国国家版本馆CIP数据核字（2024）第060415号

责任编辑　毛静彦
特约编辑　长　岛
封面题字　章剑华
封面设计　马海云

阳羡茶记
宜兴市茶文化促进会　编著
上海世纪出版集团　上海文艺出版社
上海市闵行区号景路159弄A座2楼　201101
上海文艺出版社发行中心发行
上海市闵行区号景路159弄A座2楼206室　201101　www.ewen.co
苏州市越洋印刷有限公司印刷
开本 787×1092　1/16　印张 17.75　插页 2　字数 248,000
2024年4月第1版　2024年4月第1次印刷
ISBN 978-7-5321-9002-7/I·7089　定价：88.00元

告读者　如发现本书有质量问题请与印刷厂质量科联系
T：0512-68180638

编委会

顾 问

章剑华　周　峰

主 任

杨亚君

副主任

王敖盘　钱胜华　曹建平

委 员

杨亚君　王敖盘　钱胜华　曹建平　潘　峰
万年青　朱朝辉　徐永辉　史俊棠　范双喜
宗伟方　徐建陶　裴秋秋

主 编

范双喜

执行主编

裴秋秋

编 务

吴淑琴　王　滢　赵文华

天子须尝阳羡茶
百草不敢先开花

——唐·卢仝

序

宜兴，古称"阳羡"。茶是宜兴的优势产业，也是宜兴独特的文化名片。作为中国茶文化中的一颗璀璨明珠，阳羡茶更是以其独具的品质和深厚的文化内涵，赢得了人们的喜爱和广泛赞誉。

宜兴四季分明，气候温润，土壤肥沃，是天下茶人的灵秀福地。阳羡茶始于东汉，至唐朝，经茶圣陆羽推荐，阳羡茶被纳为贡茶，上供朝廷，从此声名鹊起。茶仙卢仝对阳羡茶尤为倾心，他写的"天子须尝阳羡茶，百草不敢先开花"诗句，历来成阳羡茶最好的宣传语。至宋朝，苏东坡独喜阳羡雪芽茶，留下了"雪芽我为求阳羡，乳水君应饷惠泉"的咏茶名句。阳羡茶不仅深受皇帝、官宦商贾和文人墨客的喜爱，更是走进了寻常百姓家。

在宜兴这片"茶的绿洲"上，宜兴茶历久弥新，一代又一代宜兴茶人，以茶为立身之本、生命之魂，他们传承了阳羡茶的文化底蕴、创新了阳羡茶的品质内涵、发扬了阳羡茶的品牌效应。目前，宜兴茶园面积、茶叶产量和年产名优茶均居江苏省之首，还荣获了首批"中国名茶之乡"称号；作为宜兴市委市政府倾力打造的茶叶区域公共品牌，"阳羡茶""宜兴红"均已注册为国家地理标志证明商标；在"中茶杯""陆羽杯"等全国各级名优茶评比中，宜兴茶往往名列前茅，赢得了无数荣誉，这是一件很了不起的事情。宜兴不仅做到了以茶文化引领茶产业的发展，以茶产业促进茶文化的繁荣，也使得阳羡茶香飘千里，宜兴茶洲名扬四海。

对茶，我有着一份特殊的感情。我曾跟随父亲的足迹，在宜兴茶区生活工作过很长时间，并按照父亲的意愿将茶叶作为自己奉献终身的事业，我和宜兴茶业有着千丝万缕的联系。因此，宜兴茶文化的繁荣和茶产业的发展，也一直是我非常关注的事情。如今，宜兴阳羡茶能以独特的制茶技艺、卓越的品质和深厚的文化内涵受到大众喜爱，并走出国门，走向世界，吸引越来越多的国内外友人来宜兴品茶、学茶、体验茶文化。这不仅扩大了宜兴城市的美誉度和知名度，促进了宜兴文化旅游业的繁荣，推动了宜兴经济的发展，也使得宜兴阳羡茶成为了中外文化交流的重要桥梁。

"壶抱宜兴红，共饮阳羡茶。"宜兴市茶文化促进会成立九年以来，始终牢记"以茶文化引领茶产业发展，以茶产业促进茶文化繁荣"的宗旨，体现了保护、传承和发展宜兴茶文化的责任和担当。如今，体现宜兴茶文化品牌建设和文化传承的书籍《阳羡茶记》出版了，这是宜兴文化书籍特别是茶文化书籍出版史上的一件大事，可喜可贺。这本名家云集的高品质书籍，不仅是对阳羡茶的赞美，更是对宜兴乃至中国茶文化的传承和弘扬。通过阅读这本书，你将会深入了解阳羡茶的历史地位、人文价值和文化内涵，提高茶文化的素养和审美水平，丰富精神世界。你会发现，品饮阳羡茶不仅仅是一种享受，更是一种修行，是一种对生活的热爱和对品质的追求。让我们一起翻开这本书，走进阳羡茶的世界，感受那份宁静、淡泊与美好。也愿每一位品饮阳羡茶的人，都能在茶香中寻找到心灵的净土，享受生活的温暖，品味生活的真谛。

在宜兴，茶产业既是传统产业，也是优势产业，更是富民产业、绿色产业。发展茶文化和茶产业对建设美丽乡村、推动乡村振兴都具有重大意义。在历史长河中，我们要坚持以茶文化之美为茶产业铸魂，用茶科技之力为茶产业赋能，大力发展"茶经济"，专注写好"茶文章"。我们有理由相信，在未来的日子里，宜兴阳羡茶一定会继续发扬光大，成为世界茶文化中的璀璨明星。

中国茶叶学会原监事长、江苏省茶叶学会名誉理事长

目 录
contents

序 .... 张　定　001

饮茶小史 .... 丁　帆　001
日饮阳羡茶千盏 .... 王彬彬　006
宜兴茶韵 .... 尹汉胤　011
去宜兴喝一壶阳羡茶 .... 毛　健　016
宜兴红茶 .... 叶兆言　020
阳羡茶的春天 .... 叶　辛　023
贾平凹与阳羡茶 .... 史俊棠　029
种茶的感悟 .... 竹　林　032
一念芙蓉心留香 .... 衣丽丽　040
买茶阳羡 .... 孙文涛　043
阳羡百味一盏茶 .... 孙　宽　046
宜兴·阳羡红茶甲天下 .... 李小山　050

醉阳羡	李风宇	053
文夫与茶	李国文	059
父亲引领我走上茶业路	张 定	064
最爱阳羡茶	张焕南	069
初识阳羡茶	张瑞敏	075
阳羡茶品天下名	陈宗懋	079
茶香润心，其味悠长	陈雪芳	082
踏梦茶州	陈锡生	086
宜兴饮茶文化之我见	吴达如	094
回首过往几许情	苏建国	098
早春，我们到宜兴喝茶去	范小青	102
芳香冠世阳羡茶	范双喜	107
茶缘	范培松	116
壶里变迁品幸福	依 禾	121
阳羡茶浸润着口舌与心灵	孟 黎	126
茶的记忆	欧春良	129
苏东坡与阳羡茶	宗伟方	133
鲁迅和宜兴茶	周梦江	139
春天，和陆羽相遇在境会亭	周晓东	142
茶，宜兴人生命的气象	赵 丰	150
忆蜀山	赵丽宏	152
一壶阳羡茶泡出江南诗画	赵李红	159
宜兴茶家乡的味道	赵亮宏	163
和颜悦色阳羡茶	赵峰旻	166
禅意茶缘阳羡品茗	姜尚之	170

不惯今宵向月看	胡晓军	175
我对宜兴茶的新认识	施正东	179
茶醉宜兴君莫笑	海　笑	183
尘外南山坞	竞　舟	188
宜兴茶事史话	徐秀棠	191
与君共尝阳羡茶	谈　伟	196
我所知道的紫砂壶与阳羡茶	凌鼎年	201
阳羡茶的骄傲	钱俏枝	205
永远的阳羡茶	章剑华	209
百岁红的三道茶境	黄咏梅	213
顺势而兴宜兴红	寇　丹	218
宜兴茶在遥远的阿拉斯加飘香	龚亚群	222
中国官焙第一贡——阳羡贡茶	盛畔松	226
故乡的茶	盛　慧	232
家乡和茶的散叶	黑　陶	236
每口茶都是唯一	鲁　敏	242
阳羡红	葛　芳	246
宜园月	储福金	250
给生活加点茶	程启坤	253
乡愁与茶	蒋宪平	256
阳羡茶西游天竺	蒋海珠	260
老屋听雨喝阳羡茶	楼耀福	264
后记	范双喜	267

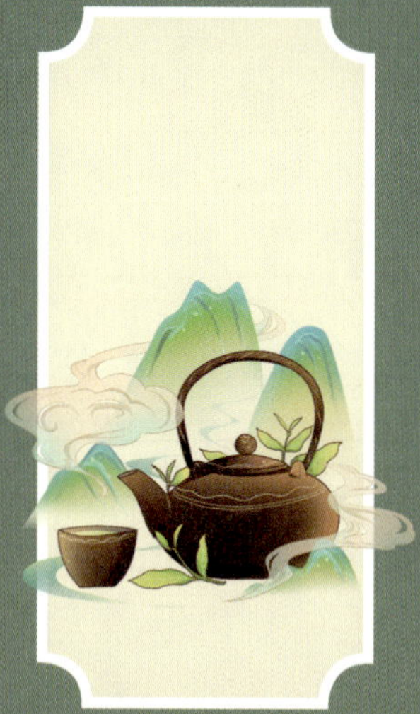

饮茶小史

丁 帆

一壶好茶，两三知己，对茶畅叙，当为人间快事。然而，这样的传统茶文化在 20 世纪的五六十年代却是以资产阶级生活方式被意识形态所唾弃。

20 世纪 50 年代，记得是在我三岁的时候，家住南京山西路申家巷附近的一进老中式公房里。当时父母刚刚享受供给制，其国家干部的特权就是每个孩子都配发一个保姆，吃喝全是公家负担，似乎很是阔绰，其实不然，由于没有自己支配的零花钱，请客吃饭就无法开销，所以父亲的烟酒茶钱就没有来路了，平日里的日子过得很紧巴，没有水果零食和玩具的童年时代直到改成工资制才结束。

忽然有一天祖父从北京来南京定居，从浦口火车站坐着马车拉回来一大堆的箱子和旅行包。我胆怯地躲在门边窥视着祖父洗漱，被祖父瞧见后，便唤我过去，拿出了许多糕点糖果。那是我第一次吃到外国的巧克力，便认定它是世界上最好吃的东西。我偷窥到桌上还有一盒东西始终没有被打开，心想这一定是好吃的东西，爷爷不舍得给我吃。待房内无人时，我便偷偷地打开了盒子，见是一块小砖似的物件，拿起来就啃，满口的苦涩让我直吐口水，漱了好几次口。因此，在我童年的记忆里，茶是苦的！所以远离茶叶。

其实，在我们成长的五六十年代里，一般家庭视喝茶为一件很奢侈的事情，至多弄点茶叶末泡泡。那时饭都吃不饱，肚子里没有油水，怎能经得起茶水刮油呢。直到 1964 年前后，我家才正式恢复了饮茶。记得祖父每天用一把画有寿桃的景德镇制作的大茶壶泡上一壶茶，一直喝到茶色全无才换茶叶。家里的那些清末民初龙凤呈祥的描金盖碗茶盏都搁置在一个大篮子里，显然是不宜用作待客之用的，因为那是资产阶级生活方式的呈现，直到"文化大革命"烈焰燃起时方才成为一地碎片。我们吃的茶叶也就是在国营茶叶店里买来的那种纸袋包装的粗枝大叶的茶叶，因为总是我陪着爷爷上街去买，至今还记得营业员从那些大铁皮桶里拿出各种纸质包装袋上面印着几个等次茶叶时的表情，印戳上分明标着：一等品、二等品、三等品和等外品。我家一般买的是二等品，偶尔也捎带称上个半斤或一斤的一等品，那都是为了家里待客之用，此时营业员的脸上就会浮掠过一丝丝惊讶。如果你能够称上半斤特级品，就怕他会怀疑你的成分了。渐渐地，我便知道了几个品牌的茶叶，自以为龙井茶是最好的，其次是安徽毛峰，再就是六安瓜片。那时对茶叶知识的浅薄皆因南京的市面上品种甚少，也鲜有红茶品种，家家都是吃茶叶店里买来的陈年绿茶，能够吃到汤色碧绿的新茶则是新闻了，这种奢侈的"享受"则是 80 年代的后话了。虽然我也常常负责家里的茶叶采购，但还是对这种苦涩的茶事不感兴趣，倒是一种低级的茶叶末做成的花茶引起了我的兴致，其实那不是在品茶，而是在吮吸茉莉花的香味。后来常常被行家诟病，说这都是北方人不懂品茶的习俗，而我却不以为然，因为这是我饮茶史的起点。

"文化大革命"期间，虽然盖碗没了，但茶壶仍在，于是茶事继续。所用的茶杯均是景德镇烧制的那种鹅黄底色印有毛主席诗词款式的，倒是有几分的雅致。茶叶依旧还是那几个品种，只不过开始改牛皮纸包装为塑料袋包装。那时不知其对人体有害，只视为一种摩登与时尚，就像当时流行化纤织物一样，一套的确良的军装成为年轻人梦寐以求的奢华装束，就连农民们用日本进口的化肥袋拼缝成的汗衫穿出来都觉得十分荣耀,尽管后背赫然印着大大的"尿素"二字。现在回想起来,那时的茶叶应该是环保的,因为尚未大面积地使用农药所以当看到有人居然饮茶时将茶叶一起吃掉,大家奇怪的是吞食茶叶的行为习惯,而非担心什么食品安全问题。

1976年后,人们开始追求茶叶的品质了。记得80年代初我们带领一帮学生去浙江教学实习,名义上去绍兴鲁迅故居考察,实际目的却是游览杭州,除了饱览越国风情外,大家共同的愿望就是去采购新鲜的龙井茶。我们到"九溪十八湾"的茶农家里去买"黑市"龙井茶,那显然要比国营茶庄里的便宜又有质量。于是一买就是十斤八斤的,除了自家吃,馈赠亲友则是最好的礼品。细心的W君当场就泡了一杯,一口入腔,便惊呼:怎么一股茼蒿味?X君是一老茶精,呷了一口就一脸藐视:你这个土包子,这就是新茶味!至此,我才弄明白,这么多年来,我们喝的都是茶叶店里卖出的陈茶,所以不知真正的新茶滋味。

最使人难忘的一次茶游是80年代中后期的一次改稿会,那时候我们去参加钱谷融先生主编的全国自学考试教材《中国现代文学史》的通稿会,范伯群先生就把会址选定在了他弟子的辖区宜兴,学生乃副市长,接待当然是一流的,大家尝到了少有的山珍河鲜,中山大学的吴宏聪先生对此赞不绝口。而最令人难忘的则是去宜兴的阳羡茶厂品尝春茶。那是靠在公路边的一排厂房,参观过了制茶过程后,大家坐在休息室里品尝着上等的阳羡绿茶,看着玻璃杯中一片片竖立起来的两叶嫩芽,真的是赏心悦目,一口呡下去,但有略带青涩的茶香萦绕在齿间,穿行在舌喉之下,大家一致叫好。我不想在此处吊书袋,借苏东坡和陆羽之言对阳羡茶进行佐证而礼赞之,我只想凭那次的直觉回忆来进行客观的评价,那茶与龙井相比,虽然没有那种浓郁的清香(所谓的"茼蒿味"),却是另有一番清韵,体现出的是江南丘陵山水的另一种风致别韵,淡雅之中透出的是迷蒙的远山野情。但是,说句老实话,这茶的清香是不可久留的,就像飘渺的仙女一样转瞬间就消逝了,足以勾起你再次寻觅的欲望。也就是说，阳羡茶两泡以后茶味就开始逐渐寡淡了，让你不得不重新换茶。所以，茶过三巡，大家都开始换茶重泡，大约勾留了一个多钟头，便都起身欲回宾馆，而偏偏是钱先生余兴未了，只见他稳如泰山地坐在藤椅上就是不起来，不紧不慢道：你们先回吧，我还要再吃两浇茶。无奈之下，大家也就只能重新坐下陪饮，足见钱先生对此茶的钟情了。见此情景，范伯群先生特地为钱先生多买了一斤阳羡茶馈赠之。

20世纪90年代因患反流性胃炎，渐渐不能喝绿茶了，便在福建朋友的推荐下喝起了红茶。起先，最对胃口的是半发酵的"铁观音"，喜欢那种清香，喝了许多年，渐渐形成了一种习惯，以至于拒绝其他一切红茶，一直喝到福建茶的新品种"金骏眉"出台。后来在一个偶然的场合里，与大家一起品尝了普洱茶，觉得也颇有味道。于是就萌发了多品味几种茶的念头，再品台湾的高山茶，乃至苦茶、黑茶之类的茶也就欣然接受了。真的是不比不知道，品尝过了许多茶，才晓得茶的品味绝对是有高下优劣之分的。就拿云南的普洱系列来说，我以为吃过景迈山五百年老茶树上采摘下来的陈香茶叶就算是极品中的极品了，但是去腾冲吃了千年茶乡的昌宁针红后，才知道茶世界的滋味是如此的丰富，所谓色香味俱全是也：汤色红艳明亮，飘着一股板栗之香，入口浓醇，回味绵甜悠长，使你久久不能释怀，真乃茶中极品。

近些年，一些朋友送我宜兴的红茶，我都转赠给其他朋友，自以为宜兴只出绿茶，制作红茶纯粹是赶市场的时髦，先入为主的观念让我多年都不碰宜兴的红茶。孰料，吃了宜兴红茶的朋友却怯怯地问我，今年有人送你宜兴红茶吗？我私下里嘀咕，难道宜兴的红茶真的好吃吗？于是就拿来品尝，看汤色倒是浓郁醇厚，一入口舌，倒是有一种不同于其他红茶的古意浓香，说其有普洱的口味，却没有那种由苦入甜的韧劲；说其如乌龙绕舌，但没有那种由深入浅的韵味；说其像福建的岩茶，它又缺了那种浓烈的野味异趣。我非品茶师，难说出它的好处和特点来，似乎就是有一种江南山林竹海里渗透出来的略带野趣却潜藏羞涩的风韵。

　　品茶，也如选择配偶一样，因个人的审美口味而异。我愿天下的茶客都能够畅饮或品啜自己最爱的茶，让茶香沁入你的口舌之上，游走在你的肠胃之间，浸润于你的血脉之中。

　　来，来，来！泡上一壶酽茶，我们品味人生的况味。

作者简介：

　　丁帆，南京大学中国新文学研究中心主任、教授、博士生导师。南京大学校务委员会副主任、南京大学学位委员会委员。国家社科项目评议组成员、中国现代文学研究学会会长、中国当代文学研究学会副会长、中国作家协会理论委员会委员、《中国现代文学丛刊》主编、《扬子江评论》主编、江苏省作家协会副主席。

日饮阳羡茶千盏

王彬彬

　　我是安徽安庆人，十五六岁即离开家乡。先是在河南洛阳求学，上的是军校，毕业后被分配到大别山。所幸在大别山的时间并不长，不到一年，单位迁回南京。在南京工作了四年，又到上海上学。在上海的校园里生活了六年，又回到南京。我是1983年初春到南京的，到今年春天，已经三十三年了。扣除在上海的六年，也有二十七年了。到上海上学，并未能与单位脱离关系，那六年间，每年也总有几次回南京。在南京生活、工作，一开始并非主动的选择，是命运所安排。但几十年间，如果一定要换个地方，那是并不很难的，但终于没有换。许多年前，与几个上海来的朋友在玄武湖散步，其时湖上刚架设了一种游乐设施，大煞风景。我指点着那横在湖面上空的钢铁设施，愤然地指责着，骂得颇有些忘情，以至于还带些脏话。骂完了，一位朋友对另一位朋友感叹地说："彬彬真爱南京！"

　　这话让我一怔。

　　他的意思是，只有真爱南京的人，才会如此这般地骂南京。

　　在后来的日子里，我偶尔会想起这位朋友的这句话，并自问：我真爱南京吗？这样自问过许多次之后，我终于有了明确的答案：我的确是爱南京的。

茶趣

爱一个不是自己故乡的地方需要理由。对于我来说，爱南京，最大的理由是南京是自然与人文结合得极其好的城市，自然的人文化和人文的自然化，在南京都有很典型的体现。但这又不是爱南京的全部理由，还因为南京周边有众多极具魅力的城镇，而宜兴则是其中最具有魅力的地方。

爱南京，还因为南京周边有宜兴，这样说在过去或许还让人觉得有点矫情，但在南京与宜兴之间通了高铁后，这样说就毫无问题了。南京与宜兴之间，高铁只有半小时的车程，那真是想去就去，想什么时候去就什么时候去，一天可以来去好几回呢！

我生活过和留下过足迹的地方，算起来也真不少了。大多数地方是既能说出好处，也能说出坏处。有的城市，虽然很是喜爱，但也总有不如意处。而宜兴却是一个说不出缺陷的地方。要让说说宜兴有哪点不好，那是真说不了。但要让人说说喜爱宜兴的理由，也会一时语塞。因为那理由太多了，会不知从何说起。但一时语塞后，又会滔滔不绝，因为那理由太多了，半天也说不完。而在诸多喜爱宜兴的理由中，宜兴有好茶，则是理由之一。

我的家乡，是没有喝白开水的习惯的，再穷的人家，也以茶为日常解渴之物。我小时候，家家喝的都是茶灰，即茶梗磨成的粉末。家家早上烧好开水后，抓一把茶灰放入热水瓶中，再灌满开水，一天就喝这水瓶里的用茶灰泡成的茶。正因为热水瓶是用来泡茶的，所以热水瓶在我的家乡叫茶瓶。我小时候，也就是"文化大革命"期间，茶灰有两个档次，低档一点的，四角钱左右一斤，一般人家喝的都是这一档的。高档一点的，六角钱左右一斤。因为是茶梗磨成的粉，味很浓。一斤茶灰，要喝好久。一般人家，每年有个一两斤就够了。所以，喝茶，不是一种经济负担。"穷得喝白开水"，是用来形容一个人家穷到极点的话。穷得喝不起茶，与穷得吃不起盐，穷的程度相同。

小时候，我以为以茶解渴是天经地义的，至少中国人都如此。后来才知道，其实并非如此。我多次把家乡这种习惯说给他人听过，没有一次对方不是露出惊讶的神色。我才知道，我家乡的这习惯，是颇有点特别的。由于从小渴了就喝茶，以为渴了只能喝茶，所以茶对于我绝对是必需之物，绝对是一日不可无的。许多人不喝茶的理由是喝了睡不着觉。有的朋友，早上八九点钟喝的一口茶，到晚上十二点还发挥着令他失眠的作用，这让我很难理解。我的情况是：如果哪天没有好好喝茶，那晚上则很难入睡。有时候，一天在外应酬、奔走，没有喝上茶，或没有好好地喝茶，晚上回到家哪怕再晚了，也要烧壶水、泡杯茶，把茶瘾过够了，再洗洗睡。

我小时候，喝的都是绿茶。很长时间，我以为绿茶才是正宗的"茶"，而红茶是不入流的。每天从起床喝到上床，而且喝得极浓，数十年喝下来，终于把肠胃喝寒了。最近这些年，改成了喝红茶。全国各地的红茶，品尝过许多，

阳羡茶竹风光

感觉最好的，是宜兴的红茶。有的地方的红茶，喝一口味道很浓重，但却没有多少余味；有的地方的红茶，味道则过于轻淡，入口时都不过瘾，余味就更谈不上了。宜兴的红茶，入口不浓不淡，而余味则醇厚绵长。

我虽然不可一日不喝茶，但关于茶的知识却很贫乏。今年五月初，有机会走访了宜兴新街茶场。新街茶场离宜兴市区不远，几十分钟的车程。茶场主人蒋锋锋，四十来岁，是南京农业大学环境工程专业的毕业生，继承的是岳父的产业。蒋先生的茶场，有茶园几百亩，据说这样规模的茶场宜兴有几百家。那天，坐在蒋先生的办公室里，喝着新街茶场生产的红茶，听蒋先生说着红茶绿茶的种植、制作等种种情形，感觉真是好极了。

宜兴的紫砂壶，天下独一无二。宜兴的水，也是少有的纯净、甜润。到宜兴，喝着用宜兴的壶、宜兴的水泡出的宜兴茶，那真是人生一大乐事。

宜兴古称阳羡。宜兴的茶，被称作阳羡茶。那天，从新街茶场回来的路上，吞剥了两句苏东坡的诗："日饮阳羡茶千盏，不辞长做宜兴人。"

作者简介：

　　王彬彬，男，1962 年生于安徽望江县。南京大学中文系教授，博士生导师，文学评论家、文学史家，2015 年长江学者特聘教授。

宜兴茶韵

尹汉胤

江南宜兴，自古遗绪着幽远的茶韵。发之于温润故土，清隽淡雅的宜兴茶，千百年来，始终延续着独特的韵味，植根于秀美的宜兴大地，烟雨迷蒙的太湖之滨，返璞归真在宜兴紫砂壶中。在这方山水的赋予中，蕴含丰厚的宜兴茶，以冲淡不群的气质，孤芳自执的地脉基因，声名与日月远播，赢得了各方品茗者弥香心脾、回味无穷的赞美。

宜兴茶已有一千八百年历史，东汉时期已负名气。《旧唐书》《新唐书》记载，中国最早的贡茶，便诞生于宜兴，史称"阳羡贡茶"。据《唐义兴县重修茶舍记》碑记载："义兴贡茶，非旧也。前此故御史大夫李栖筠守常州时，有山僧献佳茗，会客尝之，野人陆羽以为芬香甘辣冠于他境，可荐于上，栖筠从之，始进万两，此其滥觞也。阙后因之，征献浸广，遂为任土之贡……"义兴茶、阳羡紫笋、晋陵紫笋（宜兴古称义兴、阳羡，属晋陵郡）从此誉满天下。

阳羡茶被视茶如命的唐代诗人卢仝盛誉为："天子须尝阳羡茶，百草不敢先开花。"白居易饮过宜兴茶，独有领悟地将读诗、品茶营造出新意境："闲吟工部新来句，渴饮毗陵远到茶。"历代文人品茗宜兴，情有独钟、发之肺腑的诗意赞美，不仅为诗歌融入了隽永馨香的蕴藉，更将历代文人雅集宜兴，品茗感怀时的各自心境，活色生香地跃然纸上。

靖康之变，宋室南渡。王公、士民大量南迁，使宜兴茶迎来了一个辉煌的鼎盛时期。王安石品尝宜兴茶后，由衷地写下了"故人时记忆，阳羡致新茶"。苏轼在陶醉于宜兴茶的同时，更对宜兴旖旎的山水生出向往之情，遂在宜兴买田种橘。躬耕怡然之余，写下了"雪芽我为求阳羡，乳水君应饷惠山"的佳句。

一时间，文人雅士往来宜兴，品茶鉴泉，诗情画意，在宜兴留下了许多脍炙人口的品茶轶事、经典诗篇。此情此景传至朝廷，引起了当朝的关注，遂在宜兴设立了"茶务"之职，监督宜兴茶的生产，以确保贡茶的品质。

至元代，阳羡末茶被输送至边疆少数民族地区。据《万历志》卷四记载："每年贡荐新茶九十斛，岁贡金字末茶一千斛，茶芽四百一十斛（一斛33.5升）"，可见当时阳羡贡茶的输送量是相当可观的。与此同时，在元代贡茶院之外，又设置了"磨茶所"的贡茶官署，专门负责兼管宜兴茶，以保证高品质的贡茶，源源不断输往边关大漠。

明代崇祯年间，茶馆开始普及民间，朝廷对茶叶的生产、经销采取了更为完善的管理体制，在宜兴又专门设立了"茶局""茶引所"等机构。时至今日，在宜兴依然保留有茶局巷、茶亭等古地名。

在宜兴茶声名日隆的岁月中，诞生于宜兴民间的古朴素雅的紫砂壶，冲泡出的茶汤，被人们发觉具有着其他器皿所没有的奇特功效品味。这一发现，引起了社会名流、文人雅士的极大兴趣，将宜兴紫砂奉为了最佳泡茶器皿，从而开启了宜兴茶与紫砂壶珠联璧合、双璧同辉的饮茶历史。这期间，各方名士、文人于饮茶把玩紫砂时，生发出许多艺术灵感。其中一些人，由情感投入而至投身紫砂的艺术创意，参与到紫砂的器型设计、工艺革新，并将诗词绘画、书法雕刻融入到紫砂创作之中，从而使紫砂得以在多种艺术滋养中，文化品位日益提升。以致使这一诞生于民间的古朴工艺登堂入室，侧身于高雅艺术之

明·文徵明《煮茶图》

列,成为文人雅士、达官贵人青睐收藏、爱不释手的艺术品。由此,宜兴朴素的紫泥工艺,承载着山川日月、融汇着丹青诗意,在茶韵的香薰浸泡中,开启了吐纳古今于一壶的紫砂历史。

延至清代,紫砂艺术开始走出国门,在东瀛引起极大关注,逐渐延及世界各地,成为了世人仰慕的中国艺术品。国运寒暑中,宜兴紫砂深居一隅,在宜兴茶的体恤中日臻完美,不仅成为了宜兴的地域标志,进而成为了中华文化风雅内敛的一道独特风景。

沧桑岁月中延绵的宜兴茶,以宁静淡泊的地域气息,润泽纯化着宜兴人的精神气质。在茶韵的浸润中,宜兴人领悟到了生命的启示,形成了如水付形、故几于道、顺生而为的禅定人生态度。在生活中,平静地凝视着茶叶翻转于水中,浸透、色变、默然沉于杯底,从中品味出了季节的变幻、人世的沉浮。那沉入杯底的茶叶,命如底层众生,虽安于命运的安排,但并未放弃生命的释放。默默交集中,将内心的潜质,以悄然自守的方式释放出来,最终在润物细无声中改变着水的意义。正是在这种韧性生命的岁月中,造就了宜兴这方秀美丰盈的地脉,在历朝历代中人才辈出。传承至今,已成为了宜兴人植根固本的地域精神、文化传承、生存理念。

诞生于中华古老精致农业文明的茶叶,在中华漫长的历史演进中,幽香致远地润泽着中华民族的心理。时至今日,我们还可从中摄取到什么生命意义吗?唯心自问,匆忙于当下社会中的我们,似乎缺少了沉浸于茶中的淡泊心境,变得心浮气躁,难得有融于自然,体悟时间的心态,生命正在被快节奏的物欲生活抽空。失去了情致和与自然一同成长的耐性,只将华丽的躯壳游荡在世间。我们祖先与之同行敬重的古老茶叶,具有着发人思绪、致人廉洁、摒弃奢靡的功效。

"喝茶当于瓦屋纸窗之下,清泉绿茶,用素雅的陶瓷茶具,同二三人共饮,得半日之闲,可抵十年的尘梦。喝茶之后,再去继续修各人的胜业,无论为名为利，都无不可，但偶然的片刻优游乃正亦断不可少。"以周作人笔下的饮茶心态，来到宜兴阳羡茶园，选一处风雅处坐定，远望青山环抱中的卢仝草堂，郁郁生机的茶园。静静地泡一壶宜兴雪芽，于清风中观赏着丝丝飘然的茶叶、汤色渐渐变化……在茶香缥缈缭绕中，重温起宜兴茶韵的旧梦。此时此刻，你能体会到沉静与淡然的魅力，耳畔随风飘来幽远的茶韵：

蓬莱山，在何处？玉川子，乘此清风欲归去。山上群仙司下土，地位清高隔风雨。安得知百万亿苍生命，堕在巅崖受辛苦！便为谏议问苍生，到头还得苏息否？

茶在诗人卢仝笔下，不仅仅是赞美，还充满着对民生的悲悯情怀。处于 21 世纪的中华民族，应该以什么样的国民心态面对生活与未来？古老厚重土地上孕育出的宜兴茶，会在岁月中让人沉淀出精神的定力。

作者简介：

尹汉胤，江苏宜兴人。中国作家协会会员。中国作协少数民族作家学会副会长。1987 年开始发表作品。著有散文集《紫砂宜兴》《岁月痕迹》《心驰草原》，报告文学《漓江之女》等。

去宜兴喝一壶阳羡茶

毛 健

久不久，想着就要去一趟江苏宜兴的。会会朋友，听听燕语莺声，吴侬软语，歌一般的婉转。若说到喝茶，当然是去宜兴喝阳羡茶。找一静僻之处，又不失心存远阔，与朋友见见面，叙叙旧，记忆便湿润地冒了出来。

这次喝茶，直接去了阳羡茶文化生态园。茶是文化，几个朋友又喜欢文学，喝喝茶，说说话，很是会心，彼此便有了相互支撑的精神动力。

生态园是头一次来，来了便有喜悦。茶，生机勃勃，一层层地环绕铺展，碧绿绿地延伸。因喜欢喝阳羡茶，于是让整个身心被阳羡茶包裹，朋友的这一番好意，是精心设计。放眼四处盈盈绿意，茶香清新，那种畅快感不言而喻。朋友又特别订了一间生态木屋别墅，更体现了人在草木间那种深厚的"茶"意蕴。

坐下，凉风习习，一阵阵吹来，优雅、慵懒、平静、气爽。略一扭头去看，不远处是潺潺水流，荡漾着湿润，景色朦胧。便知道，有山有水有茶，才是岁月静好。此刻，既有远离城市喧嚣的惬意，又有现代设施的齐全，还有古今结合的惊喜。人，很放松。

屋内，洁净的床垫，飘逸的窗帘，藤制的摇椅，一盏吊灯，轻轻晃荡，送来温温的光照，似乎把时光融化了。

喝茶，就需要这般意境。不宜嘈杂和喧闹，又要有些景致，有些情调。让那些草木、山川、流泉、云团以及偶尔冒出来的灵感，慢慢在身边萦绕，像是给灵魂化妆。如此喝茶，才能让内心沉稳坚定，看得更远，走得更远。

许次纾的《茶疏》写道："江南之茶，唐人首重阳羡。"阳羡茶红茶、绿茶、白茶都有。我好红茶，念念不忘，朋友便选红茶来泡。一把紫砂壶，泡一壶红茶，壶与茶辉映，茶趣油然生妙。倒出来，一缕缕，汤色红艳，鲜爽醇甜，栗香味满屋皆是。就想，够知足了。就觉得红茶在心灵分明已经浸漫开来。

阳羡茶曾在历史中穿风沐雨，充满了生命的张力，又多少带些贵族气质，终日不是与皇帝打交道，便是与文人墨客结伴吟诗，在茶美学中不断捩炼。古人曾惊羡地描述："天子须尝阳羡茶，百草不敢先开花。"分明是一种威严所在了。一杯红茶饮罢，宜兴朋友开始讲古。说唐玄宗李隆基盛世之后，少了励精图治精神，逐渐沉溺于享乐。为投杨贵妃所好，专门设置了"急程荔枝""急程茶"一类的机构。启用了"急程"，尝到了新鲜，跑死了快马。为在清明节的宴席上品到阳羡茶，圣旨一下，十天内必须赶完四千里路程，带回新鲜的阳羡茶，即泡即喝。这便是李郢在《茶山贡焙歌》写的："半夜驱夫谁复见，十日王程路四千，到时须及清明宴……"皇帝嘴刁，他品过的阳羡茶说好，文官武将谁不争相去喝。喝来喝去，阳羡茶的名气便传递开来。

东坡大文豪对阳羡茶的爱更是出神入化。他曾先后多次到宜兴，最长一次逗留了三个多月。来干嘛？来喝茶啊！东坡大文豪是那种喜欢热烈生活且要活出自己的人，喝阳羡茶，壶是紫砂壶，水是玉女潭的泉水，讲究绝配，不容偏差。其实，也只有像东坡大文豪这样善于过细碎时光的人，才能品出茶味，从而写下"雪芽我为求阳羡，乳水君应饷惠山"的传世佳句。朋友讲这样的故事，是要我等向文豪老前辈学习，可这样的诗句谁写得出来？你看我，我看你，一笑。喝茶！还是喝茶罢了。

阳羡红茶的外形是条索紧结秀丽，色泽乌润，叶底红匀，泡起来味香持久。举一杯红红润润的茶水时，很有仪式感。喝一口，自己先温暖了自己。

又倒茶，又喝茶。又一次把茶与时光融在一起，彼此浸泡。这一泡便没有了复杂和忧郁，一切变得简单起来，喝茶嘛！只管敞开心扉喝就是好。

朋友说：敞开心扉，还得有万水千山飞来。我说这话经典。可怎么飞来？朋友便说：先到茶文化博物馆走走，如何？在里面同样可以喝茶聊天的。这又新鲜了。走！

茶博馆果然气派，展出形式集声、光、电等高科技手段，介绍和展现了"阳羡御茶"的形成和发展历史。这样的穿越只需瞬间，静静看着就能领略。朋友说的有万水千山飞来，就是在这一秒的这一瞬间了。一部千年茶史，想着想着就能见面。七个展厅转了一圈，大涨知识。那种盛世茶业的光景又一次赋予了生命的意义，只因为阳羡茶它是历史、是贡品、是诗意。如今，它是大众都可以品尝的一种茶，于是，阳羡茶似乎又多出了广交朋友的善意和情义。

阳羡茶

宜兴红

选择在风情茶馆坐了下来，明明是刚喝罢茶水，又端起茶杯喝了起来，好像是老友再见，放不下，终究是放不下。聊起刚看过的关于贡茶的制作程序和那些工具，细腻又朴实，纯手工，只因有一颗属于制茶的良心。又聊起苏轼、梅尧臣、文徵明、陈维崧和卢士登等历代名人学士为阳羡茶留下的诗篇，便觉得实属有缘。对于阳羡茶的一份喜爱，原是步于这么多大家的足印走来，这种神韵的合拍，只有时光和自己知道。

　　在茶博馆喝茶与在木楼中喝茶是有区别的，如同喜与悦两个字都在表述高兴，但又有着细微的划分。我就想，如果明天与朋友拿着茶壶到树下或茶园中去喝，是不是又多出一些曼妙呢？

　　茶是主题，走在生态园，你只能看茶、说茶、喝茶。绵长久远地感受着，让茶水浸泡着心灵。情到深处，还是阳羡红茶。幸运的是这一次来到了茶博园。

　　想想，今晚要在茶博园住上一晚了，还是要喝茶，以茶代酒，只能以茶代酒。因为只有喝过阳羡红茶的人才在乎那一口甘香，才思恋那一壶红润的汤色，沁入心脾的久香……

作者简介：

　　毛健，中国电影家协会会员、中国散文学会会员、广西省作家协会会员。广西电影制片厂导演，拍摄过《一对冒牌货》《风雨桂林城》《历史的选择》《大围剿》等二十多部电影、电视剧，曾获全国金帆奖、全国骏马奖、中央电视台优秀剧目奖、中国电视金鹰奖等。在《人民日报》等报刊发表作品一百多万字。

宜兴红茶

叶兆言

这年头是事都讲究知名度，有没有名气很重要。现成例子是紫砂壶，一提到，立刻想起它的出产地。我惦记的是宜兴红茶，怎么都忘不了第一次喝时的惊喜。是个老茶客推荐的，喝了以后，满嘴生香，久久不能忘怀。我对喝什么茶，一向没有什么讲究，只要是好茶，都爱喝，都能喝。喝好茶就像上馆子，图的是嘴上快活，犯不着死盯上一家饭店不放。一年四季气候不同，环境各异，用心去品，是好茶都能喝出味道来。

知道宜兴红茶的人不多，知道宜兴红茶是好茶的人更不多。说到喝茶，时髦话题是这茶多少钱一斤，昂贵成了衡量真理的唯一标准，要最新，最嫩，更要包装好看。一个朋友告诉我，如今的茶农都知道往茶树上喷药，这药作用神奇，能让茶树立刻长出新芽，结果吃新茶犹如喝春药，得了病，都不知道怎么回事。人往高处走，话往大处说，宜兴红茶价格便宜，便宜了反而无人问津。

听说最初喝红茶的都是些窑工。所谓窑工，都是烧紫砂壶的人，由此可见红茶本来已有民间基础。老茶客让我好好琢磨琢磨，仔细想想紫砂壶与红茶的关系。绿叶衬红花，骏马配好鞍，凡事都要考虑一个合适。紫砂壶天生是为红茶准备的，要用紫砂壶，就得喝红茶。要想品味好红茶，必须是紫砂壶。

童瑜清茶艺

这就好比生了周瑜，就应该再有个诸葛亮，否则拔剑四顾无对手，只能独孤求败了。20世纪的80年代，紫砂壶非常风光。台湾商人一窝蜂涌向宜兴，一时间，好多人暴富，有把好手艺的趁机赚钱，闷声发大财。紫砂壶和红茶，按说应该共生共灭，共同繁荣和发展，事实却是，紫砂壶成了白天鹅，红茶仍然还是丑小鸭。

　　江南人爱喝绿茶，这不错，爱喝并不意味着只喝。茶有许多种喝法，非明前雨前不喝，一味追求尝鲜是时尚，用紫砂壶泡红茶，同样可以赏心悦目，价廉而物美，又有古风，何乐不为。

　　忍不住要为宜兴红茶吆喝一声，"养在深闺人未识"，不是好事。酒香也怕巷子深，西施不是进了吴宫才成为美女，要是不被夫差宠幸，她到死也只能是个默默无闻的浣纱女。

作者简介：

　　叶兆言，著名作家，江苏省作家协会副主席。代表作品有中篇小说集《艳歌》《枣树的故事》，长篇小说《一九三七年的爱情》《花影》《花煞》《没有玻璃的花房》等。

阳羡茶的春天

叶 辛

写下"阳羡茶的春天"这个题目,是因为对上海人来说,在非同寻常的 2022 年的春天里,我又一次喝到了阳羡茶。

其实,阳羡茶少说也有一千个春天了,不需要我来重复地说。

给我寄茶的宜兴"紫砂九隽"之一史小明特地说明,这次寄的宜兴红茶,都是采摘阳羡茶山上明前嫩芽做的。打开茶盖,红色包装上印有一首古诗中的两句:天子须尝阳羡茶,百草不敢先开花。

古人写诗,未免夸张。不过这十四个字,至少透露出两个信息。其一,阳羡茶在茶仙卢仝写下这首诗的唐代,就已经是专门送给皇帝品尝的贡茶了。其二,间接地证明了我这一千个春天的说法。唐朝至今,一千多年历史了,一年有个春天,阳羡茶至少历经了一千个春天了。

茶仙千古流传的这两句诗,还隐藏了一个很多今天的宜兴人遗忘了的故事。春天里的阳羡茶出来了,要送给皇上去喝,皇上住在北方的京城里,而茶叶历来就有"茶叶当季是个宝,茶叶过季是包草"的说法。送给皇上尝新的春茶,得像杨贵妃要吃的荔枝一样,赶着新鲜,快马加鞭地给远在北方京城里的皇帝送去啊,叫"急程茶"。唐朝爱茶的诗人李郢专为这情形写下过《茶

阳羡茶园春色

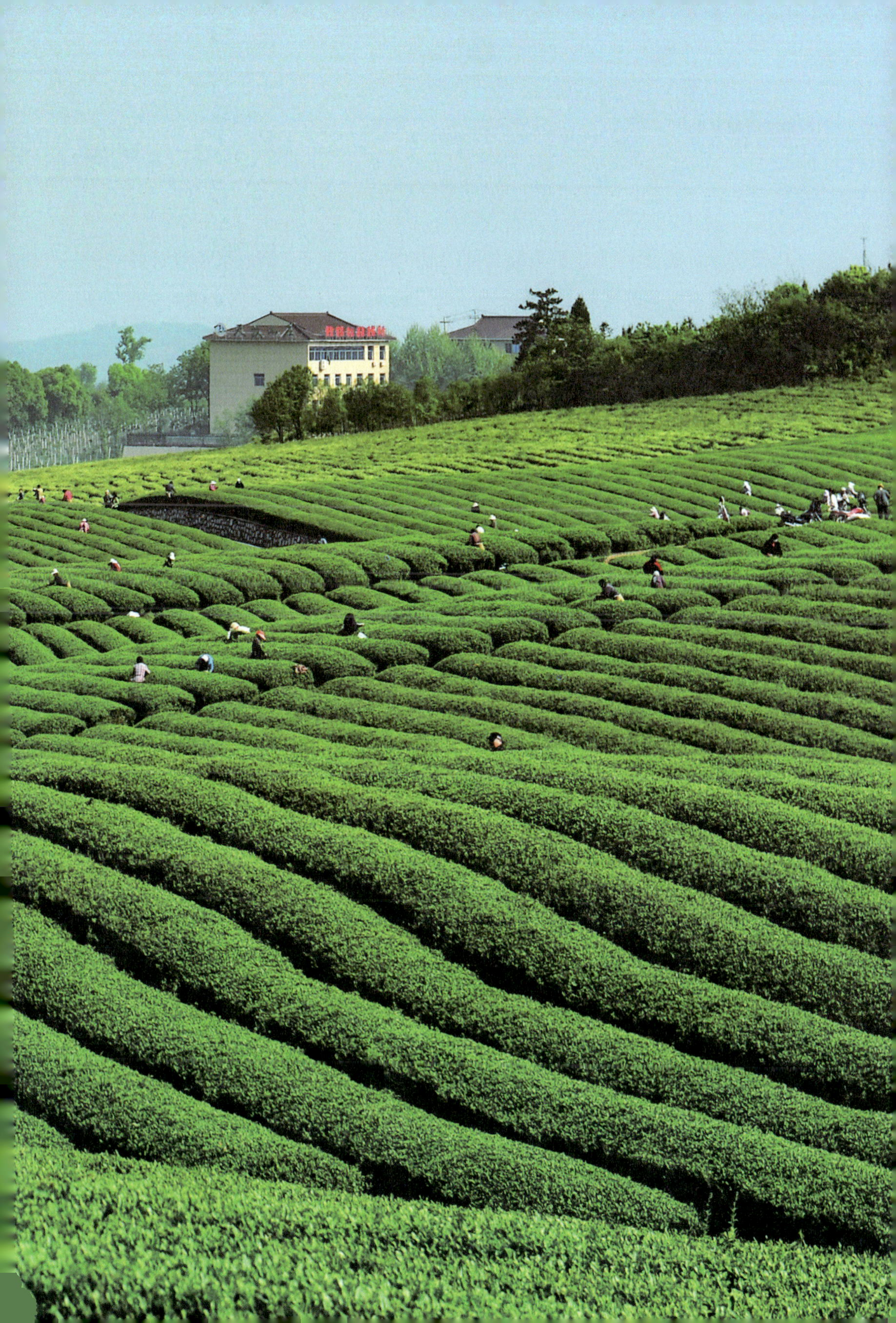

山贡焙歌》的诗："半夜驱夫谁复见，十日王程路四千，到时须及清明宴……"为皇上在清明节的宴会上品鉴到有名的阳羡茶，让人十天之内必须赶完四千里路啊！这是皇命，故而必须在一天之中至少骑着快马赶四百里路之上。

世人都知道唐玄宗为博杨贵妃一笑，让人年年从岭南赶送荔枝的故事。却从来不见诗人有诗为证的事实，这对阳羡茶是多么好的宣传啊！

唐宋元明清，从古说到今。和阳羡茶有关的名人轶事太多了，杜牧、白居易、苏东坡、欧阳修、元好问、唐伯虎、文徵明……有名有姓的历史人物中，青史留名的文豪两个巴掌都数不过来。尤其是在宜兴建过书院的苏东坡，他最喜欢最爱喝的一款茶"阳羡雪芽"，至今仍是阳羡茶中的精品。这茶的名字还是他起的。就是阳羡人几乎在茶叶盒上都印着的顺口溜"好山、好水、出好茶"中的山，讲的就是宜兴的茶山。

而他并没有专门题山名，只要看着阳羡典型的江南秀丽风光，随口说了一句"以此似蜀"而已。他是大名鼎鼎的文豪啊，宜兴人当即就把这山的名字改过来了。就是今天所有的紫砂壶迷们，都知道紫砂壶的核心产地丁蜀镇，也同这蜀山有关啊。

喝着春天里的阳羡茶，特别是泡出来如同琥珀般的红茶，只感觉滋味沉醉，面对窗外蓝天下的春色，我不由产生一个疑惑，如此好的茶，为何在上海滩这个大市场的茶界名声不大呢？

近些年来，茶城、茶室、茶馆、茶艺品鉴场所，在上海遍布大街小巷比比皆是。光是原先在上海市民中影响不大的云南普洱茶、福建茶，历经风生水起的一系列推介宣传活动，几乎都让普通百姓知晓了个大概，一些名品，还让人们妇孺皆知。光是一个铁观音的评比活动，就有八十四家专卖店参与，影响很大，媒体纷纷报道。

我因工作中要同诸多文友打交道，议事，谈稿，商量事情，听构思……坐下品茶的机会很多。在谈到喝什么茶的时候，几乎没人报出阳羡茶、宜兴茶的任何品名。倒反而不断地听说黑茶挤进来了，信阳毛尖、古丈毛尖、都匀毛尖、霍山黄芽等一些名字。特别是后来居上的遵义红，从中央喝到地方，尤其是进入上海滩之后，一炮而红，销量增加十倍之上。

　　这一次喝到春天的阳羡红，滋味独特不说，其感觉到鲜爽醇香，和遵义红有异曲同工之妙。联想到90年代时我时常喝到的紫笋茶，回想它那种透彻清香，在上海已经难觅了。就连它的产地宜兴，也少有人提及了。须知，紫笋茶在古代，也曾经是名品、贡品啊。

阳羡采茶忙

原因何在呢？思来想去，和宜兴名声远播的紫砂壶艺有关。

今天的中国人，只要一提宜兴，人们就会连贯说出紫砂壶三个字。光是在上海，紫砂壶的发烧友、专业的藏家和嗜好人士，不少于二十万。和他们中任何人讲起紫砂壶，每一次都会眉飞色舞，意犹未尽。只要和紫砂壶有关的活动，无论规模大小，都是座无虚席，引起人们的浓郁兴趣。

疫情期间的2020年秋月，约我写这篇宜兴茶小文的史俊棠，邀我参加季益顺师徒紫砂作品展的活动。季大师的六个弟子根据他们的创意，一人做一只小小的紫砂杯，当场拍卖出令人咋舌的价格。

我在现场，为这些紫砂艺术家们高兴的同时，心里在忖度，要是把壶艺、茶杯和阳羡茶结合在一起搞活动，让宜兴带着浓都春天气息的红茶和绿茶，同样为更多的人们所知，不是更出彩嘛。

史俊棠先生是宜兴陶瓷行业协会多年的会长，现在他专门约我为宜兴茶写一篇文章。趁此机会，我把这一番心里话写出来，让宜兴的紫砂艺术，宜兴的紫砂壶和杯子，宜兴具有悠久历史良好口碑的阳羡茶，一样地发扬光大。

阳羡茶的春天，定会更加让人神往。

作者简介：

叶辛，原名叶承熹，上海人。1980年毕业于中国作家协会鲁迅文学院，1969年赴贵州农村插队务农，1979年调入贵州省作家协会专业创作。历任《山花》杂志主编、贵州省作家协会副主席、《上海文坛》杂志主编，上海市文联副主席、中国作协副主席等。代表作有《我们这一代青年》《蹉跎岁月》《孽债》等。

贾平凹与阳羡茶

史俊棠

"天子须尝阳羡茶，百草不敢先开花"，这是唐代诗人卢仝的诗句，而当代作家贾平凹在《废都》中，却是这样赞誉阳羡茶的："她那茶叶是江苏宜兴阳羡茶场买来的，味道真是美，喝了连叶子都吃了，临走还抓了一撮在口里干嚼，几天口里都有香气。"

贾平凹来宜兴，是 1989 年 4 月 22 日，因全国首届散文、杂文研讨会当时在无锡金城宾馆召开，参加会议的都是全国一流的小说家、散文家和杂文家。会议期间安排来宜兴参观游览一天，第一站到宜兴紫砂工艺二厂。我清楚地记得，这天正好是胡耀邦同志追悼会的现场直播，四十多位作家下车后顾不上休息喝茶，也顾不上去陈列室参观，竟拥挤在会议室，收看电视的实况转播。于是，这天的中饭也是草草了事的。饭后的活动便是去阳羡茶场看茶的绿洲。我原先知道有个贾平凹，也喜欢读他的小说，但并不认识他，由北京作家吴泰昌等介绍后才初次相识。

到了茶场后，大部队人员安排在茶园自由活动，著名杂文家唐弢、中国作协副主席陆文夫、著名作家李国文等几位，由我领着到场部找领导作介绍。如此多的著名作家来到阳羡茶场，场领导也非常高兴，赶忙泡新茶招待客人。

阳羡茶

作家们来的正是时候，阳羡雪芽新翠欲滴，客人们也都识货，面对如此好茶，竟舍不得放下茶杯，我也趁机在他们面前宣传阳羡茶如何如何好，又在主人面前说起文人都爱喝茶，又都爱写茶的文章……

　　热心的主人深知我的用意，慷慨地给每人送了两盒阳羡雪芽茶，客人们自然非常高兴。大概我特别钟情贾平凹，刚刚告别主人，我便将自己的两盒也递给了平凹，他沉默寡言，仅仅点点头，算表示感谢。我想这是贾平凹第一次尝到阳羡茶，况且是雪芽，泡在杯里，秀色诱人，说不定是他自己连水带叶地喝掉，觉得很鲜嫩，末了又真的抓了一撮干茶叶在嘴里咀嚼着写小说。正是有了亲身的感受，才会在《废都》中如此赞赏阳羡茶。

但为什么我送给他的紫砂壶却没有写进小说呢？也许他根本就不喜欢紫砂壶，压根儿就没有用它喝过茶，没有感性认识，也就不会去写它。平凹兄，是不是要给你寄两盒阳羡茶呢？你应该用紫砂壶泡茶啊！

作者简介：

史俊棠，中国工艺美术学会紫砂艺术专业委员会名誉主任，中国陶瓷工业协会副理事长、江苏省陶瓷行业协会名誉会长、宜兴市陶瓷行业协会会长。长年致力于推动宜兴陶瓷文化、紫砂文化的弘扬，出版有《永远的陶都》《唱响陶都》《守望陶都》等多部紧紧围绕紫砂文化、内容丰富多彩的文集。

种茶的感悟

竹　林

　　我爱喝茶，然对茶是怎么种植，怎样制作出来的，却一无所知。2016年初夏，应宜兴市茶文化促进会的邀请，去江苏宜兴参观茶场，我欣然应允了。

　　陶器（紫砂壶）与茶是宜兴的两张名片。阳羡茶闻名古今，它与西湖龙井、洞庭碧螺春、安吉白茶都是江浙地区的名茶。早在东汉至魏晋南北朝时，这块太湖西岸依水傍山、温暖湿润的亚热带丘陵地域就已盛产茶叶；到了唐朝，经茶圣陆羽推荐，阳羡茶成了供皇室享用的贡茶，盛极一时。

　　唐代大诗人白居易、杜牧、陆龟蒙等都为阳羡茶作诗称颂过，诗人卢仝更有"天子须尝阳羡茶，百草不敢先开花"的名句留下来。又据有关考证，当时阳羡茶的上品称"义兴紫笋"（紫笋是指刚摘下的茶芽外表为紫色，芽苞紧密未绽似笋状），而且皇家还在长兴顾渚山专门开设了制作贡茶的"贡茶院"。"贡茶院"有作坊三十多间，工匠千余人。

　　顾渚在长兴地界，与义兴只南北一岭之隔。因之，当时湖州、常州（义兴属常州）两州的官吏要驱使三万多役工在惊蛰之后春分之前进深山，敲锣打鼓、喊山催芽，然后辛苦采摘。每年要造出一万八千多两贡茶，"十日王程路四千"，快马驿骑送长安，赶上皇家的"清明宴"。

贡茶督造之际，湖州、常州、苏州三州刺史及朝廷命官"督造史"，还会聚集在湖、常交界的啄木岭境会亭举行茶宴庆祝，名曰"茶山境会"。时任苏州刺史的诗人白居易有一年因病未能赴会，特地写了首诗派人送去助兴。诗曰："遥闻境会茶山夜，珠翠歌钟俱绕身。盘下中分两州界，灯前合作一家春。青娥递舞应争妙，紫笋齐尝各斗新。自叹花时北窗下，蒲黄酒对病眠人。"

我的祖籍就在湖州。据家谱记载，先祖王仲舒也做过唐朝的苏州刺史，在任上他筑路造桥改造民宅，颇有政绩，应该是个较好的官。苏州有著名的宝带桥，那个解下腰间宝带换钱为百姓建桥的故事里的刺史，就是他。由此，我想象当年三州刺史每年的茶山境会里，也应该有他的参与。

由此，我对这次宜兴观茶之行便更有期待了。

我们参观的茶园主人，名叫许群峰。他向我们走来时，西裤配一件条纹衬衫，圆圆脸上挂着一抹谦和的微笑。许是常年行走于山间茶园的缘故吧，五十多岁了，腰间勒着皮带，并不见这个年纪的人常会凸起的肚腹。

群峰先生说起话来慢条斯理，很是低调。但听他讲起自己二十多年为植茶制茶而努力的历史，则令我肃然起敬，感悟良多。

他1995年起开始种茶做茶，至今与茶打交道已经二十余年了。十余年前因肾病换过肾，是长期带病工作，然而做出的成绩却令人炫目——培育出了有宜兴特色的新茶"阳羡金毫""阳羡青茶""宜兴金兰"和"宜兴紫笋"等茶中杰品，这几种茶获得了江苏省"陆羽杯"和国家"中茶杯"特等奖十五六个，已成为目前国内市场上的名茶。他还以茶树铁观音为母本，黄金桂为父本，杂交而成了一种"黄观音"，再用"黄观音"与"白鸡冠"杂交成一种优良茶树品种，茶树虽未正式命名，但该茶的芳香物质一下子比原来的亲本提高了3.7倍。他十分自豪地说，现在茶叶市场上轮番炒作铁观音、普洱茶、乌龙茶、红茶、白茶、黑茶，以后可能就是他的黄茶"宜兴金兰"了。

他还带我们去了他的茶园。轻拂的晨风中，他将自己的种茶经验徐徐道来。

无锡茶研所供图

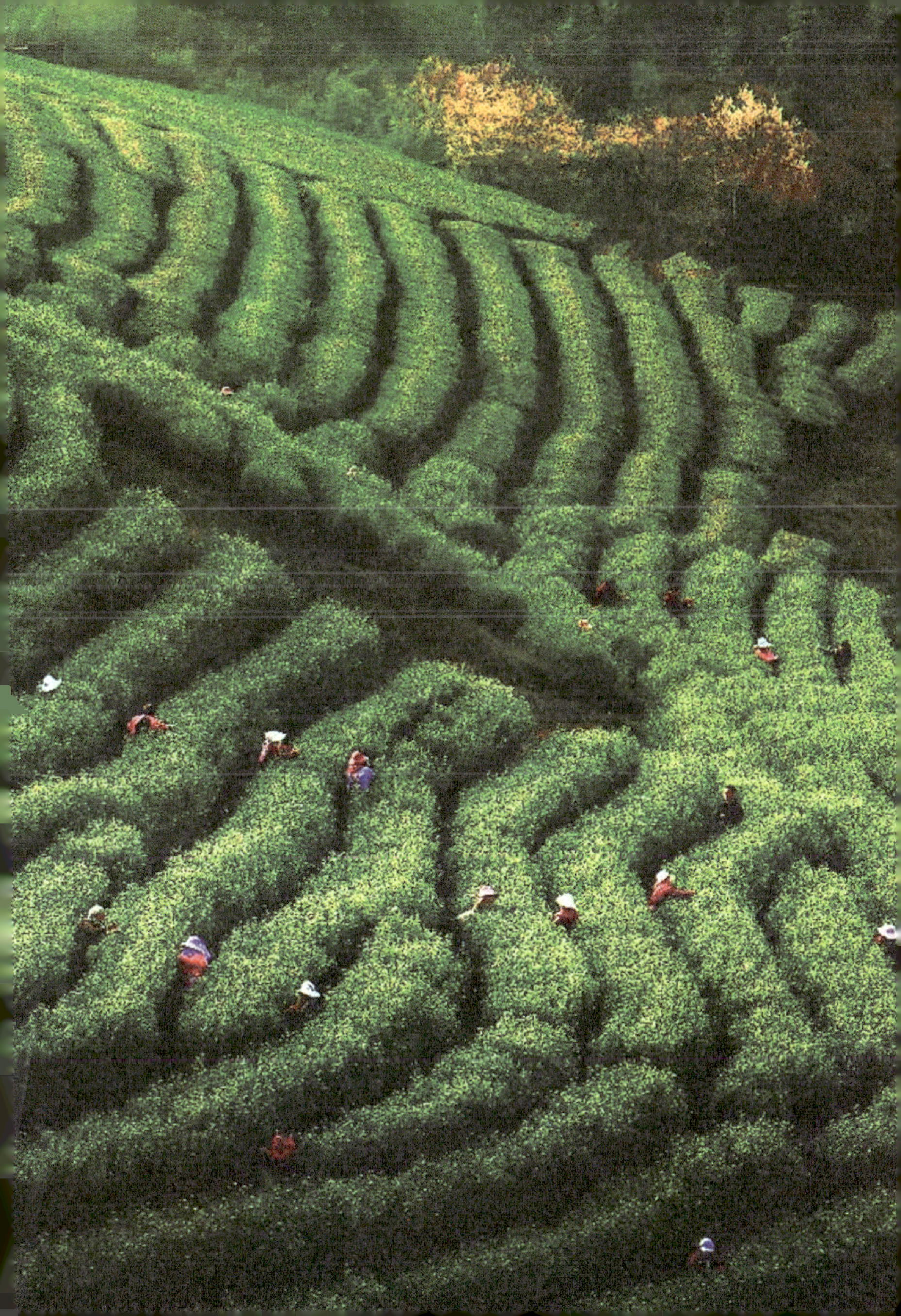

他说，他承包了这块铜官山脉的山坡地，这里的水气、土壤、气候、温度都十分适合茶树的生长。铜官山，又称洞山、君山，曾是宜兴唐、宋、元、明、清历代贡茶的主要产地，陆羽《茶经》中所写："茶之笋者，生烂石沃土……"此地正是陆羽认为的"上者生烂石……"之宝地。但在他承包的三千多亩山地上，他只种了三百多亩茶树，为的是保持茶树生长的良好生态环境。

　　种得这么少，是为了保护这片土地的生态，为了生物链的平衡。他说，如果一下子完全开发，砍掉山坡上的自然林木，水土保持和生物微循环就要被破坏，水气、土壤条件要被改变，茶叶的品质也就不能保持了。

　　再则，茶树除了需要温润的气候外，当然还要阳光。可是它对阳光的要求却有点刁钻——"漫射光"，如果白昼时光，太阳直直地照下来，茶树就长不好了，茶叶的品质也差了。这阳光嘛，照是要照的，可是一天当中，只要日照的五分之三至五分之四就可以了。那么这个五分之几的光照又如何去把握呢？我们的许先生就指挥大家在茶树行中植树——种阔叶落叶乔木，夏天适当遮光，冬日洒下充足阳光。可以说一切顺应自然，当然还包括采摘和制作工艺。

　　春天是采茶季节，但雨水多，天气阴晴变化大，要根据天气变化及时采摘。若连日阴雨后天气突然晴好，阳光强烈，气温升高，叶子就会迅猛生长，此刻必须组织力量迅速采摘。生长程度不同的叶子，制出的茶叶质量是不一样的。就是一天之内，不同时辰采下的茶叶，做出来的茶品质也不同。一般说来，早晨采的叶子湿度大，而中午因温度升高叶子失水较多，下午二、三点钟采的叶子水气温度适中，可加工出好茶。在茶叶制作工艺上，也要随采摘的时间季节的不同，天气的温湿度变化，茶叶品种的不同，而采用不同的加工时间和方式，随时调整加工工艺和方法，制作不同类型的茶叶。所谓"看茶做茶"，才是制茶师的真正本领。

　　讲起与茶事有关的知识，群峰先生变得滔滔不绝。他说，种茶制茶与农民种粮食一样，也是靠天吃饭。要种出好茶，必须顺应大自然的规律，绝不能与自然对着干。人渺小，自然为大，人永远拗不过大自然。

这番话令我心头一震，感觉坐在我面前的，不是一位普通的茶叶种植者，而是一位真正的哲学家。

在我国，在我们这个时代，真正领悟和懂得这个道理并能付之实践的人，是非常了不起的。因为长期以来，指导我们思想和实践的核心理论是斗争哲学——与天斗、与地斗、与人斗；革命和斗争两词，一向是亲兄弟般的共义语，你不斗争似乎就不革命了；而不革命则就会沦为反革命，这是十分可怕的。于是七斗八斗，斗出了道德的滑坡和灵魂的侵蚀腐败。我们的许多权力拥有者和知识精英，都把自己凌驾于大自然之上，似乎他们掌握了权力和金钱，就掌握了一切。他们可以呼风唤雨，可以向大自然无限制的索取和随意破坏，直至如今雾霾遮天罩眼了他们也不觉悟。

记得前几日从微信上读到清华大学副校长、教授施一公先生的一篇题为《生命科学认知的极限》的文章。他说，我们看世界，完全是像盲人摸象一样。我们现在看到的世界是有形的，我们自己认为它是客观世界的全部。其实，我们已知的物质的质量在宇宙中只占百分之四，其余百分之九十六的物质存在形式我们根本不知道。这些物质我们叫它暗物质和暗能量。

的确，在我们广袤浩大的宇宙里，有大约一千亿个星系；在我们所在的这个星系（银河系）里，又有一千亿个恒星（太阳）；我们看到的这个太阳，只是本星系西北角落里的千亿分之一中的一个！而我们的地球，又只是这个太阳系里的一个较小的行星；我们人类，能侥幸地有条件生活在这个小小行星上，与整个宇宙相比，连一只小蚂蚁都算不上。更何况，按照量子力学中关于量子缠绕理论，我们的宇宙外，也许还有许许多多平行宇宙……

如此，我们人类喊出"与天斗"的口号，简直连蚍蜉撼树也谈不上，只能是痴人说梦的疯话而已。

因此，人类只有与大自然和谐相处一条路。谁违背这条路、这个规律，就是自取灭亡。可是要让人类中的一些狂妄者懂这个道理实属不易，而眼前这位快乐的种茶人却悟透了此理。我望着他，感佩之情油然而生。

如今，许群峰在他从事的茶叶事业上取得了不俗的成绩。他是无锡茶叶研究所所长，他领导的研究所正在不断扩展规模和研究项目。他告诉我们，今后要更加脚踏实地地进行茶叶研究和实践，顺应宜兴这块太湖之滨的风水宝地的优渥的自然条件，在种茶、制茶上再努一把力，让他正在培育的阳羡茶更加香气怡人、滋味醇厚，更加令人赏心悦目。

说着，他还让我们品尝了他们的特色茶"宜兴金兰"和"阳羡青茶"。"宜

雅趣

兴金兰"泡后汤色金黄，根根芽苞在茶汤中笔直竖立，如天鹅湖畔的一排小仙子，挺拔而骄傲地昂首起舞。至于那阳羡青茶呢，则青叶在汤中半舒半卷，外圈还有一抹嫩红，汤色嫩绿可爱，不待闻香品味，已令我爱不释手了。

临别时，我向他诉说了对他正在开发研制的新品种"黄茶"的期待。他微微一笑，淡淡地说，这个茶还没正式命名，它的品质也未定型。一切都还要靠大自然的赐予。他不会搞炒作，不能用伪科学骗人；在茶的制作工艺的研究、茶文化的继承、茶知识的普及方面，还有许多工作要做。

在夏日和煦的阳光下，我们挥手与群峰先生道别。我扭头一望，只见这位有着圆圆脸、淡淡微笑的中年男子，与身后绿色的群峰，绿色的茶园已融为一体。

这是一幅人与大自然和谐的图画。

唉，我们人类与大自然，何时才能真正地和谐相处？！

作者简介：

竹林，原名王祖铃，国家一级作家，上海市作协专业作家。1949年生于上海，先后创作《女巫》《呜咽的澜沧江》等长篇小说以及中短篇小说、散文。自传体长篇小说《挚爱在人间》获"八五"期间全国优秀长篇小说奖。她的《流血的太阳》《竹林村的孩子们》等儿童文学受到好评。

一念芙蓉心留香

衣丽丽

　　江南四月天，正是春好时。大地上绿草如茵，花蝶共舞，整整一个冬天的寒冷在温暖的阳光照耀下一扫而空，大地万物生机蓬勃，畅快地舒展着柔软的身体。茶场制茶车间周围就是茶园，女工在茶垅间忙着采茶，不断有新采鲜叶送进车间，嫩绿的鲜叶伴着特有的清香，沁人脏腑。这处茶园得天独厚，有群山遮挡寒气，有湿润水气长年留驻，更有土地富含稀有元素硒，加上精心的管理，这里的茶一定很好，否则怎么对得起"芙蓉"的美称。

　　"我们的茶当然是宜兴阳羡茶最好的品种之一！"说这话的是茶场的范高工。接待我们的范高工给我们介绍，这块土地是宜兴最古老的茶叶产地，有两千多年的种茶历史。唐代时有位云游四方的僧人见这周围有五座山峰似莲花围绕，有清澈井水涌上地面，便认定此处是最好修持之地。于是在此建寺，并命名为芙蓉寺，种下茶树，参禅品茶。从此以后，这里为宜兴阳羡茶的最早产地。

　　芙蓉茶场建于1951年，当时建国之初，遍地荒凉，有茶叶专家来过此地，发现山间还有年代久远的老茶树，建议在这里建茶园。经过老专家和种茶人的不懈努力，这里很快生机焕发，引种高品质茶苗，加上严格的田间管理，自

宜兴红茶

已研制的制茶机，产品屡屡荣获省市级各项大奖，成了各处仿效的苏式茶园。

谈起茶来，范高工津津乐道，两眼的小火苗闪烁着，看得出他是爱茶爱至骨髓里了，可是尽管如此，他手上泡茶程序却是一丝不乱。他在这里工作二十多年，已是茶叶专家，专业术语说得头头是道，和我认识的一般的工科工程师并无两样。但是他身上有着一种特别的东西引起我的兴趣，不张扬，沉稳平静，待人超然又不失礼仪。他先给我们沏上芙蓉白茶，再有芙蓉碧螺春、芙蓉春红、芙蓉苏红，又尝芙蓉雪芽，一道道名茶经他手冲泡，味道非常浓郁，令我们满口留香。

　　喝茶虽不比喝酒，但也有醉茶之说。喝着喝着，忽然觉得身体轻盈，刹那间大脑变得很安静，外界的声音渐渐淡去，自觉神采飞扬：似乎我是身处山林，盘坐在茶寮之中，四周青山秀竹，茶园云雾缭绕，清风拂面，心平气和，说不出的轻松。自己似乎进入了另一境界，世间烦恼全消，喧嚣诱惑不在，心里得一片安宁之境。难道这就是茶中的禅味吗？为什么僧人会在修禅的同时喝茶？苏东坡与老僧喝茶，老僧有"茶""上茶""上好茶"，难道是有意引得东坡居士层层递进，渐入佳境？

　　自此完全相信茶叶不同于普通饮品，解渴之外还有着更深的功用。当年神农发现茶叶，为民疗疾为第一功用。饮茶修身养性，回归安宁内心，此为第二功效。所以这就是东方的茶叶为什么也被称为神奇的树叶的原因吧！

　　因为有了千年古寺的文脉流传，当代茶人的全神投入，再有人们细细品茶，构成了茶叶在世间的全部生命过程。只有天下人人都能品出茶中三味，才能把这么优雅的芙蓉茶作用发挥到极致。

　　我虽不是老茶客，可我来这芙蓉茶场一遭，以后我品茶的体会会完全不同以往，清心安宁，可以给自己在闹市中一个安静的时光。从今往后，一想起芙蓉茶，我便会心里顿觉温暖。

作者简介：

　　衣丽丽，江苏省作家协会会员，原《青春》杂志社副主编。创作有长篇小说、散文、文学评论等，出版散文集《灵魂的舞姿》。

买茶阳羡

孙文涛

古人之爱兰、爱竹、爱海、爱书法诗文，之雅气、之宁静致远、之睿智，是绝非今人所能全部体会和领悟的。用现代的话说是灵性，或令人讪笑某种"仙气"……

中国有"陶"和"瓷"两都，陶器之都在宜兴，瓷器之都是景德镇。宜兴，古称阳羡。阳羡虽然是古称，已成为了历史。但在我看来，阳羡，似乎比宜兴在诗意上更浓些，更有余韵。而阳羡茶，更是让世人心仪的茶中极品。

真亲切呀，到了阳羡才感到回到茶的产地故乡，茶的丘陵、茶的怀抱和茶的杯中。无怪东坡先人感喟在此"买田阳羡吾将老，从初只为溪山好"。宜兴，就是先生买田遗址，准备将息养老之处所。想当年他到达了太湖畔这一带连绵小丘陵时，已经越过中年，深有人生疲惫之感，早已写过"大江东去"，早已堪破他个人天命的运数，所以"买田阳羡"诗句含有几分酸辛，几分达观。

宜兴在太湖西岸，烟波浩渺太湖之中有一小岛，位湖的东南方，形状如"碧螺"，所以它所产的滋润雨雾中生长的"碧螺春"茶叶甚有滋味。中国的茶名源于古代，真是雅而又雅。而阳羡茶，则产于宜兴南部山区和被太湖水滋润的山隅，据说上乘的茶叶，只有不大的一两小片嫩芽制成才有名气，也

雅趣

极其珍贵。

　　阳羡茶其味馨香，沁人心脾。也许是既得湖畔之细微雨雾，又兼得山之肥厚润养，所以香味独浓独醇，可比喻"茶中茅台"。相形之下"碧螺春"茶则如"女子茶"，绵软、清而淡，需更细细品尝才得真味。以我初次感觉，还是雪芽诱人，几口下去，回香荡荡，弥久不散。我私下将它称为"酒茶"和诗人茶，我想东坡大诗人当年一定先饮了雪芽这种异香，才喜爱和迷恋上了太湖之西的吧！如果假以时日，让他在阳羡终老天年，一定是人生余韵里的一种福气。

　　为了阳羡之茶，我在宜兴逗留了五天。每天喝着甘甜清爽的雪芽茶，乐不思蜀。怕的是过两天就回去了，再没有宜兴的水，怎么沏得好阳羡茶？喜闻茶针们被沸水激开的泡沫落下声，涌起一阵眩晕人口鼻的浓香，以至常常误了上街去，贪恋阳光从有巨大拉帘的落地窗淌入，屋内浮动着茶烟袅袅和人影晃动的图像。

　　老而知老，老而如疾飞的一枚落叶飘往远山，顺其造化，溶入故国和文化，融入佳山胜水，河山湖泊——古人对这种老的认同观不也何其高明和曼妙无比吗？

作者简介：

　　孙文涛，吉林人。诗人、随笔作家。中国作家协会会员。著有当代民间诗歌考察录《大地访诗人》，诗歌散文集《野蔷薇》《风雪黄昏》《摘自笔记原想扔掉的片段》等。作品散见于国内外多家报刊。有过知青、工人、编辑、记者等经历，现在北京。

阳羡百味一盏茶

孙　宽

我第一次和马克去英国,是婚前礼仪性的拜见家长。我们也去他干妈苏姗家喝下午茶。花房的茶桌上,摆着精美的点心和各种茶。苏姗问我:Do you fancy a cup of Cha(茶)?请问你要不要喝一杯茶?

这是我第一次听外国人在英文中用 Cha 而不是 Tea。英国人的茶一词是直接用汉语的,特别是老一辈人仍喜欢这样用。不过英国人和我们本地新加坡人一样,他们更喜欢喝红茶,饮茶习惯也基本相似,都在茶里加奶和糖。

我祖籍北京,是跟着父母喝绿茶长大的。在我来看,红茶无论是颜色还是味道都不是我的品味,再加上奶和糖,简直难喝死了。不过我懂人人都有自己的那盏茶,我不能觉得他的茶不好,可能在他眼里我的茶才难喝呢。因此我和马克回英国时,只好每次自己带茶回去。

几年前,我们回家看婆婆,匆忙中忘记了带自家茶,我整个人好像丢了魂儿。

我喜欢早上一起来就喝下一杯清茶,这一天才能清清爽爽地开始。在婚后的几年磨合期,我和马克在生活习惯上的迥然相异,我一直感觉自己都不太舒展,爱情和生活之间的沟壑使我在心里和他越来疏离,而自己的感受却如鲠在喉，无法申诉。

此刻人在异国他乡，实属万般无奈。两眼睁开，又不能喝一口自家香茶，简直是口苦、咽干、舌燥、神情倦怠，情绪低落，真是郁闷到了极点。

马克知我有清晨一盏茶的习惯，他赶紧去了小镇上最大的超市，看看有没有我喝的茶，或类似的茶给我解忧。

不一会他就回来了，还买了一大堆。我爬起来一看没有一种茶是绿茶，很失望，但焦渴难奈只好将就。我就随便打开一盒，拿出一个茶包，连品牌都没看就撕开茶的小包装，放在茶杯里加入开水。

我双手捧着茶杯，望着窗外濛濛细雨，室内寒凉习习，竟有一丝暖意慰上心来。

我把茶包拎出来，色泽乌润红匀，茶汤红艳透明，不似其他红茶颜色淡褐或暗红。我轻轻地吹着茶，北京人喝茶的习惯吧，即使没有散叶，我也怕太烫。一股似蜜似花的香气，悠悠地潜入心扉，香甘蜜味持久回肠，我不由得眯起眼睛。虽然完全不同于绿茶的清淡鲜香，但这种甘醇滋润的香味，的确是一种浓郁的中国味道。

我慢慢地抿了一小口，香茶入口的瞬间，我融化了。连日来的烦躁抑郁和苦闷，被舒缓熨慰了一般，瞬间释怀，似乎都在这顷刻间风清云淡了。

人间纵有百味，我尚无法形容这盏茶的玄妙，我只能说此刻它正入了我心。也许是我的词汇贫乏，假如真寻到我平时爱喝的绿茶，真未必能达到这样的效果。这口沁人心脾的茶，香气清鲜纯正，滋味鲜爽醇甜，解了我焦虑的渴，缓了我烦躁的急，让我平和了内心深处的苦涩，慰藉了失魂的干涸。

我正沉浸在茶不醉人人自醉的幸福和感怀中，马克问我喝的是哪一种，我才想起来去查看：玫红的茶包上，只有"宜兴红茶"四个大字。我印象中江苏宜兴是名贵绿茶基地，我马上一边饮茶，一边查询。

原来宜兴红茶历史非常悠久，又名阳羡红茶。宜兴，战国时代称"荆溪"，秦汉时置名为"阳羡",阳羡制茶,源远流长,久负盛名,唐代始做贡茶。1591年许次纾所写的《茶疏》中云:"江南之茶,唐人首重阳羡。"可见阳羡茶已有千年历史与名气,贡茶以绿茶出名。不过近些年阳羡红茶也走入千家万户,2017年阳羡获得国家地理商标认证后,产品远销欧美、南洋、大洋洲等地,海外销量年年攀升。

看来是我平时不饮红茶的缘故,实在一无所知。马克也泡了一杯,他还是坚持要放奶和糖,我心想这可能会毁掉这口好茶。他喝下一大口,大蓝眼睛一闪:"真不错啊!香醇温润。"没想到他能接受这样的口感,平时他是绝对不喝中国茶的。我又趁热打铁,逼着他喝了一口无奶无糖的,他细细地品了品,"甘甜滋润,耐饮!"

记得两年前,我读过著名作家潘向黎的《茶可道》。她在《我的那杯及时茶》中写道:"一杯茶,来得早,你不想喝,来得晚,你已经喝过了,正想喝茶,茶来了,就是你的那杯茶。"我实在没有想到,喝了几十年绿茶的我,手上的这杯阳羡红茶,竟然就是我的那杯茶!眼前跑去到处给我寻这一盏茶的人,这位蓝眼睛的英国人,就是调和我口味的那个人!

然而过去的几年,也许我就从来没有给自己和马克一个机会,真正去尝试一种和以往完全不同的生活。我一直都以为我最爱喝的茶,可能并不是我的"那盏茶"。人间百味,我究竟才尝了几味?又如何定义合或不合呢?人若没有一颗开放的心,没有接纳一切尚未可知的胸怀,可能什么口味都不合吧?

我开始重新审视自己,也慢慢理解了许多未明的滋味,比如"渴望"的真正涵义:即使是有某种偏好,若在焦渴面前,也显得毫无紧要。放下自己的"偏"和"好",以不设限和开阔的心胸去接纳与尝试,才是真正的生活态度。

这不正如阳羡红茶?一道千年古茶,从悠久的历史中走来,承着传统之工艺,着焕然一新的现代之装,却给了我完全意想不到的清新自在及豁然满足。也许这人间百味,该从这一盏茶开始重新体会:我们常常无法改变的并不是生活现状，而是我们一成不变的思维模式。

现在我和马克都喝红茶，他也不再加糖和奶了，且我以前的绿茶茶友也都跟着我偶尔换换口味。实际上，我们自以为日常灰败平庸、人生干枯无味、现实暗流无奈、世态炎凉聒噪，都不过是我们自身的局限或狭隘而已。

感恩这盏阳羡红茶，让我不经意地敞开了心扉，突然悟到了"啜过始知真味永"——未来的广阔无垠，自在无限，都要自己百无禁忌地走出去。

作者简介：

孙宽，祖籍北京，南京大学文学硕士，现定居新加坡。新加坡文艺协会会员、受邀理事，新加坡热带文学艺术俱乐部会员，欧洲华人文学笔会会员，东南亚华人笔会永久会员等。

宜兴·阳羡红茶甲天下

李小山

我到过不少地方，品尝过国内国外许多种类的红茶，我觉得，最值得称道的仍然是故乡的宜兴阳羡红茶。或许是个人的偏好和习惯，我几乎喝不了任何其他红茶。对于我们每个人来说，饮品和食品一样，偏好是由习惯和条件而造就，道理很简单，所谓一方水土养一方人。

那么，我们是否可以说，各地的红茶有各地的特色，因而不可比较？孟夫子云，味之于口也，有同嗜焉。换成今天的说法，叫做大家对某种味道会有共同的爱好。无疑，地域性的习惯造成了人们的口味相异——譬如祁红、荔红、滇红都有各自的粉丝，但是不可忽略的是，口味这东西也需要传播。我的同乡吴冠中写过一篇文章《养在深闺人未识》，老先生讲的是张家界，拿来比喻宜兴阳羡红茶，意义也一样贴切。

记得我高中毕业，进入当时的美陶厂做设计工作。县文化馆钱建华先生常拜访制壶大家顾景舟，有时带我作陪，有幸喝过顾先生招待客人的红茶。那是我第一次懂得什么叫做品茶，以及品茶与解渴的区别。我想，自我喝了顾先生的红茶开始，便一发不可收拾地喜欢上了。而且我从前辈的谈话里知道了宜兴阳羡红茶的来龙去脉，这是一种与知识同步的切身体验，在我脑海里刻上

斟茶

深深的烙印，其后的几十年，我对宜兴阳羡红茶便是从一而终了。

　　读过《红楼梦》的人都了解古人对于茶文化的细腻感受。既然郑重其事称之为茶文化，想必其中包含的内容非常深厚和丰富，论茶谈茶的书籍文章简直数不胜数。不过我还得拉出孟夫子，他老人家说得好：尽信书，不如无书。在口味这一点上，我完全相信自己的感受。换句话说，从自己的阅历和经验进行判断，是足以说明问题的。

　　许多到过宜兴的外地人对宜兴赞不绝口，原由不外乎山清水秀，环境优美和经济发达之类，这是对的。宜兴的地域优势，人文传统值得翘大拇指。还有更主要的，宜兴人对环境、对文化的重视是他们长盛不衰的根本原因。我们都知道红茶的历史并不很长，宜兴阳羡红茶也是在不断的改进完善当中成为绝品。我相信，至少在种茶的土壤、气候环境、茶的采摘炒制工艺方面，宜兴阳羡红茶与其他品茗比毫不逊色。我曾把朋友赠送给我的宜兴阳羡红茶分送给一些懂茶爱茶朋友，他们无不马上变成宜兴阳羡红茶的真正的粉丝。

　　我想告诉读者，一年四季，我只喝宜兴阳羡红茶。另外，不管我到哪里——国内还是国外，我的旅行包里永远放着我钟爱的宜兴阳羡红茶。在我思考时或疲倦时，泡上一杯醇香淳厚的宜兴阳羡红茶，其时思如泉涌，疲倦一扫而光。

作者简介：

　　李小山，南京艺术学院教授，南京艺术学院美术馆馆长，南京艺术学院当代美术研究所所长。受聘于国家文化部当代美术研究中心，任特聘研究员。出版专著有：《中国现代绘画史》《批评的姿态》《阵中叫阵》《我们面对什么》；出版长篇小说有：《木马史诗》《有光》《箴言》。策划和支持过国内外许多重要的艺术展览。

醉阳羡

李风宇

去过许多次宜兴,都是说走就走,没有什么特殊的原因,就是忙。现在人人都忙,时间都是挤出来的——这话不是我说的,是同车前往的叶兆言先生说的,他也是刚撂下手头的活儿奔宜兴而去的。

"我带你们走一条好路,这是到宜兴最好的路,全是景观!"驾驶员小戴信誓旦旦。

轿车在高速路上飞奔,车窗外的青山绿水,如电影幕布上的景物变幻。果然如小戴所言,杂花夹路,绿树扶摇,河塘如镜,远山染翠,间或有一畦畦茶田从车窗外闪过,修剪过的茶树好像一盏盏绿灯笼,辅列成方阵,点缀于山间田野,如同海市蜃楼,全是喧嚣都市中难得一见的美景。听说泡茶最好的方法除了紫砂壶就是洁净透明的玻璃杯,想象那翠绿的一叶在沸水中沉浮游弋,与其在山间地头茶树枝头的随风逍遥,大可以令"无事荞"感叹一番的。据说茶是有神灵的,亦是立有牌位被祭祀的,庄子的那句著名的诡辩,此时大约也可以套用的。

我以前种过几天地,自以为对农事也略知一二,于是遥指窗外的田野点点说说,不须说,说错的地方自不在少。尤其论说那畦畦茶树品种的时候,必然也是信口开河。兆言先生是宜兴的过往常客,好像也写了不少关于茶的文章,很内行地评说,宜兴不但绿茶好,红茶也颇有特色,别有一番滋味。还说,冲绿茶要用八十度的热水,而红茶则要用沸水。

热爱家乡几乎是每一个人的天性,家乡的事物样样都好,称颂起来表述得各有千秋。宜兴方志上介绍说,宜兴东濒太湖,地势平坦,河流众多,沿湖地带碧波万顷,风景优美;北部和西北部两面多为平原,土地肥沃;南部和西南部则属丘陵山地,群峰叠翠,竹树摇曳,溶洞棋布,景色怡人,不但是茶庄星布的茶乡,也是享誉中外的"陶都"。但宜兴人给我的印象却是近乎痴迷地推崇当地出产的茶叶,在给我们接风的时候,主人一开口就提出了一个"哥德巴赫猜想":大家想想,先有宜兴茶还是先有紫砂壶?这个猜想没有"先有鸡还是先有蛋"费踌躇,自然是先有茶然后再有饮茶器皿的精益求精。主人的开场白令我大感诧异,原来我以为宜兴人最引以为豪的必然是紫砂茶壶,确实,我遇到的许多宜兴朋友言必称紫砂壶,奉为天方瑰宝。三十年前,我曾陪作家魏毓庆老师到宜兴采风,那时的宜兴城古朴幽静,颇具山水城林之胜。采风饮茶之余,我们谈论最多的还是紫砂茶壶,以及那些传说中的古今制壶大师,比如时大彬、陈彭年、顾景舟、徐氏兄弟、蒋蓉等。徐风兄学识渊博,更兼笔头了得,若干年后,这些制壶泰斗中的好几位都成了他笔下的人物,写成传记,藏诸名山,这些砖头一样厚的著作自然又为宜兴增添了一道文学风景。魏老师淘到的几把紫砂茶壶被她赠送给了泰国作家,搭建成两国作家友谊的桥梁。而我携回的那把紫砂茶壶一直静静地蹲在书案上,成了一个附庸风雅的象征物。

我不嗜茶,于饮茶之道也素无研究,渴了,端起茶杯一饮而尽,那个痛快也不是一两句话能言表的,好像以前的电影上有得演,表演出来的那个爽劲还是蛮真实的。现在条件好了,看到许多朋友喝茶都有专门的家伙事,紫砂壶、小茶盅子,还有电器化的烧水炉具,边烧边喝,喝完再沏,一盅一盅,就像喝酒一般，很享受的样子，好不惬意。前些日子徐风兄捎来一盒新茶，于是心下嘀咕，什么时候在家里面与那些老茶客一样也大大地享受几回。转念一想，自己喝茶如同牛饮，糟蹋了好茶，岂不是辜负了友人美意。于是时时捧起案头的紫砂小壶，摩挲把玩，从心底感受壶底乾坤与无澜之水的波涛。

看到兆言先生向宜兴友人打探宜兴红茶的产地，既羡慕又妒忌，无论是工作还是生活，当个专家多么好，时时处处都可以做一个有趣味的人。道行勿论深浅，术业还是要有专攻的，红茶学问深，就不去探究了，好客的主人邀请我去一处号称宜兴产茶最为悠久的茶庄品茶。说走就走，开车的是茶庄的行政专员蒋凯。

别看蒋凯学的是商业营销专业，但介绍起宜兴风情物产来头头是道，分明是个旅游专业的高材生嘛。小蒋一打方向，汽车拐上一条林荫道，就着路边的景物很专业地介绍起来：我们宜兴素有"水乡、竹海、茶洲、洞天"的美誉，古的时候又称阳羡。地处上海、南京、杭州的中心地带。古人曾经这样说评宜兴：天下名山，必产灵草。江南地暖，故独宜茶——我们宜兴是名副其实的茶乡。

车行数十里，掠过几座村落，三两片茶园，蒋凯将轿车停在了一处典雅的建筑物门口，从门旁高大的柞树下极目眺望，远方的阳羡湖波光鳞鳞，闪烁着耀日银光。"阳羡茶庄"的主人贾炎先生早已迎候在门外，他的笑容与晴光乍现的阳光一样灿烂。

三句话离不开本行，请进、请进，请坐，请喝茶！

既然开茶庄，业茶事为生，自然技艺高超。精茗蕴香，借水而发，贾炎先生煮水、洗杯、夹捡茶叶，冲泡，慢条斯理，井井有条。面对双手敬来的香茶，我自然不敢怠慢，双手捧过，细啜慢饮，好像个老茶客。贾炎先生述茶经如诉家珍："明代茶叶专家许次纾曾经说过：江南之茶，唐人首称阳羡，宋人最重建州，于今贡茶两地独多。"

何以见得？

贾炎先生不予作答，又给我斟了一盏茶，如达摩讲经，单指擎天，双目炯炯，慢吞吞地说道："我的茶场出品的茶叶，是阳羡茶中上品中的上品！"

啊，我哑然失笑——这是位有趣的人，与这样的人坐而论道，既是缘分，也是考验。这盏茶，喝的必然有味道！

我不敢说我不懂茶，更不会品茶，否则，就是对主人一番盛情的轻慢。举盏浅啜，茶香溢颊："您沏的这壶是什么茶？"

"我这里没有外路的茶——当然是地产茶！"

"茶树有没有年份之分？是不是老茶树的茶就名贵一些？"

"这倒不一定，我家的茶园里就有过百年的老茶树，如果您有功夫的话，我可以炒制一点，也请品尝一下。"

说到老茶树和茶叶在宜兴的历史，贾炎先生兴致勃勃地拉开了话匣子："还是那句老话：江南之茶，唐人首称阳羡。江南的茶叶生产，我们宜兴是当之无愧的始祖。宜兴城里有条茶局巷，就在通真观到东珠巷忠肃第之间，当年茶圣陆羽曾经举荐阳羡茶为'贡茶'，这个保荐是得到朝廷钦定的。为了保证贡茶的质量，专门设立负责监制、验收、运送的茶局衙门，衙门所在的巷当就称之为茶局巷。茶局究竟始建于何年何月？这个我也讲不清楚，但是从宜兴贡茶的历史看，最早可能是始建于唐代宗永泰元年。当时规定新焙的首批贡茶必须在清明皇室祭祖之前贡到京城。"

陆羽在《茶经》中亦有对阳羡茶的品评："阳崖阴林，紫者上，绿者次，笋者上，芽者次。"明代周高起在其所著《洞山岕茶系》中这样形容阳羡茶："淡黄不绿，叶茎淡白而厚，制成梗极少，入汤色柔白如玉露，味甘，芳香藏味中，空深永，啜之愈出，致在有无之外。"

唐代诗人卢仝有句："天子须尝阳羡茶，百草不敢先开花。"

茶业专家张志澄先生的专著中记载："唐代茶叶的产地在今宜兴县的南部，

即古荆溪地界。茶叶品质次于湖州，但优于苏州、润州，芬芳冠世产，为天子所好，作为贡茶，山农苦之。"

"阴岭茶未吐，使者牒已繁"。阳羡茶是紧压茶，制成后呈片状，俗称"片茶"。《茶经》中记载了片茶的制作方法："凡采茶，在二月三月四月之间。茶之笋者生烂石沃土，长四五寸，若薇蕨始抽，凌露采焉。茶之芽者，发于丛薄之上，有三枝四枝五枝者，选其中枝颖拔者采焉，其日有雨不采，晴有云不采。晴采之，蒸之，捣之，拍之，焙之，穿之，封之，茶之干矣。"

这样劳心劳力采制出来的茶叶，自然香飘四方，令人惦记。

苏东坡也曾赋诗盛赞阳羡茶："雪芽我为求阳羡，乳水君应饷惠山。"

斟茶

不知道贾炎先生的茶是不是依照古法制作的，反正我品尝了他的茶以后，神清气爽，如同参禅，抽象的具象的都有收获。

"好茶，汤色好，味道也好！"我喝干了盏里的茶。

"还有更好的！"贾炎先生得意地边说边洗盏涮壶，用竹夹撮了一丛茶叶甩进壶里。

"这是什么茶？"

"喝喝看！"

一啜之下，茗香满口，韵致清远，滋味非同寻常，如登天庭赴海西盛筵，琼浆玉液不过如此，较之前茶更胜一筹。味之醇，茶之香，色之正，就是我这个不懂茶的门外汉也为之倾倒。

"这道茶怎么样？"老贾得意地望着我。

"味在其中！"如果我也精擅书法的话，就立刻挥毫赠贾炎先生这几个字。但是，还是想问个究竟："这是什么茶？"

氤氲茶香中，贾炎先生一字一句地答道："这是我们宜兴最好的茶——'醉阳羡'。"

饮了好茶，又畅聊了宜兴茶的前生今世，谈天说地，品茗论事，两腮泛红。听说茶喝多了，也会醉人的，喝了老贾的这道茶，我真的感到有点头晕目眩，沉醉于茶香满庭的"阳羡茶庄"。

作者简介：

李凤宇，主要以小说、报告文学、传记为主。著有小说《浮生一日》，小说集《神石》；长篇传记《孙中山》《俞平伯评传》《接吻吧，不要思想了》《失落的荆棘冠》《红楼梦魇》《靠右行驶》等，《雨花》杂志原主编。

文夫与茶

李国文

烟、酒、茶,人生三趣,陆文夫全有了。

那一年,到宜兴,适逢新茶上市,我们便到茶场去品茗。

时值仲春,茶事已进入盛期,车载着我们,穿过散布在坡间谷地的茶园,一片郁郁葱葱。江南三月,草长莺飞,布谷远啼,煦日当顶,不免有些季节不饶人的遗憾,想喝上好的雨前或明前的新茶,应该说是来晚了一点。

虽然茶场例行的规矩,要沏出新茶招待,但此时节多用大路货来支应造访者。因为当地友人关照过的缘故,对我们破了例,那一盏凝碧,该是这个茶场里今春的上品了,饮来果然不错。

于是想起唐代卢仝的诗:"天子须尝阳羡茶,百草不敢先开花。"看来,言之有理。古阳羡,即今宜兴。此地的茶,自古以来享有盛名。在座的其他同行,喝了,也就喝了,说猪八戒吃人参果,全不知滋味,未免糟蹋诸公。但值不值得花费如许价钱,来买这种据称是上品的茶,却不大有把握。值否?不值?几个人都把眼睛瞅着文夫,看他如何说,如何办。

因为,他家住苏州,近一点的,有太湖的碧螺春;远一点的,有西湖的龙井,应该说,不会舍近求远。但他呷了几口阳羡茶以后,当时就放下钱,要了

斟茶

三斤新茶。或者还可能多一些，事隔多年，我记不得了，要不然不会留下这个印象。反正，他买了很多，令人侧目。因为茶叶不耐储存，当年是宝，隔年为草。文夫认定可以，于是，别人也就或多或少地买了起来。

从那次阳羡沽茶，我晓得他与我同道，好茶。

然后，转而到一家紫砂厂买茶壶，这是到宜兴的人不可缺少的一个节目。但壶之高下，有天壤之别。好者，爱不释手，但价码烫手；孬者，粗俗不堪，白给也不想要。挑来挑去，各人也就选了一两件差强人意，在造型上说得过去的小手壶，留作纪念。文夫却拎了一具粗拙可爱、古朴敦实的大紫砂壶，我不禁笑了，这不就是儿时所见村旁地头边，豆棚瓜架下的农家用物嘛？他很为自己的这种选择而怡然自得。

有人喝茶，十分注重茶外的情调，所谓功夫在诗外是也。我属于现实主义者，容易直奔主题，这也是至今难以奉陪新进的落伍原因。只是看重茶在口中的滋味，至于水，至于器皿，至于其他繁文缛节，雅则雅矣，但我本不雅，何必装雅，所以，就一概略去。因此，日本人来表演茶道，我敬佩，从不热衷。

看文夫这只茶壶，我也很欣欣然，至少在饮茶的方式上，我晓得他与我观念趋同。

那年在宜兴，我记得，他既抽烟，又吃酒，还饮茶，样样都来得的。近两年，他到北京，我发现，他烟似乎压根不抽了，酒大概吃得很少了，只有饮茶如故。

我问他：如何？他答曰：还行！

一个人，该有的，都曾经有过，当然，是幸福。或者，有过，后来又放弃了，那也没有什么；或者，压根儿就付之阙如，又怎么样呢？那也未必不是幸福。不仅仅是烟酒茶，一切一切的物质，和一切一切能起到物质作用的精神，都可以算在内。有或没有，得或不得，想开了，求一个自然，然后得大自在，最好。

无妨说，想得开时想开，想不开时也想开，自然而然而自在，无为而为求通脱，这就是我认识多年的陆文夫。

他原来，烟曾经抽得凶，甚至电脑照打，酒曾经吃得凶，而且醉态可掬。不过，现在，烟和酒，从他个人的生活场景中渐渐淡出。守自己的方针，写自己的东西，一台电脑一杯茶；或索性什么也不写，品茶听门前流水，举盏看窗外浮云，诚如王蒙所言，写是一种快乐，不写也是一种快乐。有，固然好，但有也会产生有的烦恼；无，未必不好，但无的同时，那种清净，那种安宁，那种无欲无求的自得自足，获得的没准是更大更多的自由，何乐不为？到了我们这样年纪的一群人，只剩下茶，是最后一个知己。

好多人终于把烟戒了，把酒戒了，从来没听说谁戒茶的。看来，能够全程陪同到底的乐趣，数来数去，唯有茶。茶之能成最后的朋友，是由于它不近不远，不浓不淡，不即不离，不亲不疏。如果人之于人，也是这样的话，那友情，说不定倒更长久些。君子之交淡若水，所以说，茶者，君子也。

文夫，从我认识他那天起，就总保持着这种淡淡的君子风度。

试想一想茶，你对它无动于衷的时候，如此；你对它情有独钟的时候，仍如此。色，淡淡的，香，浅浅的，味，涩涩的，不特别亲热，也不格外疏远，感情从不会太过强烈，但余韵却可能延续很长很长。如果，懂得了茶的性格，也就了解文夫一半。

我这样看的。

记得有一年到苏州，文夫照例陪我去看那些他认为值得我看的地方。

我这个人是属于那种点到为止的游客，没有什么太振作的趣味，实在使东道主很败兴的。但我却愿意在走累了的时候，找一个喝茶的地方，坐下来，这才是极惬意的赏心乐事。与其被导游领着，像一群傻羊似的鱼贯而入，像一群呆鸟似的立聆讲解，像一群托儿所娃娃仿佛得到大满足似的雀跃而去，这样游法，任凭是瑶琳仙境，也索然无味。我记不得那是苏州的一处什么名胜，他见我懒得拾级而上，便倡议在山脚下找个地方喝茶。

找来找去，只有很普通的一个茶摊，坐在摇晃的竹椅上，端着不甚干净的大碗，喝着混浊粗砺的茶汤，也算是小憩一番。但这绝不是一个喝茶的环境，一边是大排档的锅碗瓢盆，小商贩的放肆叫卖，一边是过往行人的拥挤堵塞，手扶拖拉机的招摇过市，往山上走的善男信女，无不香烛纸马，一脸虔诚，下山来的时髦青年，悉皆勾肩搭背，燕燕莺莺。说实在的，这一切均令我头大，但我很佩服文夫那份平常心，坦然，泰然，怡然地面对这一派市声与尘嚣。

在茶水升腾起来的氤氲里，我发现他似乎更关注天空里那白云苍穹的变幻，这种通脱于物外的悟解，更多可以在他的作品中看到。茶境中的无躁，是时下那班狷急文人的一颗按捺不住的心，所不能体味的。此刻，夕阳西下，晚风徐来，捧着手中的茶，茶虽粗，却有野香，水不佳，但系山泉。顿时间，我也把眼前的纷扰、混乱、喧嚣、嘈杂的一切，置之脑后，在归林的鸦噪声中，竟生出"天凉好个秋"的快感。

茶这个东西，使人清心，沉静，安详，通悟。如果细细品味这八个字，似乎可以把握一点文夫的性格。

所以，我以为，饮茶时的文夫，更像江南秀士一些。

作者简介：

李国文（1930—2022），生于上海，原籍江苏盐城。1949 年毕业于南京戏剧专科学校理论编剧专业。历任中国铁路文协副主席，《小说选刊》主编，中国作协第五届主席团委员。著有长篇小说《花园街五号》，短篇小说集《第一杯苦酒》《危楼纪事》等。长篇小说《冬天里的春天》获首届茅盾文学奖，《月食》《危楼纪事》（之一）分别获全国第三、四届优秀短篇小说奖。

父亲引领我走上茶业路

张　定

　　1997年11月16日凌晨，父亲带着对茶叶事业深深的眷恋，带着对生命延续强烈的渴求离开了我们。目睹了父亲与病魔抗争全过程的我，一直把这一刻骨铭心的痛深深地埋藏，不敢触及。今天，在纪念父亲百年诞辰之际，翻阅友人、学生、晚辈写的纪念父亲的文章，不禁心潮澎湃。对我而言，父亲不仅是慈祥仁爱的父亲，更是引领我走上茶业之路、影响我一生的恩师。

　　作为父亲最小的女儿，我对父亲最早的印象是"一头灰白的头发，穿一件半旧的中山装，拎一只灰绿的旅行包，风尘仆仆，来去匆匆"。家里进进出出的都是父亲的同事、友人、学生，交谈中的关键词"茶叶""亩""担"时不时蹦进我耳中。童年和少年时代的我，无忧无虑，充满了对未来种种美好的憧憬，从来没把这些词与我未来的人生之路划上连线。

　　1966年初冬，家里来了一位腼腆的农村青年，当时正值"文化大革命"如火如荼，生产、教学、商业、交通都陷入无序状态，父亲关切地叮嘱着他，怎样乘车、怎样保管好钱物。后来才知道他是宜兴省庄红岭茶场的廖福初，父亲帮助刚建场的红岭联系了茶园间作用的花生种子，他是第一次离开山村去徐州调种的。言谈中父亲指着十三岁的我开玩笑地说："以后她就到你们那

阳羡茶竹风光

里种茶去！"没想到几年后这句玩笑话竟真的成为现实。

　　1969年1月，"老三届"初中毕业的我怀着"广阔天地，大有作为"的豪情壮志，和同学们一起插队落户到淮安"接受贫下中农再教育"，初涉世事的我懵懵懂懂，单纯地在艰苦的生活和劳动中改造自己。12月的一天，我们正在居住的草屋门口聊天，只见远处走来一位头发花白的老人，仔细一看，"是父亲！"原来，在省级机关干部下放的大潮中，父亲带着母亲第一批下放到宜兴县茗岭公社省庄大队红岭茶场。经历了暴风骤雨般的批斗和艰难困苦的劳动改造，父亲终于离开了喧闹的大城市，来到一片能发挥自己特长、从事热爱的事业的宁静山乡。刚到茶场，父亲就想到了已经插队到农村的我，他希望我回到他们身边，办好手续就到淮安来接我了。当时的我满怀"革命豪情"，一心要和同学"战友"们共患难，很不情愿地在淮安又"赖"一个多月，才只身前往宜兴。从严寒中略显荒凉、一望无际的江淮平原，来到了"开门见山"、竹青树绿的宜兴山区，第一次见到了寒风中仍绿意浓浓的茶树。

　　来到宜兴红岭茶场，在父母身边，生活条件比苏北好多了，但是大强度的劳动又给了我新的考验。我和茶农们一起冬日冒着严寒开荒整地，踏着冻土开沟种茶，挑肥料上山，汗水湿透棉衣；夏天顶着烈日除草松土，上山割草积肥，一身汗水就像刚从水中出来。在艰苦的磨练中，我和父亲有了越来越多的共同语言，父亲告诉我什么是植物的顶端优势，怎样抑制茶树顶端优势培养理想的采摘面；告诉我茶树根系分布规律，为什么浅锄能保水；告诉我茶园行道树和间作果树的作用；告诉我茶树害虫有天敌，茶尺蠖可以用病毒防治……跟着父亲，我学会了手工炒制碧螺春、炒青绿茶，学会了红碎茶初制技术，学会了手工圆筛、飘筛，学会了审评拼配，学会了茶叶初精制生产管理……我认真地记工作日记，把体会和经验整理成文发表在茶叶杂志上。即使这样，我还是把这一切看成是接受贫下中农再教育、改造和锻炼自己的途径，没有想过要将茶叶作为自己奉献终身的事业。

1975年初秋的一天，父亲突然问我愿不愿意到浙农大茶叶系学习，这触动了我心灵深处最敏感的地方。二十岁左右的我有着强烈的求知欲，渴望获得上学的机会，为此，我利用劳动之余有计划地自学初、高中数理化，自学英语，没有教材就借，甚至手抄，一本初中几何就是姐姐整本手抄的。我当然想进入高等院校深造，但不是学茶叶。正在这时，南京来我们公社招工了，我是符合条件的唯一人选。是上学学茶叶，以后再回茶场从事茶叶，还是彻底离开农村，回南京当工人？我犹豫了，但是看着父亲殷切的目光，我毅然选择了前者，放弃回城。这一刻，我清楚地意识到：我将与茶叶结下终生之缘了！

在浙农大茶叶系，尽管我不是正式的工农兵学员，但是领导和老师们很关心，同学们很友好，给了我一个愉快而宽松的学习环境。我如饥似渴地在书本和资料中徜徉，认真听课，参加实践。就在三年学习即将结束时，传来了恢复研究生招考的消息，父亲支持、老师们鼓励，我做出了一生中最重要的一搏。当拿到研究生录取通知书的时候，父亲没说什么，但我感到他内心的高兴和自豪。三年研究生学习充实了我的理论基础，锻炼了我进行科学研究的能力。研究生毕业了，父亲希望我回江苏工作，而且要到基层去。就这样，我在到江苏省农林厅报到的当天，就被二次派遣去了位于无锡郊区的无锡茶叶研究所。分配到这么基层的单位工作，这在恢复招生后毕业的第一批研究生中是极少的。这里生活、交通很不方便，工作条件也较简陋，但给了我独当一面工作的机会。我参与茶树新品种选育，开展品种适制性试验，筹备并建立了实验室，进行茶叶生化分析。工作能力在克服困难中得到提高，我感到充实，也理解了父亲的良苦用心。

1983年4月，种种机缘，我回到了江苏省农林厅，开始了茶叶生产行政管理工作。在机关怎样发挥专业特长？幼时父亲常年深入基层、风尘仆仆，给我留下了很深的印象，他对茶农的感情、对基层一线能人的尊重、对新生事物的敏感开放影响了我。我也经常下基层，坐过拖拉机、骑过自行车、更多的是步行。女儿小的时候，出长差就带着走，所以许多基层茶场的同志都认识我女儿。在经常下基层中，我学会了发现典型，分析典型，将其中的好经验宣传推广，扩大效应；行政管理工作让我学会抓机遇，宣传产业，提高产业地位，争取条件，两者结合就能有效加速产业发展。这些都是在父亲的潜移默化中感悟出来的。

今天，"茶叶""亩""担"也成了我与同行们交流中常用的关键词。"茶叶"，已成为我省十六个农业主导产业之一，是开发丘陵山区致富农民的高效产业；"亩"，全省茶园面积从1980年的17.8万亩扩大到47万亩；"担"，茶叶总产从1980年的10.5万担提高到1.57万吨（31.4万担）。关键词中又增加了"优质"，连续十四届"陆羽杯"全省名特茶评比，推动了全省名茶品质提升，整体水平在全国领先；"高效"，茶叶总产值15.8亿元，38万亩开采茶园平均亩产值4158元；还有"大面积无性系良种茶园""名茶加工机械化""茶叶清洁化加工"……巡视今天江苏的茶业：整齐茁壮的无性系良种茶园，间或配有喷灌、遮阳网、频振灯、防霜扇的设施茶园，新建或改建的符合食品卫生标准的清洁化加工车间，琳琅满目的各色名茶、茶制品和深加工产品……更重要的是全行业奋发进取的精神风貌，看到这些，父亲在天之灵一定会感到无比欣慰。我想，他也会为在这些成就中出了一份力的他的同行女儿而骄傲的！

作者简介：

张定，研究员。中国茶叶学会监事长、江苏省茶叶学会名誉理事长、茶叶审定与检验专业委员会主任。

最爱阳羡茶

张焕南

家乡的老领导杨亚君女士嘱我为市茶促会主办的《阳羡茶》写点东西,这可真把我难住了。一来,和很多本乡人不同,尽管自己是土生土长的宜兴人,也喜欢喝茶,但对喝茶这个事却从来没有上过心,用土话讲,劝劝的。茶是喝了不少,却从来就没有喝出过什么名堂,对茶叶、茶具、茶道、茶禅之类,更是一窍不通,实在说不出个所以然来。二来,过去这二十多年,自己虽然一直与这两三千个文字拼命,在别人眼里,也算是个靠笔安身立命混饭吃的,写点东西应该不算个事,不说信手拈来,也该是率尔成章。但实际上,这么多年来我所写的多是讲话、报告之类的官样文章,与文学二字相去甚远,几乎沾不上什么边。要换个脑袋,写出风花雪月、花鸟虫鱼之类的东西,实在不是件容易的事,这还真不是客套话。

但是,老领导看重我,难得开次口,推辞肯定不合适。恭敬不如从命,就勉为其难吧!

说起茶,便想起我的父亲。在我的记忆里,最早让我知道世间还有茶这一物的,是我的父亲。孩提时代,虽同在"茶的绿洲",但相对于产茶的南部丘陵地区,身处西部圩区的人们,对茶是没有多少概念的,茶叶其实是个稀罕物,茶乡其实是个遥远的想象，喝茶其实是个奢侈的享受。我们小时候，喝得最多的便是开水，双手掬一洌河水，咕咚咕咚直接吃下去，也是平常得不能再平常的事。有一天，父亲不知从哪里弄来一包茶末，用土黄的草纸包得方方正正，放在长台的一角，这让我十分好奇。父亲前脚刚走，我便赶紧拆开，看着像极了烟丝，就自作聪明把它扔到了大门外的河滩上。那时家里的生活实在拮据，有时连饱饭都吃不上，所以大家对父亲抽烟是极力反对的，尽管只是抽一些劣质的烟丝。把烟丝扔了，不就抽不成了吗？这是我当时非常得意的想法。父亲从地里干活回来，便四处寻找这包茶末，我这才晓得原来自己做错了事。父亲并没有责怪我，把茶末捡了回来，小心地打开纸包，看了又看，闻了又闻，用粗糙的手指捏了一点，轻轻放进碗里，再用开水一冲，便成了有汤色的茶。父亲眯起眼，用撅起的嘴来回吹开浮在上面的碎末，一边满足地喝着，一边喃喃自语，好东西，解水气。这情形那么清晰，至今令我记忆犹新。从那时起，我便确切地认为，茶叶就是茶末。

我平生第一次喝茶，是初中毕业考上无锡师范的时候。20世纪80年代初，考上小中专就能转户口、吃皇粮，换句话说就是国家的人了，这可是件很荣耀、很光鲜的事。当然能考上的也是凤毛麟角，全县总共就几十个学生，可能一半是实力一半是运气吧，我居然上了榜。这对我们全家来说，简直大喜过望。可以说，从我记事起，我们家就从没遇上过这么大的喜事。那年，我十五周岁。在仍然十分闭塞的年代，一个从未出过县门的孩子，要只身外出读书，对父母来讲，当然是件不小的事。于是，围绕我外出读书的准备工作早早就开始了。那天，母亲带我来到镇上，置办上学的行李，从箱包、被褥到蚊帐、牙膏，母亲想得真是周到、细致。为了买到实用又便宜、还不给儿子丢脸的物品，母亲带着我几乎跑遍了镇上的每一个商店，不厌其烦地比来比去、试来试去，直到满意为止。正值盛夏，烈日炎炎，奔忙了大半天的我汗流浃背，口渴得喉咙冒烟。当时还不像现如今，随处都有各色饮料，小镇上唯一可以解渴的，就是

斟茶

街头的茶水。不长的街道两旁，总摆着几个茶摊。所谓茶摊，也就是一张四方的桌子，再摆上十几杯茶水。杯子各式各样的，但一律都是玻璃杯，上面还用一块四方的玻璃压着，算是茶杯的盖子。母亲找到一家茶摊，付了三分钱，把一杯红茶递到我手上。我连看都没来得及看，头一仰，三下五除二就喝光了。完事后才慢慢回过神来：原来茶不光有颜色，也是有味道的，似乎有些苦涩，还有一丝说不上的香气。说实话，第一次喝茶，我并没有感到有什么特别，只知道这东西要比开水更解渴一些。现在回想起来，这茶的品质是一定不怎么样的。

真正改变对茶的认识，是我工作之后的事了。从无锡师范毕业后，我被分配到宜兴实验小学工作。或许是职业的缘故，学校里的老师，不分男女，也无论年龄，基本上都有喝茶的习惯。每天上班雷打不动的第一件事，就是把茶泡上，这似乎成了老师们的"标配"，成了学校里一道独特的风景。什么红茶、绿茶，什么阳羡雪芽、荆溪云片，不仅茶叶的品种不少，茶具也各式各样，有玻璃杯、白瓷杯，也有搪瓷杯、紫砂壶。对怎样喝茶的讨论也特别热闹，比如什么茶具适合泡什么茶，用什么水温泡茶恰到好处，什么时候喝什么茶功效更好，等等，大家说起来总是头头是道、兴致勃勃，好像很有见识和体会的样子。

我的印象，那时几乎每张办公桌上都腾着袅袅的热气，飘着淡淡的茶香，不大的房间里弥漫着水灵灵的生机。老师们之间的相处，也因此变得热络起来。一人有了新茶、好茶，总喜欢拿出来同大家一起鉴赏，共饮共品，好不其乐融融。受这种氛围的影响，我们七八个青年教师也学着喝起茶来，晚上经常聚在一起，一边讨论教案、制作教具、交流教学心得，偶尔也激扬文字、畅谈人生和文学，一边似懂非懂、装模作样地喝着茶，如此经常熬到深夜也浑然不觉。而每每此时，思维似乎也如茶一般活跃起来，灵动起来，伸展起来，丰富起来。班级管理的一些奇思妙想，教学方案的一些点睛之笔，甚至是

"为赋新词强说愁"的一些人生感悟,都从这一杯杯的茶里咪溜咪溜冒了出来。也正是从这个时候开始,我对茶逐步有了新的认识:原来家乡是个小有名气的产茶区,素有"茶的绿洲"的美称,"天子须尝阳羡茶,百草不敢先开花";原来茶叶是那么多彩,喝茶是那么讲究,茶的作用是那么百治百效;原来茶是一种文化,是中华文化的精髓之一,源远流长、博大精深。喝茶这件事里,居然蕴藏着那么多的门门道道,给人带来那么多的感悟、感动,这是我以前从未想到过的。

后来,由于工作的原因,我离开家乡,越走越远,也有机会尝到了来自各地的好茶、名茶:信阳毛尖、西湖龙井、六安瓜片、祁门红茶、武夷岩茶、安溪铁观音、思茅普洱茶、海南白沙绿茶……客观说,茶犹如人,千人千面,各

阳羡茶

有各的长相，各有各的脾性，各有各的气质，不能说哪个更好哪个更差，但于我而言，毫无疑问最爱的还是家乡的茶，有言道"茶是旧土香"！家乡茶那绽放的容颜，那鲜亮的汤色，那优雅而饱满的清香，那甘醇而厚重的味道，那婀娜妩媚、千变万化的姿态，已成为我一种刻骨的记忆，一种浸润于血脉的基因，一种与我融为一体的特质。无论身在何处，只要喝着家乡的茶，就仿佛走进了朝思暮想的家乡，见到了家乡的人，置身于家乡的景，在和家乡面对面聊天、谈心。

家乡的亲朋好友知道我只爱喝家乡茶，所以隔三差五都会给我捎带一些。每当此刻，我便如获至宝，爱不释手，格外开心。特别是清明前后，总会不由自主地想起家乡的茶来，不只是想尝个鲜、解个馋，更是因为这茶里充满了家乡特有的春的气息。最近这些年，家乡寄来的茶叶不仅品种丰富，质地细腻，做工考究，包装也越来越有范，品牌也越来越靓丽，集色香味形器意养于一身，其价值早已超越了传统意义上的解解渴、解解水气，升华成了承载、传递和展示家乡文化的名片、使者。这么多金贵的茶，我一个人喝不完，便想着与身边的朋友分享，你一盒，他一包，大家都特别高兴。很多朋友传过话来：以前只知道宜兴的紫砂壶名气大，不知道宜兴的茶叶也是如此卓尔不群！这时，我的心里总会涌起那么一股掩饰不住的自豪。

作者简介：

张焕南，民生加银基金管理有限公司党委书记、董事长，民生加银资产管理有限公司党委书记、董事长。

初识阳羡茶

张瑞敏

与阳羡茶结缘，始于江苏宜兴一本雅致精美的《阳羡茶》杂志。我是陕西宝鸡人，从来没有去过江苏，不知道宜兴在什么地方，也没听说过阳羡茶。通过细品这本精美的杂志，我这才知道了宜兴，更知道了阳羡茶。

宜兴古称阳羡，文脉厚重，资源丰富，素有"陶的古都、茶的绿洲、洞的世界、竹的海洋"之美称。宜兴盛产茶叶，是名副其实的"中国名茶之乡"，也是一座浸泡在茶香里的城市。秀美灵动的宜兴山水，赋予了阳羡茶特有的滋味。

一壶阳羡茶，笑迎天下客。从这本杂志里，我也了解到阳羡茶悠久的历史，不仅深受皇亲国戚的偏爱，而且也得到许多文人雅士的喜欢。史料记载，阳羡茶在唐朝时期达到了空前的鼎盛，茶圣陆羽评价"品质冠绝他境"。后经推荐，阳羡茶被定为贡茶，每年采制三百多公斤进贡给朝廷，由驿骑日夜兼程用十天时间送到长安，赶上皇帝的"清明宴"。古代隐士卢仝在《茶歌》中写道："天子须尝阳羡茶，百草不敢先开花"；明末清初刘季庄在书中记载"天下茶品，阳羡为最"；明代袁中朗评价阳羡茶"武夷茶有药味，龙井茶有豆味，而阳羡茶有'金不味'，够得上茶中上品"。由此可见，宜兴茶的品质是多么的超群！

欣赏之余，按捺不住好奇心，便从网上订购了一盒阳羡雪芽。收到后打开包装，一股浓郁的茶香立刻扑鼻而来。叶呈条形，色翠显毫，用开水沏泡，汤色碧绿清澈，茶底嫩黄绿润，香气清雅，如清月照林，意味深远。呷一口，滋味鲜醇，回味甘甜，好像喝到了早春嫩芽特有的味道，一下子便爱上了这个茶。

好山好水产好茶！一定是宜兴独特的自然环境和适宜的气候条件，造就了誉满天下的阳羡茶。我从网上了解到，宜兴有山地近7.5万亩，森林覆盖率居全省前列，是江苏省植物资源最丰富的地区之一。高比例的森林覆盖率，保证了茶园内部的天然生态链。而且当地夜雨多，风力小，使茶树有更适宜的生长环境，进而大大提高了茶叶的品质。

喜欢一座城，可以是它的独特，也可以因为它背后的茶文化。查看了一些资料，才知道阳羡茶不是一种茶，而是宜兴茶的统称。宜兴茶有"阳羡茶"和"宜兴红"两个区域公共品牌。宜兴茶以绿茶和红茶为主，宜兴绿茶有阳羡雪芽、碧螺春、白茶、毛尖、荆溪云片等，红茶有竹海金茗、丹凝、乾红、苏红、百岁红、九香、野山红等。我以为喝什么茶，跟人的生活习惯、周遭影响等不无关系，纯属是"萝卜白菜"的事。就像红茶、绿茶、白茶、黄茶、黑茶、乌龙茶，就其风格、品质、声望而言，难分伯仲，喝什么全凭自己的决定。

曾有朋友建议说，绿茶是偏阴性的，夏季饮可以，冬季和早春晚秋，应该饮暖性的发酵茶，如乌龙、普洱什么的。我却不以为然，每天上午照例饮绿茶。有时静心仔细想想，对绿茶如此倾心，倒也是有一定缘由的。我喜欢阳羡茶那纯粹的绿色，我向来的心性，好像与绿茶的形态、姿容、汤色、气质、神韵等，有一种自然的契合。喝茶传递给人们的感受很多，比如清、淡、简、静、爽，同一个人的生活志趣、性情修养、愿景取向、待人之德、为事之道等，大体是一致的。

茶是生活，因你而醉。在《阳羡茶》杂志上读到这一句话，感觉很妙，我也很是认同。试想，这绿绿的茶，从茶园云雾中走来，经杀青、烘焙、整形一系列繁琐程序操作后，依然嫩绿鲜亮、清香馥郁，实在让人浮想几多。常饮

茶趣

绿茶,对防衰老、抗癌、消炎等,具有特殊效果。对这些说法,我不是很在意,我看重的是绿茶带给我心境方面的共振,即健心之补益。毕竟,茶滋润的不仅是身体,还有心灵,涤荡的不仅是五脏,还有精神。

茶有浓淡,有冷暖,人亦有起伏,有悲欢。品一盏茶,给枯燥焦渴的心田下一场雨,洗去尘埃,洗去浮躁。然后,在一盏茶的时间里,获得坦然和宁静。在周围,很多人的生活总是离不开茶,无论是"棋琴书画诗酒茶",还是"柴米油盐酱醋茶"，雅与俗，上到达官贵人，下到平民百姓，都可以喝。可以喝得精致、喝得仪式、喝得隆重，也可以喝得简单、质朴、随意。重要的是，手边有一盏茶，除了生理上的解渴，还可以精神层面上的醉心。这样，"茶是生活，因你而醉"这话，便是很好的诠释。在某一瞬间，如坐草木之间，如归远古山林，感受到清风浩荡。

据说，在宜兴当地，人们至今仍沿用"吃茶"的说法，这与古代用茶习俗是密切关联的。事实上，由于制茶工序不同，唐朝时人们喝茶的习惯跟现在也大不一样。那时他们用茶时，根据自己口味浓淡直接从茶饼上掰取大小不等的茶粉，放在开水锅里烹煮，汤中加盐，调成咸味，连汤带茶粉一同吃下，所以那时不叫喝茶，叫吃茶。而现代人称喝茶为"品茶"，淡泊、清静、简约，捧一杯清茶，看枝舒叶展，浮沉舞蹈，无论世事如何变幻，自守得一份从容和淡然，任所有的开心、不快都随茶叶沉淀，心头了无牵挂。

"茶"字拆开即"人在草木间"，人生一世，草木一秋，所以，中国人的生活起居总离不开茶。烧水，取茶，注水，撇去浮层，注水，趁着热劲，轻轻啜，热香沁脾，口舌先甘、后涩、再甘，好茶的最后是归于平静！心境生心念，观茶而明心。安坐，于杯中窥茶、品茶，仿佛看尽、品尽人生！茶是个好东西，人生也是如此，需要慢慢温，慢慢品。

人品茶，茶品人。不同的地方茶的性情各异，不同的茶香滋养出形态各异的生活，甚至一座城市。那么，要了解宜兴这座城市，要感受它独特的魅力，不妨先喝喝阳羡茶吧，或许会给你不一样的感受。

作者简介：

张瑞敏，陕西省散文学会会员，宝鸡市作协会员。作品散见于《西安晚报》《农业科技报》《宝鸡日报》《秦岭文学》等报刊杂志，出版散文集《屹立在时光里的树》。

阳羡茶品天下名

陈宗懋

在我国茶叶史、茶文化史上,阳羡茶是出名最早的茶品之一,她出产在人杰地灵的江苏宜兴。宜兴南部是天目山余脉,群山连绵起伏,溪流清澈甘洌,自然条件非常优越。山区有唐贡山、南岳山、离墨山、洞山、悬脚岭、茗岭、罗岕等处,历来就出好茶,这在陆羽《茶经》、许次纾《茶疏》、周高起《洞山岕茶系》等茶叶典籍中都有记载。自两汉六朝、经唐宋元明清,宜兴茶业由发轫而勃兴、由简始而繁荣,在中国茶界享有很高的知名度和美誉度。特别是在唐大历之后的千百余年里,"阳羡茶"一直是历代皇室的独特贡品,也成为文人学士相互馈赠的礼物。形质俱佳的阳羡茶,饮誉海内,使宜兴成为我国名符其实的产茶之乡。

由阳羡茗茶的盛行,宜兴茶文化也独树一帜。围绕阳羡茶而来的歌赋诗词,历代传诵不息。唐代陆羽、卢仝、李栖筠、白居易等名人有许多精彩诗文,已经成为中国茶文化的瑰宝,特别是卢仝《茶歌》中的"天子须尝阳羡茶,白草不敢先开花"的赞叹,把阳羡茶推到了非常高的地位。宋明两代的苏东坡、朱熹、文徵明、唐寅都十分喜爱阳羡茶,将更多的闲情逸致赋予了茶和茶文化,延续和弘扬了中国文人与茶的美谈佳话。苏东坡的"雪芽我为求阳羡,乳水君

斟茶

应饷惠山"诗句,道出了对这片土地的不舍情怀。当然,还有数不清的宜兴乡贤和江南才子,用诗文、绘画等形式,用雅俗共赏的方式,将宜兴茶真正荐入了寻常百姓之家。

由茶而及茶具,明代饮茶方式由煮茶改为泡茶的变革,直接导致了茶具的变革,期间,紫砂壶具应运而兴。其独特的材质和别致的装饰手法,得到世人,特别是文人们的喜爱和推崇,迅速成为茶具之首。时大彬、陈鸣远、陈鸿寿、邵大亨、顾景舟等,一代代能工巧匠,把紫砂艺术不断推向高峰。而文人墨客的积极参与,使紫砂壶具拥有厚重的文化而成为珍品:清代浙江文人汪文柏就有"人间珠玉安足取,岂如阳羡溪头一丸土"的感叹。一把精美的紫砂茶壶,可实用、可欣赏、可收藏,这是历代爱茶人的心血结晶。紫砂壶逐渐成为中国茶文化的一种象征、一个符号,这是宜兴人创造的奇迹,更是阳羡茶孕育的奇迹。

阳羡之茶,紫砂之壶,得益于灵秀山水的孕育,得益于文人逸士的推崇,得益于皇室重臣的垂青。当然,最重要的是得益于宜兴百姓的勤劳和智慧。今天,赏壶品茗,越来越成为一种时尚。这种传承古今、陶情冶性的社会风尚,理应得到我们的尊崇。但愿我辈及更多后来者,在心慕手追历代前贤的同时,继续他们孜孜以求的精神,创造更多值得后世珍视的茶文化成果,共同为中国茶业争光添彩。

作者简介:

陈宗懋,中国茶学学科带头人,食品安全和茶叶植保专家。中国工程院院士、中国茶叶学会名誉理事长、中国农科院茶叶研究所研究员,博士生导师。

茶香润心，其味悠长

陈雪芳

一杯酽酽的红茶，或是一杯碧玉般的绿茶，在光线下透散着无穷的光芒与神采，空气中弥漫着茶香，生活徐徐拉开帷幕。

"柴米油盐酱醋茶"，这是中国老百姓的开门七件事。虽然茶放在最后一位，但茶的地位却是最高的。哪怕再穷苦的家庭，茶叶也是必备的，亲戚朋友客人上门，一定要以茶奉之，代表着尊敬和礼数。

时光，在苍茫中悄然行走。对于茶的起源，要追溯到远古时期，相传神农为了天下众生尝遍百草，不慎中毒晕倒在一棵树下。其时，一滴露珠刚好从叶片上滑落至神农嘴里，神农悠悠苏醒，他好奇地采摘树叶尝之，感觉仿佛浑身都被查看了一遍，顿觉神清气爽，于是将这棵树带到了民间，取名为"查"，后来演变为"茶"。但古时候把"茶"写成"荼"，到了唐代，饮茶已经在各阶层越来越普遍，人们意识到茶树是木本植物，于是改"禾"为"木"。细看"茶"的字形，很有讲究，上面是草头，将一个十字与人字相连，寓意人和大自然的和谐微妙关系。

岁月如歌，时光如梭，在星汉灿烂的历史长河中，有些人必定会被世人铭记。如果说神农发现了茶，那么唐代被誉为"茶圣"的陆羽则开启了一个茶的新时代。他一生与茶相伴，用饱蘸着生命的茶汁，抒写着盛唐天空下最为绚丽的生命之花，三卷《茶经》，惊羡古今。

陆羽曾多次来到宜兴，他被宜兴的山水人文所吸引，对宜兴的阳羡茶更是赞不绝口，他将阳羡茶写进了《茶经》，并推荐为贡茶。

宜兴是一块有山、有水、有平原的富庶之地，不仅适宜茶树生长，还盛产一种紫砂泥。人们将它制成紫砂壶用来泡茶。由于紫砂壶具有良好的透气性和吸水性，特别适合泡红茶，茶壶用的时间越久，泡出的茶水味道就越好，宜兴紫砂壶因此越来越受民众喜欢，知名度也越来越高。由紫砂壶而衍生出来的陶刻，是紫砂壶与中国书画的完美结合，让紫砂壶更增添了观赏雅趣和文化气息。品茗赏壶，心静神怡，仿佛微风徐来，莲花盛开。

去年春夏之交，我有幸应宜兴市茶文化促进会的邀请来到宜兴，走访了宜兴兰山茶场、宜兴新街茶场、宜兴南山坞茶场、宜兴珍香生态茶园等茶叶生产基地，还拜访了微刻大师一木先生。

当时的我，徜徉在茶树丛中，茶叶的清香如丝如缕扑鼻而来，柔风拂面，灵魂被这葳蕤的绿意安抚，内心一片宁静，悄然之间，和茶有了心灵相通的呼吸与脉动。

有时候缘分的缔结，只在于一个不经意的回眸。从那一刻起，我的内心已被柔柔击中，在一步步的探寻中，渐行渐深，深深吸引。茶的一生，就像等待一场生死不弃的爱情，从一芽鲜叶开始，历经采摘、萎凋、揉捻、发酵、烘干，才得以成茶，然后静静等待和有缘之水在紫砂壶中合抱相融，终得天香国色的圆满。

宜兴也产绿茶，但宜兴人似乎对红茶更加偏爱，可能是紫砂壶和红茶相得益彰的缘故吧。他们常说："茶是有灵性的，紫砂泥也是有灵性的，对待它们必须摒弃杂念，用心用情。你给它们以深情，它们也会回报以深情。"听起来似乎有点玄乎，但我能够体会到这份情愫，他们将这份用心用情的深情，倾

茶趣

注于制茶和制壶的过程中,也投放在泡茶、养壶、品茶的细节里。

泡茶,须静心。茶叶要选上等的好茶,水最好是山泉水,用茶匙取适量茶叶置于紫砂壶中,待水煮到刚冒泡,提起徐徐冲泡。第一开茶是不喝的,用于养壶。软布轻轻擦干壶身,冲泡第二开茶,将茶壶中的茶水倒入公道杯中,然后再匀分给客人。此时的茶汤色如琥珀,香气怡人,入口微苦,回味甘甜。

我曾好奇,为什么茶要先倒入公道杯,直接倒进饮茶杯不是一样吗?主人笑着说,公道杯的寓意就是公平公道,如果直接倒饮茶杯,就会有先后顺序,那么茶的浓淡就会不一样，而客人品到的茶的味道也不一样。如果倒于公道杯，那么所有茶的品质和味道都是一样的，不会因为先后而厚此薄彼。我恍然大悟，公道杯，名副其实！一壶茶，不仅仅是解渴之需，更是情谊之现，悠悠茶香，滋润心田。

宜兴人不仅精于制作紫砂壶和宜兴红茶，他们还对茶文化及相关风俗做了系统的研究和阐述，宜兴还有不少文人在从事有关这方面的研究和梳理，他们都不遗余力地用文字再现宜兴紫砂壶和宜兴红茶的文化魅力。

宜兴人对家乡的热爱是发自骨子里的，这种热爱表现在他们的言行举止中，他们喜欢自己的城市，对茶文化的传承和推广有着一种义不容辞的坚韧和执着。他们以身伴茶、以壶养茶、以心品茶，茶文化已然成为流淌于他们血液中的一部分，让他们为人处世更加谦和从容，性情更加温文尔雅。

燃一支香，抚一曲琴，品一壶茶，在茶香琴韵中，感受琴茶之美，感悟心灵的宁静淡泊。他们不急不躁，脸上永远挂着平和淡然的微笑，来了客人泡上一壶好茶，慢慢饮，细细谈。恍惚间，有一种淡淡的韵味，在一盏精致的小瓯的表面，微微地荡漾开来。

在茶香的浸润中，心灵越发澄澈温暖，茶一般韵味悠长、自由轻缓的人生也逐渐展开。

作者简介：

陈雪芳，苏州市人，中国作家协会会员。作品散见于《小说选刊》《四川文学》《北方文学》《小小说选刊》《啄木鸟》《雨花》等全国各大期刊杂志，有作品被选入初中试卷、高中试卷、大学考研试卷。出版《阳光穿过的早晨》等小小说集三部。

踏梦茶州

陈锡生

　　逶迤苍茫的天目山像一条横卧中国东部的绿色巨龙，它不经意的一次轻轻蠕动，便把它的小半身从浙江伸进了江苏。从此，广袤无垠的江苏平原因了南部山脉的葱郁点缀，变得斑斓多彩，麦田与山野相映，百鸟与鱼跃同趣，碧水柔情与山石刚毅相济，粗犷豪放与细腻温润相融，使得这片土地充满了勃勃生机而又玲珑剔透！

　　悬脚岭，是这片绿色苍茫中江苏与浙江交界处的一座小山岭。岭下山势平缓，土丘深松且肥沃，四季栽满了桃、李、茶、桑……一如远离尘嚣的田园。

　　这里的山民勤劳、朴实、善良，晨耕暮归，春种秋收，自给自足，温情和睦。一千三百余年前，一位其貌不扬的湖北汉子一次蓦然的到来，使得这座深山中名不见经传的小山岭便与一部旷世奇书紧密地联系在一起。

　　这位湖北汉子便是陆羽，这部旷世奇书名曰《茶经》。

　　唐天宝十三年（754），饱受命运苦难的陆羽在二十二岁那年的冥冥之中，仿佛得到了上苍的昭示，他要向命运挑战，向苦难决裂，去追寻生命中另一种别样的人生风采，在浩瀚的经籍书海中，他要写一部尚无古人所著的奇书：《茶经》。

唐贡茶古道

于是，陆羽经过深思熟虑，决定从茶树的生长，茶叶的采摘、加工以及茶树与自然山水，与气候土壤之间的有机关联中寻觅其成长奥秘，去揭示人与茶之间的相融关系，茶之于人的现实意义。

当时的唐代已普遍时兴吃茶。据《封氏闻见记》所记载，中原地区自河南、江西、安徽、湖南、湖北以至京师，无不卖茶、吃茶。朝廷皇官、达官贵人食甘厌腻，终日不免积食昏沉，为提神消食，饭后必吃茶。一时间，各地官府向民间征集精制茶叶，送进宫内，谓"贡茶"。且上交"贡茶"一定数量的，官府规定可减税或抵税。到了唐中期后，朝廷发文全国禁酒，民间竟无酒可饮，遂提倡以茶代酒，这在一定程度上无形促进了茶叶生产和饮茶的进一步盛行繁荣……

如此，吃茶成为唐代各地、各行业、各阶层的喜爱之事，亦使得茶叶渐贵，茶具渐多，茶艺渐精，然而遗憾的就是没有一部有关品茗饮茶的专业著述。史书中曾有汉代《神农本草》一书，简述茶事："神农尝百草，日遇七十二毒，得茶而解之。茗，苦荼。味甘，微寒。苦荼，一名茶，一名选，一名游冬。"这廖廖几十个字，历史意义巨大，它说明了中国茶的最早起源，最早的茶人，以及茶之于人最初的功能等，向世人展示了中国人饮茶史的序曲。陆羽深感在泱泱华夏饮茶大国之中，种茶形式之差异、茶叶品种之丰富、饮茶风格之多彩、饮茶方法之迥然。因此，他认为栽种茶树源流极需开掘，茶叶生产方法极需总结，饮茶茶道需要整合，饮茶艺术需要梳理，繁荣兴旺的大唐亟待要有一部全面性的、系统性的、权威性的茶学专著与时代同步……

大西南群山连绵，气候温润，林木茂盛，山土肥沃，其栽茶历史悠久，民间饮茶盛行，是大唐重要的产茶地区。陆羽考察茶树的第一个地方，他选择了与湖北紧邻的西南。在长长弯弯的山道上，他轮换骑着朋友资助的一头白驴和一头乌牛。他不怕虎啸，不惧狼嚎，渴了，喝一捧清甜的山泉水；饿了，啃一块大麻饼。那些高矮参差，大小不一，气味有别，形态各异的茶树，皆被他尽收眼底，详细记录下来。于是，才有了《茶经》那惊世、准确而又生动的开头："茶者，南方之嘉木也。一尺，二尺，乃至数十尺。其巴山峡川有两人合抱者，伐而掇之……"

江南，原本不在他的考察范围之中，突如期来的战乱使他在避难中意外发现了江南山区这一片与茶紧密相连的崭新天地，更是成为其茶学研究的风水宝地。

宜兴，古称"阳羡"，是太湖西岸的一片富庶之地，陆羽曾经考察的重点产茶区之一。

宜兴物产丰饶，气候温和，四季分明，田畴肥沃。尤其天目山余脉的宜兴南部边地湖㳇、茗岭、太华等丘陵地带，山土松厚，含氮量高，适宜遍种茶树，非常符合陆羽研究的茶树对土壤的要求："其地上者生烂石，中者生砾壤，下者生黄土。"而宜兴丘陵土壤多为砂岩，也就是陆羽所说的"烂石"，可以说宜兴栽茶的基础就比较好。因而宜兴历史上尤以"阳羡茶"为最，素有"茶的绿洲"之誉，是中国古老的产茶地之一。汉时便有"阳羡买茶"、汉王到茗岭"课僮艺茶"的美妙民间传说。"阳羡茶"始于汉代，盛于唐朝，大江南北都知道，那时的宜兴阳羡茶可以说名气已非常大了。而与浙江长兴一山之隔的江苏宜兴的悬脚岭四周环山，松竹漫坡，氤氲一片小气候，自然环境得天独厚，此地茶树汲山石之精华，吮天地之灵气。春风吹过，其漫山茶树清香而扑鼻，茶芽清秀而悦目，是南部山区的精华之地。陆羽对此地茶树情有独钟，他每从湖州出发前往苏南等地考察途中，多次在悬脚岭小憩，捧甘泉解乏，采瓜果饱腹，吟咏诗文，悠悠快哉！

陆羽通过对宜兴南部丘陵茶区的茶事考察研究，充分肯定了宜兴茶树的品质，他说："常州义兴县生君山、悬脚岭北峰下，与荆州（湖北江陵县）、义阳郡（河南信阳）同；生圈岭、善权寺、石亭山，与舒州（安徽安庆）同。"（《茶经》卷八）

每到桃花盛开之时，春雨滋润，大地回暖，碧绿的茶芽蓬勃茁壮，阳羡丘陵山地正是采摘贡茶的好时光。尤其悬脚岭茶事十分红火，漫山遍坡数千茶农，身背小茶篓忙碌在茶树丛中，场面甚为壮观，这令陆羽十分感慨和激动。

原来唐皇赏识阳羡茶，此地每年虽有茶入贡，但供不应求。于是，朝廷便命与生产阳羡茶一山之隔的湖州顾渚山其产紫笋茶也同时入贡。湖州刺史和常州刺史李栖筠便分别在顾渚山造有"贡茶院"、宜兴悬脚岭造有"茶舍"三十间，两州分山造茶，由五百串（斤）增至二千串，贞元初（785）进贡"阳羡""紫笋"茶达一万余串。宜兴茶舍与长兴贡茶院仅"一山之间"，山南是长兴顾渚，山北是宜兴悬脚岭，为了完成每年的贡茶任务，常州、湖州刺史每年都要在两州交界的悬脚岭上的"境会亭"，商议有关贡茶事宜。唐代诗人卢仝一句"天子须尝阳羡茶，百草不敢先开花"，点出了阳羡茶的高贵地位和天然品质。而陆羽经品茗研究后更是对阳羡茶赞叹不已，他对常州刺史李栖筠说："义兴贡茶……芳香甘鲜，冠于他境，可荐于上。"

那位叫李栖筠的州官倒是爱才之人，十分敬重陆羽。听了陆羽如此赞赏阳羡茶，便大量进贡，"始进万两，此其滥觞也"。自然，这位忠于职守、作风朴实的刺史后来官至御史大夫，成为中唐的一位重臣。

正是由于有了陆羽的高度评价，宜兴阳羡茶进贡数量大增，并以此作为皇家"贡茶"之地被固定了下来。那时国家规定生产的"贡茶"可抵税赋，无疑激发了宜兴的茶业兴旺，却累坏了勤劳质朴的宜兴人。每年到了"春风三月贡茶时"，一批官吏就要"尽逐红旌到山里"，要求茶农们"焙中清晓朱门开，筐箱渐见新芽来。凌烟触露不停采，官家赤印连贴催，朝饥暮匍谁兴哀……一时一饷还成堆。"（唐李郢《茶山贡焙歌》）真是时令不饶人呵，可见当年为采贡茶，山农们的紧张劳动和生活的艰辛。

陆羽隐居湖州苕溪的茶事研究生活平静而寂寞，艰辛而又快乐。

陆羽带着考察后的收获和劳累，穷心尽智，夜以继日进行《茶经》的写作，

绕山坐渴思
呼童剪茗旗
肠软尘落磑
圆绿活水翻
蟹眼黄耳底
鸣轻著领鼻
蚊过细闻
一瓯洗得
憧寥饱歠
溪云水脚

元·赵原《陆羽烹茶图》

他将茶树生长与自然环境结合起来，茶事与坐禅结合起来，将品茗和文化结合起来，将茶艺和人生结合起来……他写得艰辛而刻苦，写得专注而认真，写得真实而生动；他惜墨如金，落笔有声，言之有据，成文有形。

"在《茶经》的写作过程中，陆羽多次来过宜兴，这在与他有过交往的友人诗文中可以得到明证。他的好友皇甫冉、皇甫曾兄弟当时避乱，也正住在宜兴（《重刊宜兴县旧志》卷八），当时和陆羽都有诗文交往，最直接的就是皇甫曾的《送陆鸿渐南山采茶》，其诗曰：千峰待逋客，重茗复丛生。采摘知深处，烟霞羡独行。幽期山寺远，野饭石泉清。寂寂燃夜声，相思馨一声。"（《闲品阳羡：陆羽南山问茶》）

一年后，即公元 760 年冬，历尽艰辛，倾吐才情且富有东方民族风情的中国首部茶文化专著的《茶经》终于完成了初稿。后来他又陆续作了数次补充和修改，最大一次的修改，则完善于陆羽应湖州刺史颜真卿之邀，参加湖州地方史志文集《韵海镜源》的修撰中，从古籍中搜辑历代茶闻趣事，补充了《七之事》一章。至此，《茶经》终于真正大功告成，惠泽于后人。

我们知道陆羽从二十多岁起萌发创作《茶经》，到赴长江上下游各地茶州考察研究，再到写作、修改、完稿，前后近二十年，几乎耗去了他人生最宝贵的青春时光。一个人用二十年光阴写一部书，花时不可谓不长，但一部书能彪炳千古，熠熠生辉，又不可谓不是幸事和奇迹。

陆羽便是创造这一奇迹的奇人！陆羽和他的《茶经》一起被永远载入中华灿烂文化和文明的历史长廊之中。

《茶经》问世，震惊大江南北。文章其奇、其雅、其趣、其博，令人莫不称赞，陆羽迅即声名远播。《茶经》一经披世，人们争相传抄阅读，先睹为快。年年月月日日，吃茶早已成为人们生活中的常态行为，哪有如此理性的阐述和高度的总结？哪有如此广泛的异同和广泛的博闻？现在经陆羽一一道来，细致阐释，如醍醐灌顶，令人受益匪浅。

与此同时，陆羽还精心设计了一套煮茶器具，方便实用，别具一格。大家便都纷纷仿造，让饮茶成为一种优雅而有趣味的生活享受。"于是茶道大兴，王公朝士无不饮者"。当时，许多有地位、有身份的达官贵人、高人雅士还争相邀请陆羽到家，品尝他亲手煎煮的香茗，观赏他的茶道技艺，以一睹其仙风道骨般的神韵风采。

纵性喜游的陆羽淡泊明志，随处漂荡，其中以江西上饶、南昌之地居住较多。他饱览江山春夏秋冬，阅尽人间冷暖之变，其性情愈加飘逸和空灵。最终又悠悠楫舟回到湖州定居。公元804年，他在孤傲和落寞中谢世，终年72岁。

皇皇《茶经》在不太长的篇幅中，生动反映了唐代社会茶事的兴盛和茶文化的历史风貌，高度概括和精辟论述了茶之源、茶之具、茶之造、茶之器、茶之煮、茶之饮、茶之事、茶之出、茶之名、茶之图的深刻历史意义和现实的人文意义，几乎是一部完整而详实的茶学巨著。从此，中国人知道从吃茶里有了精神上的追求和享受，知道吃茶有了品格上的操守和文化内涵的寻找，更知道从饮茶中寻觅某种天人合一的生命暗示……

放眼江南，遍地茶州，一片绿色。每逢阳春三月，明媚的丽日中，袅袅茶香依然从唐风中浓郁地吹来，茶娘采茶忙，吴歌绕山梁……《茶经》中记叙的顾渚山、悬脚岭、君山、善权寺等茶州，现在茶树更多、更大，茶事更兴、更旺！

"茶圣"陆羽地下有知，可感幸矣！

作者简介：

陈锡生，1955年出生，江苏宜兴人。毕业于南京师范大学。中国作家协会会员，无锡市作家协会常务理事。著有小说与散文集《小城风流》《走进秋天》《无从叙说》《搜缸记》等多种，并屡次获奖。

宜兴饮茶文化之我见

吴达如

设想一下，如果联合国教科文组织要举办一次评选饮茶文化的最佳地，我觉得宜兴可能会名列前茅。为何？我认为宜兴出茶叶，且多名茶；宜兴是紫砂的代名词，饮茶器皿出众。据科学检测，紫砂壶泡茶乃属最为理想之器；宜兴有好水，宜兴南部丘陵有竹海，从山岩缝中流淌出来的泉水含丰富的维生素与矿物质；宜兴人喝茶不仅仅喝的是被水冲泡出来的汁，更是喝的人文历史亲情甚至哲理。就凭上述这些因素，宜兴的胜出是完全站得住脚的。

宜兴的茶文化历史源远流长。历史是一种文化积淀，想造都造不出来。唐代陆羽被誉为"茶圣"，他一到宜兴，便被这块土地上出产的茶叶所惊呆所迷住了。于是他攀山越岭，品茗品水，走访民间，著书立说，一部划时代的茶叶专著《茶经》问世了。《茶经》中有关宜兴的茶事记载今人读来还激动不已。诗人卢仝"闻道新年入山里，蛰虫惊动春风起。天子须尝阳羡茶，百草不敢先开花"的描述，仿佛让我看到飞驰的快马背上驮着新摘的宜兴茶叶，在通向京城长安的路上，扬起漫天尘土的镜头。百花姑娘看到皇上喝完了阳羡茶，连连啧啧赞叹之后才一个个敢抬起头来，展开花瓣，让春天的气息弥漫京都。陆羽在宜兴的活动还往来于湖州、常州两府之间，每年春天两府刺史相会于苏浙交界的境会亭，品新茗，商茶事，定方略，成为中国茶文化历史上一桩值得大书特书的美事。

到了宋代，因气候关系，阳羡贡茶地位逐渐被福建建州所取代，但所产的"雪芽"仍为文人雅士所推崇。大文豪苏东坡有诗为证："雪芽我为求阳羡，乳水君应饷惠山。"

虽然明代朱元璋下令废龙团制法，仍有贡茶，明人饮茶之好比前人毫无减退，首选者还是阳羡茶。文徵明有首名为《是夜酌泉试宜兴吴大本所寄茶》的诗中明明白白写道"白绢旋开阳羡月"，这实质上就是指的阳羡茶。

当然，清代以降，宜兴茶的发展变化之巨更为先人称道。名茶辉煌，新茗迭出，享誉华夏乃至全球，这厚重的历史是宜兴饮茶文化的基石。

从地理上来认识，宜兴地处北纬31°东经120°，属北亚热带南部季风区，四季分明，气候温和，雨量充沛，年均无霜期240天，年均雨雪日137天，降水量1200毫米，这样一种气候条件非常适合茶叶生长。宜兴茶树在经过一个冬季的沉睡休息之后，随着气温的逐渐升高而慢慢苏醒，等到清明谷雨，春雨滋润，棵棵茶树提起了神韵，饱吸空气和土壤中的养分，又在和暖的阳光煦照之下，开启了新的生机。

茶树在长江以北除了小气候小环境等条件许可之外，基本上不适宜生长。因为冬季过冷，加上雨量偏少，即使偶有茶叶，其营养成分也不会太佳。宜兴恰恰属于南北交汇之处，又避免了南北两地的劣势，这样的地理气候环境是上苍恩赐给宜兴的。所以，有些人用福建茶充当宜兴茶，舌尖灵敏的宜兴人一喝就知道此非地产茶也！茶也好，竹也好，宜兴处在地理条件相当优裕的南北交汇之处，你欲夸其不美也是不可能的。

此外，宜兴饮茶习俗折射出来的人文气息更具独特性。宜兴人自古以来就是重礼尚文，当今更以"教授之乡""书画之乡""环保之乡"等载誉神州。宜兴人饮茶不仅仅把茶当做饮料，更把它看成了修炼德行交流感情健体安神的良草名方。朋友亲属来访，进了门的头一件事便是泡茶，当滚开的水直注茶壶，散发出来的清香味就令客人心醉。这与北方人不相同，东北人可能就是从大瓷壶中倒出一杯水送到来客面前；中原人可能就是放几片茉莉花茶在玻璃杯内，让你享用；潮州人的壶又太小，一杯还未湿润嘴唇则早已杯底朝天了。唯独宜兴人饮茶，根据来客多少选择壶与杯的大小，让你慢慢品、细细润，直至心田舒服透彻。

宜兴，尤其是紫砂产地丁山及其周边地区，茶馆茶室之多难以想象，鳞次栉比的砂壶店每家都是一片小茶馆。来客坐定，主人泡上好茶，倒入杯中，举双手捧到你面前，让千里之外的来宾一洗风尘。茶壶生意成不成是另外一回事，先把茶喝个够，喝个透，这才是茶中自有生意经，也有弥陀经，更有道德经。

当今宜兴人喝茶已经不再是因为口渴而喝，更多的是注入了精神、文化、理念、人生等哲理元素。能坐下来一起喝茶聊天的朋友多半是知心朋友，是真朋友。有时候饭局中举酒杯你来我往，看起来热闹异常、亲密无间，其实有人是为了自己的私利硬做出来的，有的人则是台上碰杯，桌下踢脚。而茶却带来了一种平和平淡平静的心境，可以坐下慢慢享受。慢生活带来的乐趣与情调，使人心旷神怡。宜兴茶与宜兴壶相结合，正是：茶道壶道，分外有道。

到宜兴去品茗赏壶，已成为当今一些雅士文人的时尚，这不足为奇。好茶好水好壶哪个不爱？所以历史上文人学士的足迹踏遍宜兴山山水水，留下的茶叶诗文歌赋数不胜数，这不仅提高了宜兴茶的知名度，更提升了宜兴茶事的文化内涵。当今紫砂热潮兴起，又把茶文化推到了更高深的境界。

民俗是在历史长河中，老百姓逐步形成的一种习惯，它寄托着人们对美好明天的向往。小小的一片片吸收了日月精华的茶叶，遇到了优质泉水就自然地舒展开来。把这精华融入到液体中去形成饮料，这饮料是纯天然的，纯绿色的，它可以使你目明、脑醒、脾舒、喉爽、体健，可以使你的精气神得到充分的蓄养与挥发，可以使你的境界升华与开张。所以我认为宜兴的饮茶文化，可以凝聚天地之精华，可以裂变世事之神韵。

来宜兴喝茶，是人生的一大乐趣！

作者简介：

吴达如，1941年12月生，毕业于扬州大学中文系，先后从事文化、教育、侨务、地方志等部门工作。退休后研究紫砂文化并从事文学、书画艺术创作，先后写作出版了《亲近紫砂》《紫砂之谜》《陶魂》《戏迷书话》《宜兴百壶谱》《吴达如如戏人生》等。

回首过往几许情

苏建国

　　虽然每年我都订几份杂志，但也都是闲下来的时候翻翻，没有一本像《阳羡茶》那样从头到尾读过。半身漂泊，《阳羡茶》仿若故人，又成了我与故土维系的纽带，带着来自故乡的气息，让我回到那少年时代的点点滴滴。

　　说起我与茶的缘分，不得不提到我的两位亲人，在林副业局工作的父亲和在阳羡茶场工作的姨妈，他们让我认识了茶，认识了种茶人的苦与乐，认识了家乡翻天覆地的巨变。

　　关于茶，童年的我是没有概念的。初次喝茶是常年在外地工作的父亲回家探亲时让我品尝一下他当年的新茶，记得那次父亲泡的茶特别浓，茶杯里几乎一大半是茶叶，可想而知，那么浓的茶对童稚的我是什么味道，怎么也想不通这么苦的东西父亲还如此喜爱？父亲一生不沾烟酒，唯嗜茶，甚至，把茶当宝贝，为了他的宝贝，他还发明了独特的茶叶保鲜方法。

　　记得"文化大革命"前后父亲工作调动比较频繁，先是从县里调到公社，不久又从这个县调到那个县，后来又从外县调回家乡，现在想想，这是组织上关心干部长期分居所给予的照顾。父亲一生不断辗转，搬家也就成了常事，搬家工具也从手摇木船到水泥机帆船。他一生清贫，数次搬家我也没见过什么好东西，不过是一些日常用品，比如，像条椅一样的单人床架和棕板，帆布箱这些（这个帆布箱子后来成为我上大学的行李箱）。我从小就不关心父亲搬家以及他的那些家当，甚至对父亲，还有些陌生。多年在外，每次回家探亲从来没有给我们带过礼物，哪怕是一颗糖。

但父亲数次搬家，却有一样东西引起了我的注意，就是那个最不起眼的木条箱，那种发送仪器的包装箱。这个简陋的木条箱一直伴随他东奔西走，到老了，还让他的同事大老远用机帆船帮忙运回家。

打开木条箱，见里面用油布做衬底，放了大半箱的石灰，石灰上面有一个暖水瓶胆，瓶胆里放的就是父亲的茶叶。原来这就是我父亲保管茶叶的"冰箱"。江南多雨、潮湿，这个小木箱去湿、恒温、保鲜，用来保存茶叶，非常独到，是父亲的发明专利。

大学暑假，老父亲把他的心头之爱与我分享，用玻璃罐头瓶给我泡一杯绿茶。看着他从暖瓶胆里小心倒出一小撮茶叶，摊开在掌心仔细闻茶叶的香气，像是要把茶叶的清香吸进肺腑。泡在瓶里的茶叶身姿袅娜，亭亭直立。它带着的春天气息，慢慢浸溢、弥漫开来，沁人心脾。我知道茶给老父亲繁忙的工作之余带来了快乐与惬意，也知道茶给予了他远离家人时的陪伴，更加知道那是两个男人之间的一种表达，这杯茶至今没有忘记。

再续茶缘，是因为二姨，她今年九十六岁，仍然耳聪目明，只是腿脚有些不灵便。她是我至亲长辈中唯一健在的。每次我回宜兴，都会去二姨家看她。

现在的油车水库底部最深处是我二姨妈原来家的位置，那个承载儿时记忆的地方现在已成为故乡最美丽的"雅达·阳羡溪山"打卡地。解放前，姨妈嫁到山里，姨父是帮地主家看山的。两人就在山涧溪水旁搭了一间茅草房，一对年轻的穷人，就在水边，天高地厚，过着日子。据说当时我外婆一家人都非常高兴，因为有了一个看山的女婿，以后烧饭不愁茅柴了，多余的还可以挑到镇上卖钱。但姨妈有一次亲口告诉我，那时候晚上睡觉真的很害怕，有野猪和木狗（狼）。

　　小学暑假我去姨妈家做客时，"水库底部"的房子虽然从外形上看还是土墙加茅草屋顶，但进了屋，宽敞明亮又洁净，冬暖夏凉，还有了家乡比较普遍的浴锅，条件大为改善。别看外表朴素，其实就是独栋别墅，独门独户，群山环抱，临水而立，负氧离子极高，是个居住的好地方。从房子后面开始，一直到最美乡村路以南，全部都是依山起伏的茶树，散落在茶树之间的一处处农舍是国营阳羡茶场不同生产队职工的住房，炊烟缭绕在山水之间，是风景，也记录着当年的风景。两个表哥、一个表姐，全都成为了茶场的职工，收工以后我经常在门前溪水中跟着表哥抓鱼摸虾，渴了双手捧一口泉水，甘甜清冽，我想如果现在用这个水来泡一壶功夫茶，大概什么茶楼里的茶也比不了。门前大片竹园里散养着草鸡，显然，其中的一只或几只将成为我假期中的美食。假期十分美好，但回家的路途却十分辛苦，必需凌晨2点出发下山，才能赶上唯一一班从汤渡到周铁的轮船，自然需要大表哥送。夜里一脚高一脚低，忽上忽下，没有手电，没有球鞋，只有穿得已经不跟脚的布鞋，伴随着星星，在天亮前走到码头，表哥再走回家。从洋溪渡口下船走到芳桥老家，相比山路就轻松多了，只是塞满山货的布袋子带着走费劲。这样的山路随着两个表哥、一个表姐结婚喝喜酒回来走过多次，只是每走一次路况较上一次好走了许多。

　　当年，茶山、茶场我没少去。1978年我在丁山建筑陶瓷厂当学徒上班时，只要周末不回家，就会骑自行车到阳羡茶场姨妈家喝茶、吃鸡。这形象非常像电影《敌后武工队》的汉奸，吃完喝足拍拍屁股走人。虽身临茶乡，我这个人却不懂得喝茶，但采摘春茶的盛景却历历在目。春茶采摘期间，来自其他乡镇农村参加采茶的姐姐或嫂子们，手脚都十分麻利，听说太阳到一定高度就不能采摘了，这样才能保证品质，所以她们都起得很早。记得她们都住在各生产队的仓库里，一字排开用稻草打地铺。茶山上，运输的手扶拖拉机、计量称重的茶场职工干起活来有条不紊，简直和工厂流水线一样默契、有序，其中还夹杂着欢声笑语，这场景一直刻在我的脑海里。茶场一口口炒锅大概以35度角倾斜摆放，那些手工制茶的职工个个手上全部是水泡和老茧，包括我的表姐。听家人说，大概需要4.5斤新芽做1斤春茶，而做成1斤碧螺春大概需要3万多颗新芽。茶叶和粮食，粒粒皆辛苦，我是舍不得浪费一点。

现在，二姨家门口就是通往竹海的最美乡村路，近十年来，这条路我至少每年走一次。沿着这条美丽的路，我去看望早已按事业单位待遇退休的姨妈，自然还要带走亲人们塞进汽车里的茶叶、笋干等山货，这是亲人的礼物，也是大地的恩情。

作者简介：

苏建国，宜兴人。北京宜兴乡友会秘书长、原北京国家会计学院基建办主任，高级工程师。

早春，我们到宜兴喝茶去

范小青

　　江苏境内的一些地方，因为工作，或者因为其他各种原因，我常常是去了又去的，但是似乎哪一处也抵不过宜兴的吸引力，或者，我也可以换个说法，哪一处也没有像我去往宜兴那样的频繁。去过了一些地方，受到了多多少少的感染，激起了内心的涟漪，我是会写文章的，忍不住要夸一夸这个地方的强富美高。但是，仍然没有哪一处，会让我像对待"宜兴"那样，一次又一次地在键盘上敲下这两个字。

　　所以，这一次，听说又有机会要去宜兴，我的第一反应是不能再去了。不是不喜欢宜兴，是因为太喜欢宜兴了，正因为太喜欢宜兴，每去一次宜兴，我都会写宜兴的文章，我都会把宜兴在我的文章里翻来覆去地折腾。这样写下去，我担心自己会把宜兴给消费过头了，把我和宜兴的美好的缘分给提前用完了。

　　所以，对于宜兴，对于宜兴的喜爱，我得要有所节制了，要省着点用了，要留在以后的日子里慢慢品味，慢慢欣赏，慢慢地去走、去看。

　　但是忽然，我听到了一个"茶"字，原来这一次，我们是要到宜兴去看茶。
　　顿时，又兴奋起来，顿时，又跃跃欲试、摩拳擦掌了。

阳羡茶记

宜兴为我所喜，茶亦为我所爱，既喜又爱，何由而不去，何乐而不为呢？走吧，来一场说走就走的宜兴之旅，来一场如饥似渴的赏茶之行。

在去往宜兴乾元茶场的路上，雨下得很大，开始略有些扫兴，如果有蓝天配白云，再有绿色的山庄，那可是五彩缤纷，有如一幅生动的山水画。但是车开出宜兴城不久，我已经忘记了对蓝天白云的渴望，好像雨也是有颜色的，我

乾元茶业供图

忍不住拿出手机拍照了。

道路的两边，郁郁葱葱，不高的山坡，绿得那么惊艳，绿得那么水灵，绿得那么丰满，绿得让人神魂颠倒了。

虽然隔着车窗玻璃，还隔着雨，但是满眼绿色的山坳早已经入镜来，早已经入心来。

我们要去的乾元茶场，就在这样的一个山坳里。

一座仿古的建筑，精致而又大气，开朗而又讲究，它座落在四面环山的山坳之中，点缀着这里的山坡和这里的茶树，使得它们更生动，更富有生命力。

从茶室的落地玻璃窗朝外看，一览无遗全是茶，能够看到的三个立面都是茶，虽然我没有特意走到背后去看，但我知道，背后的那第四个立面，仍然是茶，这座建筑，站立在茶中央。

我们已经知道，在这里，茶围住了所有的一切，茶涵盖了所有的一切。

这就是宜兴茶，这就是宜兴的乾元茶场。近四千亩的面积，全都是茶，看到、听到、触摸到、呼吸到，都是茶。如果是一个不喜爱茶的人，住在这样的环境中，不知道会是怎么样的感受。但是，不喜爱茶的人，我们平时还真的很少碰上，或者说，真的蛮难碰上的。

就像乾元茶场的男主人李允中跟我们说，没有饭吃是可以的，没有茶喝是不行的。我们只是普通的喝茶人，而李允中，既是喝茶人，更是种茶人和卖茶人。

我们已经感受到，在这里，人、屋、茶是融为一体的；在这里，所有的谈话，几乎只需使用一个词，那就是茶。

这是一个四面环山的地方，或者说，它的四面，只是一些较为平坦的低矮的山坡。当然，山高不高，山势险不险，这是大自然的造化，是老天爷的安排——坡不在高，有绿则灵，山不在深，有茶则香。

我们面朝青山坐下来，一张古色古香的桌子，一杯浅色的红茶，一盏如茶一般温馨而有内涵的吊灯，无不映衬着这个地方的气息和韵味，连雨水也配合着这里的宁静和品格。看起来，一切都是那么的自然和顺畅。这座山中的房子，是坐南朝北的，我们正朝北而坐。当然，我们已经知道，这样一个特殊的地理位置，无论是它的哪一面，都是一样的风景。

冬天起风了，风从北面过来，吹到南面的山上，就穿不过去了，所以，在这个长满茶树的山坞里，它不用承受尖利的穿堂风的刮打，它可以少承担些许来自寒冬的凛烈的考验。相比别的位置，这个山坞里，你能感受到暖意在这里回荡，老天爷十分眷顾和爱惜这个地方。

于是，生长在这里的茶，自然也会用自己的高品格来回报天意，回报茶人的努力。

所以，乾元茶场所产的茶，就叫作"乾红早春茶"。

"早春"一词，暗藏的是对严寒的全方位的抗争，一个"早"字，更是谈何容易。

在一个激烈竞争抢上位的社会环境中，谁不想比别人抢先一步，拔得头筹。

可是，谁也都知道，这个"先"字，可不是那么容易抢、容易占的。

乾元茶场所在的位置，地下是煤干层，产生地热；又是环形的山貌，遮风挡雪；还处于温泉地带，使得整个茶区温度相对偏高。利用得天独厚自然的条件，加上现代化的精致到位的管理，以高于别人一倍的管理成本来培植乾元茶。于是，"乾红早春茶"就这样硬是提前十五天，顽强而又骄傲地站立起来了。

虽然我们来到的时候，已是初夏，早已过了采茶季节，可是当我们坐定在茶树丛中的时候，眼前依然能够看到早春时节的那一幅动人的画面：漫山遍野的采茶人，四散在茶树中，妇女们穿着随意的衣服，在绿的茶树丛中，点缀出许多色彩，好一幅清明采茶图! 好一支早春的采茶队伍! 来自远方的河南的安徽的乡村，或者，就是从本村走过来的，他们用不同的方言交谈着，用同样的身姿和手势与茶叶共舞。

我们也没有看到精彩的炒茶焙茶，没有看到炒茶前的拣剔，没有看到茶农的那一双神奇的手，怎么在几百度的热锅里将茶叶搓揉成形，搓团显毫。然而，这一切的过程，都溶入了我们正在喝着的茶水之中了。我们在这里品茶，品的就是与茶有关的一切的滋味。

宜兴阳羡茶的历史，早在汉朝就有了记载，三国时遍传江南，至唐代由陆羽的推荐，更是纳为贡茶，阳羡茶"早"，名不虚传。"十日王程路四千，到时须及清明宴"，若茶不早，若路不急，怎赶得上朝廷的清明"早"宴。

仍然是一个"早"字，如今已不再是少数人的专利专权了，在茶叶的"早"市上，即便是普普通通的平民百姓，他也一样可以喝到"乾红早春茶"。

我在想着，也许明年，我们有机会，早春，到宜兴喝茶去。

作者简介：

范小青，女，苏州人，江苏省作家协会名誉主席。主要作品有长篇小说《女同志》《赤脚医生万泉河》《香火》《我的名字叫王村》等，《范小青文集》（十二卷）以及中短篇小说集、散文随笔集数十部，短篇小说《城乡简史》荣获第四届鲁迅文学奖。

芳香冠世阳羡茶

范双喜

开门七件事：柴、米、油、盐、酱、醋、茶。茶可饮、可赏、可药、可为菜肴、可为礼品，这充分说明了茶在国人生活中的重要性。我国是礼仪之邦，人来客往，打个招呼寒暄几句后，泡上一杯热茶递给对方，这是应有的礼数，也叫以茶待客。如果没有一杯茶的铺垫，无形之中你也许就怠慢了客人，这也是茶文化的另一个内涵。

说起茶，宜兴是不得不提的。宜兴古称阳羡，说及阳羡茶，自然就是指宜兴茶了。从土地特质到气候、从茶树茶叶到茶具、从茶事茶俗到茶文化，宜兴和茶都有着深厚的渊源。宜兴是我国享有盛名的主要产茶区之一，也是我国重要的茶叶基地。宜兴现有茶园七点五万亩，宜兴的湖㳇、太华、西渚、张渚等地，都是产茶的重镇。老天爷对宜兴是不薄的，赋予了宜兴丰沛的自然资源。宜兴南部山区是天目山的余脉，丘林山地，重岭叠翠，一望无际"茶的绿洲"，尽显江南妩媚景象。极目四望，一层层山坡披绿叠翠，青葱欲滴；一棵棵茶树郁郁葱葱，嫩芽挺秀；一行行茶垅，似卧坡的长龙，匍匐潜行，又似潮动的海浪，无声地铺展开去，"茶洲"就形成了绝佳的风景。

宜兴无处不飞翠，阳羡茶香因你醉。属亚热带季风气候的宜兴，全年温暖湿润，日照充分，雨水丰沛，土壤肥沃，是茶叶生长的极佳地方。宜兴是我国最早的产茶和饮茶之地，茶的历史非常悠久。早在汉朝，东汉名士葛玄曾在宜兴"植茶之圃"，汉王亦曾到宜兴茗岭"课僮艺茶"。到了三国孙吴时代，宜兴所产"国山荈茶"便已名传江南了。至唐代，茶圣陆羽为撰写《茶经》，曾在阳羡南部山区作了长时间的考察。他认为阳羡茶"阳崖阴林，紫者上，芽者次"，并认为阳羡茶是"芬芳甘鲜，冠于他境，可荐于上"。由于陆羽的推荐，阳羡茶名噪一时，迅速奠定了在全国的地位，并被纳为贡茶，上供朝廷。阳羡贡茶因鲜芽色紫形似笋，又称"阳羡紫笋茶"。无论官廷权贵，还是市坊乡野，都将阳羡茶视为饮中珍品，以能喝到阳羡茶为乐事幸事。

　　随着阳羡茶成为了贡品，阳羡地方官自是不敢怠慢。每到新茶开采之日，便是各级官员为茶事开始忙碌之时。据史辞记载，唐肃宗年间，自常州刺史李栖筠开始（当时宜兴属常州府），每到产茶季节，常州、湖州两地太守便汇集于宜兴茶区，朝廷特派的茶吏、专吏、太监于此设立茶舍和贡茶院，专司监制、品尝和鉴定之职。采摘下来的嫩茶焙炒好，要分五批通过驿道，快马加鞭日夜兼程赶送京城，务必赶上朝廷的"清明宴"，这叫做"急程茶"。当时诗人李郢的诗歌"陵烟触露不停探，官家赤印连帖催……驿骑鞭声砉流电。半夜驱夫谁复见，十日王程路四千。到时须及清明宴"，便是当时情况的真实写照。按古诗"焙茶十里水泉香"的说法，当时在宜兴金沙泉边焙制春茶，茶灶成排，灶火不熄，香飘十里，醇郁不散，可见当时阳羡产茶时的盛况。

　　阳羡茶一举成名天下知后，不仅得到了朝廷帝王和权贵的赏识，也倍受历代名士的赞誉。唐代诗人杜甫、白居易、杜牧、皇甫冉、陆龟蒙等均为被封为贡茶的"阳羡紫笋茶"吟诗作赋。以清贫耿介闻名，才高八斗的唐代诗人卢仝自喻"上不识天子，下不识王候"，但一生爱茶成癖，有"茶仙"之称。唐元和六年，卢仝收到好友常州刺史孟简寄送来的阳羡新茶，便邀请韩愈、贾岛等人在沁园桃花泉煮饮。在自然的山水里，几个志趣相投的好友远离世俗，喝着

清·丁云鹏《卢仝煮茶图》

上乘的阳羡茶，谈天说地里物我两忘，羽化登仙，于是那首著名的《走笔谢孟谏议寄新茶》（又名《七碗茶歌》）横空出世，为饮茶营造了一个妙不可言的境界。诗里仅一句"天子须尝阳羡茶，百草不敢先开花"的诗句，便把阳羡茶生生推向了茶叶的至尊位置。有了这样高度的诗句，称卢仝为阳羡茶第一代言人是决计不为过的。而把佳茗比作佳人的大文豪苏东坡在"耳根洗尽功名话"以后，爱上了古阳羡这块风水宝地，他卜居阳羡，尤爱喝阳羡茶，写下了"雪芽我为求阳羡，乳水君应饷惠山"的名句，让"阳羡雪芽"成为了茶中极品。此外，他把阳羡紫笋茶、宜兴紫砂壶和玉女潭金沙泉水称之为"江南饮茶三绝"，让宜兴的雅致生活由江南流传全国。

除了先贤名士，在当代，名人作家诗人等文人墨客喜欢喝阳羡茶的更是不胜枚举。著名作家贾平凹曾在他的小说里这样写道："阳羡茶好喝，茶喝了，舍不得倒掉茶叶，咀嚼着咽下去了。"南京艺术学院教授、南艺美术馆馆长李小山独爱宜兴茶，他说："我到过不少地方，品尝过国内国外许多种类的红茶，我觉得，最值得称道的仍然是故乡的宜兴阳羡红茶。"为此，他给宜兴茶的定位是"阳羡红茶甲天下"。对喝什么茶，一向没有什么讲究的著名作家叶兆言，喝了宜兴红茶后甚是赞叹，忍不住要为宜兴红茶吆喝一声，写了篇散文，题目就是《宜兴红茶》。诗人季振邦在他的诗歌《鲁迅与阳羡茶》里写道："执一壶，掂量日月轮转／抿一口，体会河山激荡"。而诗人胡弦在他的《茶事》一诗中则写道："喝阳羡茶是中年后的事／喝了，便爱了／杯子里，嫩芽如新生。"由此，喝阳羡茶，体味的不仅仅是口腹之欢，更上升到了人生与河山的境界。

阳羡茶香，香飘四海。"蒸之馥之香胜梅"的阳羡茶，深受海内外茶客欢迎，他们往往将阳羡茶视作饮中珍品。前些年，专为美国国家《地理杂志》摄影的美国著名摄影师戴维受省旅游局邀请来宜兴进行摄影采风，我陪同他去了宜兴的茶场。他对茶场主递给他的一杯新茶赞不绝口，看着杯水中盈盈舞蹈后每片茶芽都直立杯底的阳羡茶，他忍不住架起相机连续拍了许多张照片后才舍得喝。边喝边竖起大拇指盛赞这茶的清香可口，还帮这茶起了个优美的名字，叫"海底森林"。记得在2015年春天宜兴市政府主办的"中国宜兴国际素食文化暨绿色生活名品博览会"上，我有幸策划并全程参与了在大觉寺大雄宝殿菩提广场举行的"阳羡茶韵·两岸千人茶会"，来自台湾、福建、云南、安徽、浙江等全国各大茶产区的二百余位茶师和千余名茶友在春风沐浴下齐聚一堂，品茶论茶赏茶斗茶，盛况空前。在这次两岸千人茶会的茶文化深度交流与合作活动上，宜兴的各种名优特茶在两岸茶界集中亮相，也迅速成为了茶界和媒体追捧的焦点。汤色清澈、清鲜甜润、香气四溢、回味悠长的宜兴茶不仅博得了参与活动的嘉宾和茶人们的一致好评，也得到了两岸媒体的广泛宣传。

有两千多年历史的阳羡茶，从皇帝大臣和达官贵人，到先贤名士和平头百姓，风雨中一路飘香过来，一直绵延不绝。在水韵江南，宜兴阳羡茶守着一方肥沃的水灵土地，不争宠不声张，以真诚和淡定透出自在的韵味，这大略和宜兴人内敛谦逊、抱朴守真的个性有关。阳羡茶沏泡后，无论是碧螺春、毛尖还是白茶，均细条娇嫩，叶底匀整，青翠悦目。蕴天地灵气的茶叶在杯中盈盈舞蹈，极似含情脉脉的江南青葱少女，让人爽心悦目，心生爱恋。汤色清澈的阳羡茶，清香淡雅，滋味鲜醇，沁人肺腑。明代周高起在《洞山茶系》中曾如此评价阳羡茶："淡黄不绿，叶茎淡白而厚，制成梗绝少，入汤色柔白如玉露，味甘，柔香藏味中，空蒙深永，啜之愈出，致在有无之外。"这个有无之外，使人在浅斟慢酌中，感到佳趣无限，荣辱皆忘，人也往往有茶不醉人，人自醉之感。

我和茶也有着不解之缘。母亲早先是原国营宜兴茶厂的职工，茶厂离我家也不远，记得小时候经常会去母亲厂里玩。走进车间，一股浓郁的茶香扑面而来，里面到处是待加工和已经加工好的茶叶。那时厂里绿茶红茶都生产，有时也会生产茉莉花茶和颗粒状的红碎茶。那时宜兴茶厂的茶叶尚没走上品

阳羡茶园风光

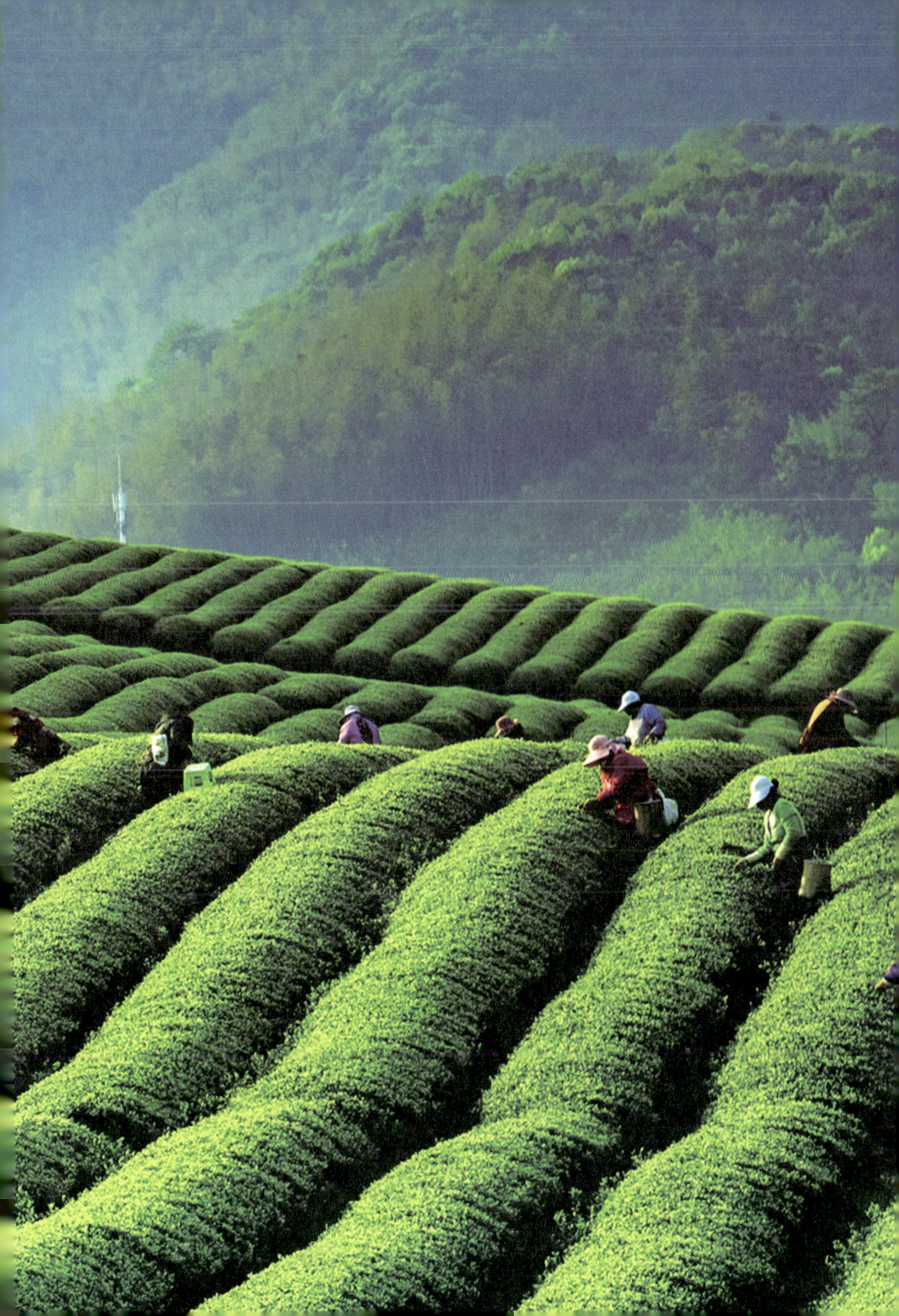

牌之路，许多是出口茶，国内消费群体也是平民和大众化。因此，包装也不讲究，用塑料袋半斤一斤包装，不像现在那么精致。现在的阳羡茶，和以往的"大路货"茶有了天壤之别，年产名优茶近九百吨，其中名优红茶五百多吨。在历届国家"中茶杯"和江苏"陆羽杯"名优茶评比中，宜兴茶屡获特等奖和金奖。2008年，宜兴荣获首批"中国名茶之乡"称号。2017年和2018年，宜兴的"阳羡茶"和"宜兴红"两大品牌，分别成功注册为国家地理标志证明商标。屡屡载誉而归的宜兴茶，不仅受到茶界、茶人和茶客们的喜爱，也飞入了寻常百姓家，广为国人的推崇。

  我这人不抽烟不喝酒也不玩麻将和掼蛋，生活的爱好便是喝茶。唐代赵州观音寺的高僧从谂禅师，他也喜爱茶饮，"唯茶是求"，留下了"空持百千偈，不如吃茶去"的人生禅意。在喝茶这件事上，我和他倒有些相像。每天上班后的第一件事情，是泡上一杯茶，在宜兴红茶的氤氲醇香里，开始一天的工作。而晚上蜗于书桌前，我首先做的事情，也是泡上一杯宜兴红茶。暖意的灯光落在书桌上，也落在一杯温暖的阳羡茶上，凑近茶杯，一股清幽香味迎面而来，人会感到周身舒坦。一口下去，滋味鲜醇的阳羡茶沁入肺腑，让人回味甘甜，人也很快会进入读书写作的状态。一人一茶，心无旁骛，便是当下。从上午到晚上，我的生活可谓是由茶开始，到茶结束。一杯浸润着时光的茶，每天都在滋养着我的身心。

  我喝的茶，大都是生于斯长于斯的阳羡茶。虽然偶尔也会有人送一点铁观音、普洱、老白茶或者其他外地的好茶叶给我，但那对我毕竟只能算作是一次短暂的艳遇。那些茶各有各的好，也各有各的妙，但真正要说出个茶入香云席卷、游丝悠颤的味道，我毕竟道行太浅，会把我生生难住。对我来说，说一道万，终究还是家乡的阳羡茶来得爽心暖胃，喝得浓郁，也喝得舒坦。鲁迅先生说过"有好茶喝，会喝好茶，是一种清福"，我深感自己就是在这种清福中消磨时光的人。作为土生土长的宜兴人，我喝茶在乎的是茶本身，并不在乎多少的外在。喝茶的环境、茶具和氛围等，我从不讲究，喝茶就是喝茶，是一种生活习惯和生活方式。

　　一杯阳羡茶，品尽人生味。在我看来，一杯茶，无须烟酒那般浓烈和刺激，只需清雅入心便好。捧一把家乡的紫砂壶，去慢饮细品，我倒还没有这个讲究。所用茶具是一只透明的玻璃杯，喝茶时，也省去了涮壶、洗壶、冲壶、洗茶、搓壶、呡茶等的诸多环节。天天喝着清香的阳羡茶，等于天天接受着家乡地气的滋润，这也是一种无以名状的浅浅幸福。在杯中放入茶叶，注入开水，看茶叶在杯中的沉沉浮浮，想自己人生的长长短短，生活的喜怒哀乐也全部融进这杯阳羡茶里，慢慢慢慢，也就全部饮尽了。

作者简介：

　　范双喜，宜兴人。笔名陶都风。中国作家协会会员、宜兴市作家协会副主席。作品散见于全国各级报刊。编著有长篇小说《不谈爱情别伤心》、诗集《忧伤与温暖》《抵达》等文化书籍十余种。现为宜兴市茶文化促进会常务副会长、宜兴市旅游协会常务副会长、《阳羡茶》杂志总编、《云游宜兴》杂志执行总编。

茶　缘

范培松

茶和我，实在是捆绑夫妻缘。

我出生在宜兴的一个乡村。家贫如洗，爸爸却千方百计省下钱来，每天去泡茶馆，捧着那乌黑的紫砂壶，没完没了地喝着。有时我也好奇，跑进去，爸爸给我喝，我喝了一口，只感到苦叽叽的！爸爸一生在饥饿中挣扎，刻在我的心窝里的他的"享受"，唯此喝苦茶而已。周作人在散文名篇《喝茶》中说，喝茶是"忙里偷闲，苦中作乐"，这倒符合爸爸痴迷喝茶的心情。当时年少，看着满座的老茶客，那样有滋有味地喝着，我是一百个想不通，在我看来，有钱为什么不去买糖吃，去喝这个苦药水？后来，我看了影片《茶馆》，其中一个地痞被人们从茶馆里拖出去杀头，还挣扎着跑进茶馆，去喝那一口茶，多少懂得了茶和生命之间，有一条悠悠的神秘隧道。

或许是少年爸爸给我喝茶留下的苦的阴影，我一直不喝茶。记得在1970年春天，当时吴县在盛产碧螺春的东山举办教师培训班，历时三个月，正是碧螺春汛的季节。人们形容碧螺春，香煞人。我们学校派了近十位老师住在东山，到班上任教，我也在其中。老师中有几位茶客，整天有滋有味地整天捧着茶杯，品尝着碧螺春。或许被他们感染，我也跃跃欲试，又苦于囊中羞涩，只能买一点碧螺春的碎末。尽管是碎末,也可冒充个文人雅士啊。我兴冲冲地沏了一杯,喝了以后,却有不良反应,胃里有一种说不出的难受,隐隐似火烧。虽然能忍受,却让我胡思乱想,那茶到了我的胃中,难道成了硫酸在腐蚀胃?莫把我的胃蚀通了啊。世界已经乱成一团,多少文人雅士已经被扫进了垃圾堆,我也被人踩在脚下了,何苦还要冒充它往里钻呢?

罢,罢,罢!我是喝白开水的命,认了吧!茶和我,无缘。

且慢,谁说茶和我无缘?

20世纪80年代,鬼差神使中学校任命我当系主任。现在有的人削尖了脑袋想当官,有些为官者看准了这一点,就把他掌握的"官帽"明码标价出售,但是那个年代这一套似乎还没流行。突然老天把一顶官帽扣到我这个毫无背景的草根头上,一切没有变,饭照吃,觉照睡,唯一变化的是称呼,原来人们喊我"小范",现在喊"范主任"了,还有那没完没了的大大小小的会议。书记主任加起来五人,却有四个烟鬼。我立场坚定,决不做鬼。每次会议,房间里是烟朦胧,雾朦胧,会议结束,我几乎要晕过去。烟鬼们想拖我下水,诱我同烟合污,你一支,他一支,我软硬不吃,岿然不动,矗立在烟鬼之中。难熬啊!其中有个烟鬼看到我整天被烟熏得晕乎乎的熊样,动了恻隐之心,指点我说,你喝茶,茶可抗烟。我苦笑,把喝茶的不良反应告诉了他。他大笑,曰:"捆绑夫妻,你懂吗?只要坚持,你和茶这对夫妻,甜蜜着呢。"

我将信将疑,许多养生宣传,都说茶可抗烟,我信。不仅许多文章说了这个道理,我也亲眼见到了事实。记得80年代初,我和陆文夫到华东师大讲演,我俩住在一个房间里。他烟不离手,茶不离口。只见他早上睁开眼,一杯茶,吃完早饭,再重沏一杯茶,从早到晚,整整换了五次茶。他是靠茶来克烟。看来,我也只有靠茶来和烟鬼们斗了。

捆绑夫妻开始了:先是放几片茶叶,淡淡地喝。胃没有抵抗,和平相处。渐渐加量,神不知,鬼不觉地竟和茶亲热起来。久而久之,竟然离不开茶了。

奇迹发生了，捆绑夫妻成了甜蜜夫妻，我爱茶成瘾了。

　　我有个亲戚，在宜兴新街。他每年要寄两斤新茶给我。我们老师把宜兴茶统称为阳羡茶。当我刚和茶成为捆绑夫妻时，就是喝的亲戚寄来的阳羡茶。当茶叶放进杯里，把开水注入时，立刻有一股山野里特有的诱人的清香扑面而来，不浓不淡，醇厚得直往你肺腑里钻。我们中文系的老师中有许多茶客，他们都是阳羡茶的铁杆粉丝，每当说起阳羡茶，就是迷那味。每到春天，工会要买茶，作为福利，赠送老师，征求意见时，一致要求买阳羡茶。这也惊动了美食家陆文夫。他打电话给我，说要去宜兴买茶。我陪他到新街茶场。茶场领导很重视，把各种茶拿出来让他品尝，他边品边评，赞不绝口。当时茶场领导没有市场意识，如果让陆文夫留几句话下来，那是多么权威的广告啊！原来我认为大概只有阳羡茶有那个味，后来喝多了，才知道雨花茶，天目湖的白茶，虞山的白茶，安吉的白茶，都有这股味儿。

　　喝茶成瘾，实在不是件好事。有时出差忘了带茶，就失魂落魄，似有所失，头绵绵兮立不稳，腰软软兮坐不安，哈欠连连。世界上的事，你切莫成瘾，一成瘾，就被紧箍咒套住了。

　　喝茶难在辨味。辨味须品，品要心入。世界上有十种人不能品茶：对任何事情不肯投入感情的人无法品；马马虎虎大而化之的人无法品；心术不正，整天算计他人的人无法品；注意力不集中，常常走神的无法品；造谣生事，以嚼舌为业的"长舌男""长舌妇"无法品；赶时髦，追潮流的人无法品；心里躁动，终日不安宁的人无法品；在快节奏里旋转的人无法品；神经衰弱的人无法品；把饮茶作为止渴的人无法品。茶有灵有神有生命。我看到市场上的各式各样的冠名为什么什么茶的饮料罐，常常窃笑，这也配称茶？装进饮料罐的茶，死了！我决不喝！

　　品茶和品酒不同。品茶，是系列工程，需要名壶名茶，还要有优质水。我的前辈同事、国学大师钱仲联酷爱茶。他常说，在杭州工作时，一早就携了上

宜兴红茶

等茶叶，跑到郊外的九溪十八涧喝茶，为的是那里的水是优质的水。陆文夫的中篇小说《美食家》中的主人公朱自治，善品茶，他用的水均是用瓦罐在天下雨时装的自然"天落水"。就这一点论，城市里用自来水的人都被剥夺了品茶的权利，自来水中的漂白粉末，是茶的大敌。其实，事情也并没有那么严重，任何事情都可退而求其次，品茶也是这样。品用名壶名水沏的茶，当然是极乐，但像周作人对着苦雨喝苦茶，也是一乐。虽是苦中作乐，毕竟也是乐。我在云南西双版纳旅行时，我请陪伴我旅游的当地的一位陈君喝碧螺春，他却不要，说："碧螺春太娇嫩，没味，我就喜欢喝我们云南的大叶普洱茶。"在他眼中，普洱茶胜过碧螺春。各人有各人的品法，茶无统一品法，就如文无定法一样。

茶在这几十年中的命运，实在是戏剧性的。原来我们江南这一带是流行喝绿茶，后来不知何时，竟然以喝普洱茶为时髦。几块钱一斤的普洱，忽然身价百倍，涨到几千，甚至上万。前几年，又突然流行喝红茶了。苏州一位老领导，也是精于茶道，我一次送去一盒宜兴红茶。他喝完了，又打电话来要，对它赞美不已。现在许多地方在开发红茶，比如苏州东西山在开发"东山红"，河南也有信阳毛尖红茶，还有什么金骏眉等，我总感到它们味道比较单一，短暂，无法和我们的宜兴红茶媲美。宜兴红茶的香，色和味非常独特，它的醇厚经得起反复咀嚼，滋味丰富，着实不凡，在苏州口碑极好。苏州一位茶农和我说，他的碧螺春卖得非常好，这几年流行红茶，他也想开发红茶，到宜兴去多次取经，就是达不到宜兴红茶的水平，甚是苦恼。苏州电视台从不见宜兴红茶的广告，但是它却美名四扬，这就叫桃李不言，下自成蹊吧。

作者简介：

范培松，江苏宜兴人。苏州大学教授，博士生导师，苏州大学文学研究所所长，江苏现代文学研究会副会长。苏州市作家协会名誉主席，中国散文学会顾问。论著有《散文天地》《中国现代散文史》《中国散文批评史（20世纪）》和《中国散文史》（20世纪）；《范培松文集》（八卷）等。论著多次获国家和省级奖励。并获江苏优秀哲学社会科学专家、苏州优秀哲学社会科学专家称号。

壶里变迁品幸福

依 禾

宜兴三山二水五分田，蕴育了两样令世人羡慕，也让一方子民世代生存的宝物——紫砂壶与阳羡茶。

在宜兴有句话是无人置疑的，那就是：壶以茶生，茶以壶兴。紫砂壶因了它材质与工艺的独特，一壶价值连城，做壶的紫砂泥被叫作"富贵土"。而阳羡茶更是"芬芳冠世，可供上方"，被唐代茶圣陆羽写入《茶经》，荐入宫廷，成为中国最早的唐贡茶。"天子须尝阳羡茶，百草不敢先开花"，其霸气的赞词从唐代流传至今，阳羡茶又以"宜兴阳羡茶，一壶醉天下"的新标识，成为茶界翘楚。

我觉得自己是个幸福之人，这幸福就来自故乡泡在紫砂壶里醇醇的阳羡茶香。然而，这幸福是伴着祖国变迁的脉动慢慢品出来的。

我的童年与青少年时期是在产陶的丁山度过的，我的邻居大都是制陶者。那时紫砂壶不像如今这般金贵，家里有一两把不是稀罕物，但大都数人家不用紫砂壶泡茶，家里也无茶可泡，而是物尽其用，当作酱油壶、醋壶使用。因为，那时的祖国经历过60年代初的三年自然灾害与"文化大革命"，物质财富只能简单地求个温饱。那时人们对茶的需求是口渴了，能从暖水壶里倒杯开水喝，已是讲究了；大都数人，口渴了就从灶台上的"井管"里舀口温水喝；假如渴极了，随手抓个杯子或碗，舀水缸里的冷水"咕咚咕咚"作牛饮了。

用紫砂壶泡茶，只有在茶馆里。宜兴大大小小的乡镇，都在人流量相对大的街上开几爿茶馆，其固定模式是：老虎灶、茶馆、浴室开在一起。那时，燃料紧缺，城镇居民作为主要燃料的煤球要凭票供应，且是限量的，用宜兴话讲就是"够料掐数"。因此，一般居民家都会去老虎灶打开水用，至于洗澡，除了夏天，一般都到浴室洗。而茶馆与老虎灶相连，想必也是用开水方便吧。

茶馆的主客是赶早集和早起的老人（主要是老头），为的是有个歇脚闲聊的地方。茶馆收费很低，几角或几分钱，就能泡上一壶茶，边喝边聊一上昼①。我小时候住在丁山羊角浜，巷口临街就有一家茶馆，烧老虎灶的师傅也是茶馆的跑堂。他块头有点大，皮肤也不知是太阳晒的，还是常年烧老虎灶被烟火炙的，黑里透红还泛着油亮的光。夏天忙的时候，就赤着膊，脖子上搭块已看不清底色的灰毛巾，一边不停地用毛巾擦额上身上淌下来的汗水，一边穿梭在十几张茶桌间，冷不丁用洪钟大嗓吼一声："开水！"冲完一圈茶水，他急忙从边门窜到隔壁的老虎灶间去添煤。见到打开水的人把开水漫出来，就会瞪着牛样的大眼骂："眼睛瞎老啊！"那时大人小孩都有点怕他。现在想想就理解了，在物质匮乏的年代，哪怕是水也舍不得浪费。

要说到茶文化，也该是我儿时在茶馆受到的启蒙。那时的茶馆，会有说书或唱评弹的艺人来演出，演出一般都是晚上。孩子没大人带进不了茶馆，我就会双手紧抓窗户的铁棱，双脚抵住凸出半块砖的墙脚像张弓样吊在窗外看演出，虽则很累，但乐此不疲。我已弄不清一些情况了，照理"文化大革命"时禁锢的东西很多，甚至是女孩子的辫子、老太的发髻曾经也当"四旧"被剪去。但我确实是在茶馆听到了"天籁之音"的评弹。唱评弹的一般一男一女两个人，

---

① 上昼：为宜兴方言，上午的意思。

斟茶

阳羡茶园风光

男的一身长衫,女的着什么装我忘了,我当时的注意力全在那软软糯糯的苏州味的唱腔上。我也是在茶馆知道了《三国演义》《水浒传》等英雄好汉的故事,我最讨厌说书先生,他总在最精彩最入迷时,一拍惊堂木:"且听下回分解!"被说书先生吊着胃口,我就回家找书看,但我家的书架被父母清理过,剩下的全是"红色"的,我翻到了《红岩》《林海雪原》,还有我上学前父亲送我的生日礼物三本书《我的弟弟小萝卜头》《越南英雄阮文追》《故事会》。我正上小学二、三年级,那时对文学的理解只是"故事",有着极强的猎奇心。有年放寒假,我去乡下外婆家,意外地在床背后的书架上发现了一本《红楼梦》,竖版的繁体字我也不管识不识,坐在阁楼口的木梯上,就着对面天窗射来的一束日光,整整一下午"君临天下"地闷在书里了。外婆寻我吃晚饭,抬头见状笑着说:"你哪是看书啊,是闻(嗅)书了。"

随着改革开放,人们的生活一如"芝麻开花节节高"。因物质的富裕,日常生活也开始讲究仪式感了。

记得1988年宜兴举办第一届"陶艺节"我曾写过一篇小文《用紫砂壶泡阳羡茶会是什么味道》。随着紫砂壶如日中天般红火起来，随着阳羡茶悠久的历史、深邃的文化、高档的品质被逐渐挖掘发扬光大，紫砂壶泡阳羡茶已成为宜兴一张靓丽的名片。外地宾客到宜兴受到最普遍的接待是：邀坐到茶桌前敬你一杯阳羡茶。紫砂壶泡阳羡茶会是什么味道？已不用我去探索了，喝过的人自己心领神会。这不，上海大学教授、女诗人张烨就一喝成诗："看一眼是钟情，再看一眼是情深；喝一口是鲜爽，再喝一口是销魂！"

现如今，紫砂壶里装的再不是酱油、酸醋、大麦茶，而是传承"天子须尝阳羡茶，百草不敢先开花"的唐贡茶；是被专家认证为步滇红、祁门红之后名列第三的宜兴红。

壶里变迁，让我品到了满满的幸福——祖国日新月异的繁荣富强，带给人民小康的生活；家乡优质的特产，让我品到了生活的惬意和甘甜……

作者简介：

依禾，本名裴秋秋。曾任南京《青春》杂志社常务副主编；《阳羡茶》刊创办人，从2014年创刊号至2020年任《阳羡茶》刊执行主编。

阳羡茶浸润着口舌与心灵

孟 黎

"天子须尝阳羡茶，百草不敢先开花"，唐代诗人卢仝如此赞唱阳羡茶。

宜兴古称"阳羡"，是我国著名"陶都"，在唐代就以盛产贡茶闻名。而宜兴产茶史则早于一千八百多年前的东汉末期，成书于东汉末年的《桐君录》中就有"西阳、武昌、晋陵皆出好茗"之说。穿越绵延时空，今日的阳羡茶仍浸润着我们的口舌与心灵。

2020年5月23日，首个国际茶日江苏主场活动在宜兴阳羡溪山举行。活动以"茶与美好生活"为主题，弘扬苏茶文化，营造"茶和世界、共品共享"的浓厚氛围，展现独具魅力的茶风、茶俗、茶故事。

无论是"柴米油盐酱醋茶"的烟火气，还是"琴棋书画诗酒茶"的文人气，茶在"中式生活"中都具有重要地位。

林语堂先生曾说："只要有一壶茶，走到哪里，人都是快乐的。"道出茶之于中国人生活的意义。老舍先生曾说："有一杯好茶，我便能万物静观皆自得。"则道出了茶之于中国人精神的意义。禅茶一味，杯盏人生。在茶代表的安心静气的人生观里，爱茶之人找到生活的美学，进入内心的静谧与通达。

仁者乐山，智者乐水，而才者乐茶。古往今来，阳羡茶与才者结缘，留

阳羡茶

下诸多脍炙人口的故事与佳作。欧阳修留下"喜共紫瓯吟且酌,羡君萧洒有余清",梅尧臣写就"天子岁尝龙焙茶,茶官催摘雨前芽""小石冷泉留早味,紫泥新品泛春华"的佳句,朱熹在《茗岭春芽》诗中则道"茗峰千仞产灵芽,滴露烹泉处士家。读罢楚骚喉吻渴,漫贪七碗操梅花"。

好茶出自好环境。据宜兴市茶文化促进会副会长兼秘书长王敖盘介绍:"宜兴茶叶主产于南部山区,群山映翠云雾缥缈,特殊小气候构成了优质茶生产得天独厚的优势。"在漫长岁月中,宜兴茶叶的品质被广为赞颂。近年来,为提高茶叶品质,宜兴市政府投入大量资金对老茶树进行改造。2018 年 6 月,继阳羡茶后，宜兴红注册为地理标志证明商标。在宜兴红区域公共品牌中，已发展出阳羡金毫、红岭金螺、竹海金茗、百岁红、丹凝、乾红等品牌。与其他红茶制作方法有所不同，宜兴红只做春茶，每年只采摘雨前一季。目前，"宜兴红茶制作技艺"正在申报非物质文化遗产。

"纤秀形、甘甜味、宫廷艺、文人情。"宜兴市茶文化促进会会长杨亚君用四句话诠释了宜兴红的丰富内涵。茶香、茶色、茶形、茶味，在味蕾中回荡，在时光中漫溢。

作家叶兆言怎么也忘不了第一次喝宜兴红茶时的惊喜："喝了以后，满嘴生香，久久不能忘怀。"

品罢宜兴红，七十多岁的上海大学教授、女诗人张烨激情吟诵："看一眼是钟情，再看一眼是情深；喝一口是鲜爽，再喝一口是销魂。"

顾景舟弟子、八十多岁的中国工艺美术大师、非遗传承人徐秀棠从小就跟爷爷一起喝茶，谈起宜兴红，充满回忆："我家就住在紫砂厂旁边，那些烧制紫砂壶的工人们吃了饭以后都要喝红茶，上午喝，下午也喝。以后自己也用红茶招待方方面面的人，领导来了、朋友来了，都喝这个，一喝就是一辈子。这里的人们出去打交道都带着宜兴红，宜兴红茶脱离了饮品和食品的范畴，最大的特点是人文情怀在里面。"

近年来，宜兴巧借宜兴茶、紫砂壶、金沙泉这独特的饮茶"三绝"资源优势，广泛开展茶文化研究，形成了茶艺交流、品茗论道的文化氛围。

茶是一段悠悠岁月，是一种生活方式，更是一种自觉传承。

作者简介：

孟黎，金融时报记者。

茶的记忆

欧春良

我生长在宜兴屺山脚下的蒲宕村，水乡哺育了我的童年和少年。

儿时的记忆中，家门口长着一棵几抱粗的大株树，那粗壮的枝杈和茂密的树叶，在夏秋季撑起一片好大的荫凉，是村上人家喝茶、乘凉、讲古的好地方。

小时候家里穷，茶叶是喝不起的。天热时，母亲会把新收获晒干的大麦拿些炒至半焦，等凉后储在一个瓷罐里，随时取一点，放到一个洋桶紫砂壶里，用开水冲泡了慢慢倒着喝，真的是既解渴，也解暑。

每年农忙时节，家里那把洋桶紫砂壶就派上大用场。下地干活的人，会提上泡了大麦茶的壶，放到田埂上，壶顶总会扣个小瓷碗，谁在地里干活累了、渴了，就可拿瓷碗倒上大麦茶喝上一碗。那时没有这么多讲究，也不分你的我的，只要壶里有茶水，喊一声"喝口茶啊"，就不客气地拿起瓷碗倒了喝。那茶水的色泽和现在的红茶相差并不大，只是大麦炒得焦些时，茶水略显黑色。但在我的印象中，当时干活，特别是烈日炎炎的暑天，累了、渴了或者肚子饿了，喝上一碗大麦茶，既解暑解乏，又香甜解渴，还很有点充饥的用途。我那时就很困惑，为什么大人们成天忙活，不少人总还是吃不饱、穿不暖、住不好？今天想起来，儿时的问题多么幼稚！"不识庐山真面目，只缘身在此山中"，局限、闭塞和极左的影响，多么限制束缚人的思考力、想象力、创造力！以至现在想起这物质匮乏年代的"大麦茶"，还真是"别有一番滋味在心头"！

　　当然，儿时也有买茶的记忆。每当春节前或有客人上门来，父母就会派我到和桥镇上的茶叶店去买点宜兴当地茶招待亲友。印象中，去得多点的是一家"裴记"茶叶土产店。店主人很和善，从不欺小嫌贫。每次告诉他买三角、两角茶叶，他都笑呵呵地接过钱，用一个口袋装了茶叶秤了包好，双手递给我。回到家里，我也泡上一点喝，其实喝不出什么名堂。我那时的感觉，这样的茶水，味道还真比不上大麦茶来得香甜可口。

　　大约1963年五一过后，我上海的姑父姑母来家里做客。父亲又派我这个上小学二年级的儿子到和桥买点新鲜肉菜，也顺便买了几角钱新茶，拿回家招待来客。姑父看了从纸口袋取出茶叶泡茶，开始没有说什么。或许喝着味道不对头，他把我父亲和我叫到跟前，平和地告诉我俩：茶叶这东西特别娇贵，用纸糊的口袋包着，和任何有气味的东西放在一起，那怪味都会进入茶叶，这样泡出来的茶，味道不会好。姑父是福建人，长我父亲十多岁，他走南闯北，见识很广。这是我第一次知道茶叶还必须用罐装密封好，以后我一直记着这个。

　　今年春节前，我把父母亲接到北京家里过节。父亲今年八十七了，母亲也已八十四岁，老人身板都还硬朗。"宁可食无肉，不可饮无茶"，我知道上了年纪的人，喝点茶对身体有益，每天都给父母泡茶，都是宜兴山里出的"乾红"或者"盛道"。

　　我回宜兴探亲，也曾几次带父母亲和家人到横山水库和油车水库边的茶场游览，我和北京的几位乡友还多次去过乾红茶场，说那是茶的绿洲，名不虚传，一尘不染满目苍翠的诱人野趣，更让人留连忘返。

　　父母在京期间，上下午换着喝家乡的茶。即使带着他们从南如意门进颐和园，游景山，去大剧院看戏，也都备好茶水。每次都从冰箱冷藏取出茶叶来冲泡，用的也是家乡的陶瓷茶具，正是"陶用宜兴砂"的故乡情结。家乡的茶具，配家乡的茶叶，缺的是家乡的山泉，只能用矿泉水代替，但清香甘醇的味道还是很醉人。

过节那几天，我陪着父母亲友一起品茗聊天。父亲曾上过几年私塾，他一边喝茶，一边聊天，还喜欢看着新闻，特别关注台海局势和中美关系，中美贸易谈判的进程他一直跟踪着，时常提出一些他担心或思考的问题与我讨论。我有时开玩笑逗他说：老爹关心的，还都是总书记和总理操心的大事。他听了不以为然，一笑了之。父亲很理性，他信奉《幼学琼林》中"积善之家，

制茶

必有余庆；积德之人，必有后福"的箴言，从我记事起就一遍遍拿这朴素的道理教育我们兄妹几个。踏入社会，他又反复告诫我："家有黄金外有秤，做好自己，不要与人相争。"他的一些知足、自强、不争的质朴理念，虽出自典章，但多半悟于生活，释由自心，对我后来在工作生活中保持平和远视，还真是增加了理性力量。特别是 20 世纪 80 年代中期后，我开始系统阅读商务印书馆出的汉译哲学社会科学名著丛书，发现人类文明和东西方智慧有许多地方其实相通。

这次父母在京小住的一个多月里，一家人其乐融融。但还是和以前每次来京一样，住上一阵，父母就催着要回去，也是故土难离，老屋难舍，何况宜兴如今建设发展得那么漂亮。我们也几次提起当年喝大麦茶，花几角钱上街买茶叶，用纸包了回家招待客人的往事。每当说到这个话题，父亲总要很认真地对我们说，那时候日子不好过，多亏了邓小平、胡耀邦领导我们党和国家开创改革开放事业。否则，中国不会有今天，生活不会有巨变！他总是嘱咐我们珍惜美好的生活，认定不折腾和中国折腾不起是至为要紧的大道理。

和父母亲友一起喝着家乡的茶，听着父亲对国家和家乡巨变的谈论，对改革开放事业的赞成欣赏，我感受到一个普通中国农民凭常识和直觉对解决中国问题功深气足的认知，更增强了对中国未来和实现中华民族伟大复兴中国梦的信念和信心。

作者简介：

欧春良，宜兴圯亭人，1973 年 12 月入伍，中共党员。曾任中央军委纪律检查委员会副军职专职委员、原总政纪律检查部副部长，少将军衔。

苏东坡与阳羡茶

宗伟方

在中国茶文化史上，苏东坡是位著名茶人，一世好茶，正如他自己所说："我官于南今几时，尝尽溪茶与山茗。"正因为他对茶有深厚情感，所以对茶文化的贡献也特别巨大，在宋代文人中可以说是首屈一指的。他的诗文中有八十多篇言及茶事，诸如"人间有味是清欢""从来佳茗似佳人""且将新火试新茶，诗酒趁年华"等佳句妙词，脍炙人口，历久弥新。而其为茶叶所作《叶嘉传》，视角独特，内涵丰富。文章的思想、旨趣，至今让人争论不休，堪称是茶文化史上的一篇奇文。

苏轼与阳羡茶之缘，源起于嘉祐二年（1057）。是年春闱，苏轼与宜兴才子蒋之奇、单锡等为同榜进士。傅藻《东坡纪年录》中云："嘉祐二年唱第，锡宴琼林，与蒋魏公接席情话，约卜居阳羡。初倅钱塘，诿亲党单君赒问田，及移临汝，自言有田阳羡。建中靖国初，奉祠玉局，留毗陵。"琼林宴上，蒋、苏、单正式结交，相约晚岁一起居住于宜兴，这就是东坡诗文中常常提及的"鸡黍之约"。之后，三人分仕各处，又加上各自父母亡故，间断回老家丁忧守制，所以一直没有相聚的机会。

熙宁六年（1073）时，苏轼因公事而来到浙西的秀州、常州、润州（今镇江），期间，与无锡钱顗（安道）兄弟相识。同年春，苏轼嫁外甥女于宜兴湖㳇单锡。有人据此推断，苏轼亲自送亲至宜兴，但没有见到确切文字记载。就在这段时间里，苏轼确实有到秀州、到无锡的记载。因慕惠山第二泉，多次与钱氏兄弟品茗吟和，写下了一系列品茶品泉诗。《惠山谒钱道人烹小龙团登绝顶望太湖》一诗，应该是讲饮茶品泉的诗，诗中有云："踏遍江南南岸山，逢山未免更流连。独携天上小团（一作圆）月，来试人间第二泉。"苏轼所谓"小团月"，应该指的是"小龙团茶"。因宜兴、无锡相邻，贡茶、甘泉相应，后人或以为就是阳羡茶。当然，作此推论也无可厚非，前人早有此认识。元代谢应芳《煮茗轩》诗中云："三百小团阳羡月，寻常新汲惠山泉。"

熙宁七年（1074）五月左右，苏轼赈灾已毕，但迟迟未返回杭州。回程时道经宜兴，筹划在此买田置舍。其《常润道中有怀钱塘寄述古（之五）》云："惠泉山（一作惠山泉）下土如濡，阳羡溪头米胜珠。卖剑买牛吾欲老，杀鸡为黍子来无。地偏不信容高盖，俗俭真堪着腐儒。莫怪江南苦留滞，经营身计一生迂。"此诗是寄与知杭州陈襄（述古）的，表明自己喜爱阳羡溪山，所以苦苦"留滞"，目的是"经营身计"。此行，虽未见苏轼有宜兴茶诗文，但其买田阳羡之举，已经在朋友圈渐渐传扬。

元丰二年（1079）初，苏轼自知徐州移知湖州。途中又经惠山，作《游惠山》诗，其三云："敲火发山泉，烹茶避林樾。明窗倾紫盏，色味两奇绝。吾生眠食耳，一饱万想灭。颇笑玉川子，饥弄三百月。岂如山中人，睡起山花发。一瓯谁与共，门外无来辙。"诗中描述的是林下烹茶的场景，诗中"颇笑玉川子，饥弄三百月"，讲的是卢仝品尝阳羡茶的故事，据此，或可认为苏轼烹煮的就是阳羡茶。是年七月初，"乌台诗案"爆发，苏轼入狱，被贬为黄州团练副使。

元丰八年（1085）正月十九日，东坡行至南都（商丘），朝廷正式准许其居于阳羡。南还至扬州，兴奋中的苏轼作《归宜兴留题竹西寺（之一）》诗云："十年归梦寄西风，此去真为田舍翁。剩觅蜀冈新井水，要携乡味过江东。"他

茶园骑行

带着两瓶扬州蜀冈水，赶回宜兴，准备慢慢烹煮阳羡茶了。

5月22日，东坡回到常州，上谢表。常州胡宗愈（1029—1094）作诗相赠，而东坡有《次韵完夫再赠之什。某已卜居毗陵，与完夫有庐里之约云》。苏诗云："柳絮飞时笋箨斑，风流二老对开关。雪芽为我（亦作我为）求阳羡，乳水君应饷惠山。竹簟水风眠昼永，玉堂制草落人间。应容缓急烦间里，桑柘聊同十亩闲。"东坡的诗里，安心于柳絮笋斑相伴，茅舍竹簟懒睡；醒来，与几个知己好友汲勺第二泉，煮壶阳羡茶。

来到第二故乡，东坡仍寓居湖汶单家，即其外甥女家。当时的心情比在黄州时要爽朗了许多，不知道是不是茶的原因。就在这段相对悠闲的时间里，东坡对茶也作了全面研究，所作长诗《寄周安孺茶》就是明证。这首诗可以说是所有茶诗中论茶史、茶事、水泉最全面、最精到的一首。历代研究苏轼的名公对此诗所作背景、时间、地点都未作明示，也不知"周安孺"究竟是何许人，故此诗流传并不广泛。此诗从茶的起源写起，认为始自周公，别具洞见。之后提及桐君、杜育、陆羽、常伯熊、李季卿、皮日休、陆龟蒙等人对茶的贡献，并引述卢仝、杜牧、袁高、李郢等进贡阳羡茶的诗意，又补上了对宋代福建贡茶及各地名茶的特长、不足的评价，整首诗可以说是对北宋之前所有茶史、茶事的简要总结。接着穿插讲述了制茶、藏茶、斗茶、饮茶的经历、经验，非常微妙，之后又论及各地泉水，最后是讲自己对煮茶、饮茶的认识，也讲述了大江南北、川中饮茶习俗的差异。此诗内涵之丰富，措词之精妙，在所有茶诗中堪称一绝。

此诗中并未直接提及名声在外的阳羡茶、惠山泉，但东坡诗中所提及的这些人和典故，都与阳羡茶密切相关，而引述的唐诗诗意，都是描述阳羡茶山、阳羡贡茶的情形。据此，可以推定，此诗描述的就是阳羡茶。诗作于元丰八年（1085）夏日，是时，东坡年近五十。

另外，东坡诗集中又有《爱玉女洞中水，既致两瓶，恐后复取而为使者见给，因破竹为契，使寺僧藏其一，以为往来之信，戏谓之调水符》诗（简称《调水符》）。明代时，唐鹤征等人在"寺僧"前添加"金沙"两字，收入《常州府志》，故之后地方志多有因袭。其诗云："欺谩久成俗，关市有契繻。谁知南山下，取水亦置符。古人辨淄渑，皎若鹤与凫。吾今既谢此，但视符有无。常恐汲水人，智出符之余。多防竟无及，弃置为长吁。"品味此诗之意境，诗题交代得非常明确，是东坡派童子取泉煮茶的感慨。诗中"玉女洞"，就是指宜兴的玉女潭。

考常州、宜兴旧志和宜兴地理，宜兴玉女潭在湖㳇镇西南五里左右，而颐山之下的金沙寺即在两者之间。东坡寓居湖㳇镇上，叫童子到玉女潭汲水，因途中必须经过金沙寺，所以有"调水符"一说。细品东坡诗中的这种闲情逸致，只能是一种"无官一身轻"的状态。考东坡一生，这种状态也只有在黄州放归之后、重新召起做官之前的短暂时刻，也就是卜居宜兴的这段时间。诗最后说"多防竟无及，弃置为长吁"，这是东坡离开宜兴时的感慨，也是东坡的一种"觉悟"，更是"调水符"的升华。任何外在的约束，最终要靠执行者内心的自觉。

元祐八年（1093）冬，苏轼上书求知越州，说有少量田地在宜兴，"久荒不治"，无人打理，想顺道"少加完葺，以为归计"。期间，黄庭坚馈赠自家的双井茶，东坡作《鲁直以诗馈双井茶次韵为谢》诗，云："江夏无双种奇茗，汝阴六一夸新书。磨成不敢付僮仆，自看汤雪生玑珠。列仙之儒瘠不腴，只有病渴同相如。明年我欲东南去，画舫何妨宿太湖。"诗的最后一句，即引用白居易《夜闻贾常州崔湖州茶山境会想羡欢宴因寄此诗》诗意，意思是回到江南，也能喝自家的阳羡茶了，不必像白乐天一样，在画舫中苦苦等候进贡之余的雀舌茶。

但这次上书未能如愿，后东坡连遭贬职外放。至建中靖国元年（1101），徽宗即位，大赦，东坡放归。是年六月，病重中的苏轼行止常州，上表请致仕，表中有云："臣素有薄田在常州宜兴县，粗了饘粥，所以崎岖万里，奔归常州，以尽余年。"7月28日（丁亥），东坡卒于常州。同日，蒋之奇进知枢密院事（正一品），达到了仕途巅峰。蒋、苏曾经的鸡黍之约，一生都未能实现。好在东坡为阳羡茶所题的"雪芽"两字，被后人继承下来。"阳羡雪芽"成了名闻遐迩的全国名茶，也成了宜兴绿茶的代名词。

作者简介：

宗伟方，宜兴杨巷人。1989年毕业于华东师大哲学系。曾任宜兴市委宣传部部务委员、文明办主任，市档案局副局长等。长期从事宜兴地方文化研究，编著出版了《闲品阳羡》《翰墨宜兴》等十多部著作，现为宜兴市茶文化促进会副秘书长、《阳羡茶》杂志副总编。

鲁迅和宜兴茶

周梦江

鲁迅吃过宜兴茶。

鲁迅吃的宜兴茶是宜兴作家葛琴送的。

葛琴是宜兴丁山人,生于1907年,爱好文学,很想得到鲁迅先生的帮助和指导。她给鲁迅的第一封信是1933年12月写的。鲁迅在12月18日收到了她的信,并在这天的日记里写道:"得葛琴信,即复。"短短六个字。第二天下午,先生把回信寄出:"午后复葛琴信。"又是六个字。1934年8月25日,鲁迅收到葛琴给他的第二封信并一包茶叶。他在日记里写道:"得葛琴信并茶叶一包。"这包葛琴寄给他的茶叶,当是鲁迅第一次吃到的宜兴茶(鲁迅先前和其他宜兴人交往是否吃到宜兴茶,笔者未见所记)。

茶能提神醒脑,陶冶心性,鲁迅是作家,当然喜欢吃茶。他吃的茶主要是店里买或弟媳买了寄给他的浙江上虞茶。他在1931年5月14日日记中写道:"以泉五元买上虞新茶六斤。"泉,钱也。第二天,"又买上虞新茶七斤,七元。"两天买了十三斤新茶。1933年5月24日,三弟周建人和弟媳来上海看他,"三弟及蕴如来,并为代买新茶三十斤,共来四十六。"1934年5月16日,"上午蕴如来,并为从上虞山间买得茶叶十九斤,十六元二角。"1936年5月16日,

茶趣

"晚蕴如携晔儿来，并为买得茶叶廿余斤。"鲁迅经由弟媳蕴如从浙江上虞买新茶，一买就是二三十斤，应该说不算少了。先生早先在北京的时候，非但宜兴茶，恐怕上虞茶也还没吃到过，吃茶都是自己上店里买，买一次也就一两斤。1923年12月8日，先生在日记中说，"往鼎香村买茶叶二斤，二元二角。"1924年4月1日，"买茗一斤，一元。"

鲁迅买的茶叶除了自己吃，还要送人。1931 年 5 月 14 日，先生买六斤上虞茶，"赠内山君一斤"。内山君即内山完造，日本人，在上海开着一爿书店，鲁迅定居上海后常去书店买书，还把书店作为会客地点，所以和内山完造相当熟悉。1933 年 5 月 14 日，王蕴如为大伯代买三十斤新茶，鲁迅第二天就"以茶叶分赠内山、镰田及三弟"。5 月 30 日，"夜同广平携海婴访坪井先生，赠以芒果七枚，茶叶一斤"。1935 年 5 月 9 日，"以茶叶一囊交内山君，以施茶之用"。——鲁迅和朋友、学生在内山书店约见、叙话，总要泡些茶喝的。

鲁迅吃茶、送茶、以茶待客，大多是自己花钱买茶，也有别人送的。1928 年 5 月 12 日，"钦文来，并携茗三合"。许钦文和鲁迅是多年的老朋友，知道鲁迅好喝茶，新茶一上市，就送了三盒。1935 年 5 月 26 日，"晚季市来并赠天台山云雾茶及巧克力糖各二合，白鲞四片"。前面说到的宜兴人葛琴，第一次给鲁迅寄茶，收到是 1934 年 8 月 25 日。第二次给鲁迅寄茶，收到是 1935 年 6 月 10 日，"葛琴寄茶叶一包"。第三次是 1936 年 8 月 9 日，"葛琴寄茶叶两包"。葛琴的父亲葛沐春是丁蜀窑场大户，对爱好文学的宝贝女儿寄点茶给文学巨匠鲁迅自然十分支持。鲁迅逝世于 1936 年 10 月 19 日，当年 8 月 9 日收到葛琴寄的宜兴茶，当是文学大师最后吃到的宜兴茶了。

鲁迅和葛琴通过信，吃过葛琴送的宜兴茶。他和徐悲鸿、潘汉年等宜兴人也都有过接触和交往。认识宜兴人，吃过宜兴茶，鲁迅和宜兴称得上十分有缘了。

作者简介：

周梦江，1949 年 4 月生，宜兴湖㳇人。南京师范大学汉语言专业。宜兴民俗文化研究者。编著有《宜兴民间文学大观》《宜兴古今对联大观》《民间艺苑古韵流芳》《宜兴方言研究》等。

春天，和陆羽相遇在境会亭

周晓东

一

古人做出过很多唯美、浪漫到叫人瞠目结舌的事情，开起来像花朵，听起来像神话。

譬如，他对茶的那种纯洁的、真实的热爱，往往到了让人匪夷所思的地步。譬如，他二十四岁那年，来到了太湖之滨的无锡，结识了一位莫逆之交皇甫冉，接着就开始环太湖南游，穿行在顾渚之间。譬如，他对准春天的穴位，走进了湖州杼山的妙喜寺，与诗僧、谢灵运的第十世孙释皎然成为生死之交。譬如，他跑遍了顾渚山周围的乌瞻山、青岘岭、悬脚岭、啄木岭、凤亭山、伏翼阁等茶坡，在顾渚山苦心孤诣、涵咏体察，方才成就《茶经》，得出"紫者上，绿者次；笋者上，芽者次；叶卷上，叶舒次"这样著名的判断。他终生未婚，他觉得自己和茶生死都不能分开，像一对最好、最忠诚的爱人。

唐大历五年（770），他参与了贡茶的制作，亲自命名顾渚山茶为"紫笋茶"，连同金沙泉之水一起推荐给圣上——茶、水并列为贡品。常州、湖州刺史亲自过问贡茶事宜，朝廷派出专门督贡的观察史，他还邀请苏州刺史白居易一起前来参加茶叶开采的"喊山祭"仪式。每年惊蛰过后，啄木岭境会亭上规模盛大的开山采摘仪式，让充沛的山川开张出最激越的胸胆。

长兴、宜兴，湖州、常州，一路春和景明、气象万新。间或有新桃旧雨，一双燕子翩然掠过淡绿的柳枝，停在檐下的新巢中，呢喃不已。间或有一阵凉风吹过，分散了些四月甜腻和仓促，还有马粪湿润的香，细草清甜的香，草木灰炙热的香……真合心意。就这样，他将灵魂稳稳妥妥地交给啄木岭，交给境会亭，然后，安安稳稳地享受着紫笋茶、白茶和黄芽茶带给他的无限抚慰和欣喜。

他的名字叫陆羽，一介天资聪慧、谦冲自牧、仪态万方的素衣书生。他人生的羽翼一旦张开，便注定要显示出高贵的品质，在千回百转、迤逦而行的中国茶文化长河中茕茕独立、卓尔不群。

时光在山阴道上悄悄流淌了一千二百多年。农历丙申暮春，我们沿着先生的足迹，走进宜兴湖汶，走进啄木岭，走进境会亭，不期然而然地造访先生。然而，只听得先生一声叹息，然后折一身瘦骨，走回大山深处，不入尘世，不见生客，不闻炎凉，不谈仕籍，而只知吴山青，越山青，只知一壶茶色，湖上山林。此时，春阳温煦，竹叶轻曳，阳光斑驳，我们在境会亭围席而坐。素色茶席铺开，生活不只有眼前的苟且，还有诗和远方。心辞响起，生花的《茶经》在南方中国的花笺上缓缓流过。我看见，上苍的得意之笔正徐徐拂过，啄木岭下正奔流着春天里最清澈的水花。

二

公元 8 世纪中叶，李氏王朝行将从巅峰跌落，开始一路滑坡。当朝统治者显然没有那种盛极而衰、乱世降临的思想准备——玄宗在梨园和美人之间敲着檀板，《霓裳羽衣舞》正在酝酿之中，中国版图上所有的文人都在苦歌高吟，出口成诗。敏锐的文坛高手，似乎要将一切自然景象、人间欢歌纳入诗歌的视野，杜甫"会当凌绝顶，一览众山小"；李白则"仰天大笑出门去，我辈岂是蓬蒿人"。

然而，先生和释皎然、皇甫冉们却反其道而行之，徜徉湖光山色，事茶终其一生。在每一次相会的时光里，他们自然都不会放弃品茶论道的快乐，他们谈到秀云奇峰，谈到幽深林壑，谈到清逸茶园，谈到飞鸟出林、新绿剥芽、鸣皋飞归、惊蛇入草给予他们透迤曲折、委婉多变的灵气。后来，先生结庐苕溪，开始隐居生活，可故事还没有结束，皎然依然是先生最亲密的朋友。先生外出事茶，皎然访而不得，写下那首著名的《寻陆鸿渐不遇》："叩门无犬吠，欲去问西家。报道山中去，归来每日斜。"留给后人无尽的想象空间。

一则则轶事，恰如一段段最委婉、最绵延的细流，从春天里最有风韵的那个地方肆意地流淌出来，我是无比陶醉。生活中最真切、最不经意的印象，积极地辅佐了我感性的理解。我感到惊讶的是，一段不起眼的时光、一则漫不经心的往事，居然被划入了审美的范畴。更具广泛意义的是，它竟然成为后世茶人衡量茶叶品质和茶人境界的一个重要范例。

如果说先生的归宿在山，那么，他的出世则在水。陆羽，字鸿渐，诞生于荆楚之地，生活于江南山水。先生的后半生，注定要与江南的顾渚茶山生死相依。行走的道路上，总是密密麻麻地飘落着灰色的浮尘，每一道布满斑驳的裂痕，都是一段难以抹平的忧伤。先生的前半生，充满着人生的裂痕。因了聪慧天资、敏感天性，积公选择先生做茶童，先生却因求知欲过于强烈而拒绝削发为僧，即便被罚重体力劳动，也未能被驯服，结果被打得皮开肉绽，最后断然出走，跑到戏班子里学戏，做伶人。在戏班子两年，演丑角，演木偶戏，开始诗文生涯。十三岁那年，结识竟陵太守李齐物，李齐物慧眼识得其不同凡响，掩埋在红尘中的明珠才得以拂尘，尔后被送到火门山的邹夫子学馆处读书，兼做邹夫子茶童。在那里，安安心心地读了五年书，读书、写诗、

境会亭

作画、练字、弹琴……听山水清音,赏四时佳景,在娴静淡泊中构建着自己内心的格局。后来,又躬别邹夫子,与崔国辅相处三年,品茶,鉴水,谈论诗文,每一日都开心得很。再后来,天宝十三年(754),才正式开始他的远行。他这次是要到巴山、川陕去,他以"一意孤行到天涯"的方式自我放逐于世人的视野之外,白眼看人,绝交权名,一门心思地过着属于自己的生活。

如果没有那场安史之乱,先生或许未必就能够成为一代茶圣。因为除了事茶之外，他还写了许许多多的诗文，那些诗文，写得很慢，好像电影的分镜头，他右手握着狼毫笔，左手却捋着胡子沉吟推敲。添一次墨写数个字，写完一句，略作停顿，思量点画，踱上几步。然后，又添墨写第二句、第三句……那支饱蘸浓墨的笔，吮吸着春天里最浓酽的茶叶清香，在他手里逆入平出，左右纵横，举万物之形，序自然之情，既屈又伸，曲尽其妙。

三

现在，我们仍然可以无尽地想象公元8世纪那个盛唐以来的历史转折点，那个兵荒马乱的年代。青年陆羽成了成千上万难民中的一位，裹挟着滚滚难民潮，先生南逃渡江，信仰进入了一个激烈碰撞的年代。而大量史实证明，《茶经》中的大量茶事资料，正是收集于此时。此时此刻，他势必会对这个世界发出巨大的疑问，势必会对以往的一切经历重新进行一次审视和梳理，也势必会对安详平和的佛教有一番新的反思。终于，在心灵上无限趋近于他童年、少年时的精神家园，回归势在必行。

一桩桩，一件件，前尘往事如梦如幻，如影如烟，如诉如泣。我们登上境会亭，一路向南，遥遥远望，只见啄木岭与顾渚山之间云水相接、天光一色、上下一白。沿着一痕小径，朝着山尽头走去，又远远地看见顾渚山的一片茶园了。阳光在茶席上游走，茶艺师小薇朝着远山大声呼喊，大山传来阵阵回音。披着一身霞光，踏着乱琼碎玉；茶人：大茶、小茶、使恩、大云、大和、大琐、婵樱、茗烟们从山那头的古越湖州缓缓走来，与等候在境会亭的宜兴一众爱茶人的目光紧紧地连在了一起。千树万树，茶花瞬间盛开。千叶万叶，茶芽齐刷刷绽放。我想，这个时候，先生的灵魂一定是在这片茶山的。

往事越千年，湖州府、常州府，茶人茶事生动如初！

肃宗至德二年（757），先生二十四岁那年，来到了离顾渚山很近的太湖之滨无锡，先是以无比赤诚叩开了皎然的心窗，与其结为生死之交，品茶论道，谈禅说经，诗文唱和，徜徉湖山，两人亦师亦友、亦父亦兄。后来，在皎然寺院中生活的那几年，又结识了写"慈母手中线，游子身上衣"的湖州德清诗人孟郊，写"西塞山前白鹭飞"的"渔父"诗人张志和，还有女道士李冶，还有皇甫冉、皇甫曾兄弟，还有刘长卿、灵澈等人……那真是一段腹有诗书、灵魂趋于无比丰盈的岁月，《茶经》初稿就是在上元元年（760）至永泰元年（765）间在湖州完成的。直到此时，先生才真正跻身于高士名僧之列。皎然为《茶经》的撰写提供着莫大的帮助，"苕溪草堂"的建成，更是宛如一座饱满而丰盈的绿色宫殿从天而降，先生的每一声叹息、每一缕呼吸，都仿佛触摸着灵魂而生了，那些在心灵版底轻轻抚过的条型丝雨，缠缠绵绵、毫无间隙地与先生相依相偎。先生往返于宜兴、长兴之间，行吟在啄木岭的山阴道上，远上层崖，遍访茶农，品茗辨水，终于写就了那篇著名的《顾渚山记》。而彼时的顾渚山，也自然因茶叶的优良而使人刮目相看了。

　　《茶经》成书之际，先生正在长兴与宜兴交界的啄木岭下考察茶叶，常州刺史李栖筠请其品尝山僧相送的野山茶，先生亲自煎煮，一番品赏，认为"此茶芳香甘辣，冠于他境，可荐于上"。李太守当即决定，阳羡茶与顾渚茶一起进贡。果然，好评如潮。

　　一旦，梦幻落实到了实实在在的手工劳作之中，灵异便仿佛听从了上苍的感召，带着金属一般的光芒很快脱颖而出，一个个如芙蓉出水、亭亭玉立。顾渚山上修起了茶贡院，时役三万，工匠千余，春来盛况空前，游人闻讯纷至沓来，歌舞活动日夜展开，陌上江南花开烂漫，文人墨客吟诗如雨，一年一度的采茶盛事，恰如一首首春天的诗歌，鲜沽地绽放在先生无比纯净、无比澄澈的心底。啄木岭，境会亭，也在屏声静息，默默地等待万千诗魂的到来。终于，湖州刺史、常州刺史、苏州刺史相遇在春天的敬会亭，"喊山祭"正式开启，朝廷观察史亲自主持仪式，先是"祭山祭水祭茶神"，接着，朝廷观察史、常、湖、苏三州刺史，三万采茶工，一千余制茶工和先生在春阳里一起高呼"茶发芽"，呼喊声在山谷久久回荡，"碧泉沙涌，灿若金星"的景象瞬间形成。从此，"喊山祭"成为常、湖、苏三地茶人每年必修之功课。

有一年，嗜茶如命、自号"别茶人"、时任苏州刺史的著名诗人白居易，因从马上摔下，久卧病榻，不能参加"茶山境会"，当即写下一首《夜闻贾常州崔湖州茶山境会想羡欢宴因寄此诗》："遥闻境会茶山夜，珠翠歌钟俱绕身。盘下中分两州界，灯前合作一家春。青娥递舞应争妙，紫笋齐尝各斗新。自叹花时北窗下，蒲黄酒对病眠人。"期盼和苦闷之情溢于言表。香山居士与时任常州刺史贾铼、湖州刺史崔玄亮是好友，两人邀居士参加"茶山境会"未成，却留下了一首千古传唱的茶诗。这首茶诗，一路穿山越岭、踏歌而来，抵达今天。仿佛，每一个春光熹微的早晨，或是清寂默然的夜晚，香山居士仿佛都相伴着先生，点亮着岁月。《茶经》开出绚烂的花朵，先生显示着全部的安详与宁静。

因着先生，因着《茶经》，因着那千千万万株人间的灵瑞，常州、湖州、宜兴、长兴走到了一起。因了天性，因了人生的种种际遇，因了骨子里那份执着和自信，先生的一生以茶为载体，贯穿了所有的凄凉和丰富、寂寞和辉煌。《茶经》无疑是他学术的巅峰，他把自己的后半生早已交给了茶叶，完完全全地融入了顾渚山、啄木岭，融入了广袤的江南大地。

人间，由此而充满原初的朴素和无言的大美！啄木岭上空的时光正浩荡奔流，碧蓝的天穹仿佛浑然新造，让人感到在悠远时间的积淀下闪耀着的永恒之美。

大茶的手指，被阳光渐渐镀亮，上香，供茶，茶道始祖皎然先生、茶祖陆羽先生在阳光下微笑着。"……素瓷雪色缥沫香，何似诸仙琼蕊浆……崔侯啜之意不已，狂歌一曲惊人耳。孰知茶道全尔真，唯有丹丘得如此。"那每一个湿润、妖娆而又含满茶香的汉字，都在滋润丰茂的林间、充沛激越的山川里开张着胸胆、尽情地舞蹈。宜兴的茶人们在阳光下一拜、二拜、再拜，手指终于如羽毛一般，在风中变得愈来愈软，像上帝手中的掸子，可以拂去尘世里的一切微尘。

　　灵魂渐于丰盈。阳羡紫笋，阳羡金毫，丹凝茶，暗香在空气中、在山林里快乐地奔跑。此刻，我看见，先生正触摸着春天的心脏，又一次走进啄木岭，走上境会亭，在素色的茶席和摇曳的竹叶间来回走动。人世间所有的沧桑、悲壮、滞重、轻盈和欢乐都汇聚在这里了，阳光灿烂得一泻千里。我在风中读着《茶经》，风吹哪一页，就读哪一页。

　　完好的苍穹下，俗常的日子里，有先生相伴，无比安心，真好！

作者简介：

　　周晓东，男，1974年11月出生，江苏省作家协会会员。在《青年文学》《雨花》《青春》《太湖》《翠苑》及《中国艺术报》《新华日报》《今晚报》《扬子晚报》等报刊发表散文、诗歌、评论等文学作品若干。现供职于宜兴市文联。

茶，宜兴人生命的气象

赵 丰

早就听说宜兴阳羡紫笋茶与杭州龙井、苏州碧螺春齐名，被列为贡品，这就有了身赴宜兴的念头。

宜兴古称阳羡。前些年，河南大学的邢慧玲以"荆溪水"的网名发帖，称《西游记》中的花果山就是宜兴的阳羡山（指善卷洞所在地的"离墨山"）。说《西游记》花果山原型就是宜兴阳羡山，《西游记》的作者不是吴承恩，而是明朝唐顺之。这个看似有些戏说的说法还被当地文化研究者拿出了证据，争论依然继续，不过我倒是希望阳羡山就是昔日的花果山。如此，我的宜兴之行也就赋予了神秘感。

阳羡山水适宜产茶，产茶历史久远。阳羡茶令历代名人所称颂，为宫廷皇室所赏识。唐代"茶圣"陆羽在阳羡南山考察后写下《茶经》，赋诗赞曰：芳香冠世，并将阳羡茶推荐为贡茶。每当茶汛季节，采下来的嫩茶，经焙炒好后，通过驿道，快马日夜兼程送往京城，此情此景，被唐诗人李郢在《茶山贡焙歌》如此描述："十日王程路四千，到时须及清明宴。"诗人卢仝更是留下了"天子须尝阳羡茶，百草不敢先开花"的名句。

宜兴是江南茶乡，饮茶习俗由来已久，茶风颇盛。旧时，宜兴境内"十里一茶亭，百里一茶坊"，茶馆遍布城乡，现在宜兴城里仍有茶局巷的称谓。茶馆的名字也是五花八门，为惜笔墨，不能一一列出。

一个雨后的日子，我走进阳羡山下的茶园，顷刻融入了茶的氛围。头上顶着阳光，脚下沾满淤泥，徐徐步入茶园。茶园，是宜兴的风景。高处四望，茶树连绵，绿叶鲜嫩，翠竹耸立，风起翩翩，宛如一道绿洲，隔绝了胸中的杂念和臆想，便觉是个世外之人。而更远处，丘陵起伏，云雾缭绕。茫茫绿洲之中，我喃喃自语：我便是一棵茶树，我便是一道风景。有风吹来，我扬起双臂，宛若茶树的叶子翩然起舞。

宜兴，是典型的江南水乡，也是国家历史文化名城，骨子里散发的都是江南雅致。三五好友也好，独自一人也罢，坐下，便慢慢品茶。

品茶，是一种文化。既是文化，就急不得，耐着性子品味。茶主人说，您喝的是高档的红茶。我问，红茶也属于阳羡茶么？他莞尔一笑，回答道：自然自然，这红茶便是新出的阳羡茶，用前世的水，煮今生茶，品来世的味道。茶主人释然，淡然，坦然，脸色俨然红茶的品相。

这红茶汤色红润，香气诱人，进口生津，回味更甜。品一口，神清气爽；再品，宛若入仙。那些命名高雅的阳羡雪芽、荆溪云片、善卷春月、竹海金茗，我怕是无缘享受了。

茶，是宜兴人的一种生活方式，也是宜兴人生命的气象。

作者简介：

赵丰，中国作协会员，陕西省文学院签约作家。出版《小城文化人》《声音与物象》《孤独无疆》等小说散文集十余部。《声音与物象》获第五届冰心散文奖，《孤独无疆》获第三届柳青文学奖。有作品被译为英、法、日文。

忆蜀山

赵丽宏

脚下的石板路,沿着依山傍河的小街蜿蜒。路面石板经历了千百年风雨,被无数代人的鞋底踩踏,虽斑驳不平,却光滑如玉。石板路的中间是空的,石板下面是排水沟。在石板路上行走,可以听见自己的脚步声,走得急时,噗通作响,仿佛是从遥远的地方传来了鼓声。

走在镂空的石板街上,不仅能听见脚步声,还隐约有流水的声音,那是河水的韵律,是山泉的吟哦,是积水从屋檐滴落在街边石条上的回声。小街的两边,都是古旧的砖木房屋,精致的木门木窗,斑驳的粉墙,墙角的青苔,呼应着墙上那些留存着岁月痕迹的店招和标语。小街两边的房屋间,不时出现一条条极窄的小巷,仅可容一人侧身穿过,如深山中那些"一线天"。小巷虽不长,却让人感觉幽深,因为,两边小巷尽头的风景不一样,一边,是绿意蓊郁的山景,是山脚下茂密葳蕤的兰草灌木;另一边,是波光潋滟的河景,河水在斑斓天光下流淌。

小巷尽头的山,是蜀山;小巷尽头的河,是蠡河。

五十多年前,曾经踯躅在蜀山脚下。那时,我还是十八岁的少年,第一次远离家门,在这里学木匠谋生。我的住地在离蜀山不远的一个村庄里,经常来蜀山脚下干活。遇见蜀山古镇时，心情郁闷，身体疲惫，没有旅游者的心情，但是古镇上的景象，还是让我惊奇。

对蜀山古镇的第一印象，是镇头那座蜀山大桥。这是蠡河上的一座古老的石头拱桥。初春之晨，稀薄的晨雾还在河面飘漾，蜀山大桥却是一番热闹的景象。高高的桥面上，行人熙熙攘攘，小贩在桥上摆摊卖水果蔬菜日用百货，人们在桥上大声吆喝，讨价还价，也有人站在桥头聊天拉家常。桥下，暗绿色的蠡河水在流动，河上船只来来往往，桥上的行人和桥下的船工高声应和互相打着招呼。稍大的木船从拱桥的圆洞中穿过去时，有一番惊险的场面。艄公站在船头上，挥动一根长长的竹篙，在河面和桥墩上撑击点舞，船上的人和桥上的人都在紧张地大呼小叫，唯恐木船撞到石桥上。最终的结果，总是木船安全地穿过了桥洞……这景象，很像是《清明上河图》中那座大桥。走在这样的桥上，挤在杂色的人群中，我突然觉得自己成了《清明上河图》中的人物。

那时走过蜀山老街，总是脚步匆匆，没有看风景的闲情逸致。但是街上总有些独特的景物吸引我。蜀山镇附近，几乎家家户户都在做紫砂茶壶，那是天下少有的情景。做茶壶的人，男男女女，老老少少，不可胜数。他们有的沿街坐着，有的在门户敞开的堂屋里，也有在河畔的石桥边，在路边的树荫下，坐在低矮的板凳上，面对着一张质朴的木桌，盆盘中堆着紫泥，桌上摆着简单的工具，有一人埋头独作，也有二三人围坐合作。让人惊叹的是制壶人那些灵巧的手，紫泥犹如柔软的糯米糕，被这些手敲打着，揉搓着，拿捏着，搓刮着，塑造成一把把形态各异的茶壶。这些未经烧制的茶壶泥坯，看上去就是完美的艺术品，玲珑温润，闪烁着紫红色的光泽。

那时无知，曾以为这些紫红色的茶壶，就是成品，晾干后就是可用的茶壶。后来才知道，它们必须送进窑中经烈火焚烧，才能脱胎成紫砂壶。由砂石泥土变成紫砂茶壶，是一个奇妙的过程。而这个过程，就在蜀山周围完成。

我曾经问街边的制壶人，在哪里烧制这些紫砂壶，他们指着近在咫尺的

樹茶

蜀山说："就在山上。"我抬头看蜀山，只见山上云气飘旋，那是烧窑的柴火在冒烟。

做紫砂壶是蜀山人的日常生活，也是他们的生计。蜀山人离不开紫砂，而那些做紫砂壶的高手，也是蜀山人的骄傲。

古镇上有好几家茶馆，每天早晨，茶馆里人头挤挤，很多人坐在茶馆里喝茶聊天。桌上，摆放着大大小小的紫砂壶，还有各式各样的紫砂茶盏。水汽、阳羡茶香和宜兴方言在茶馆里交融，形成浓酽的氛霭。坐在茶馆里的大多是老人，但我对茶馆有兴趣，心里常想着，什么时候有机会，也能进去坐下来喝一壶茶。一天下午，提前完成了一大活计，我到镇上的一个澡堂里，洗净了身上的汗垢，然后走进一家坐落在山脚下的小茶馆。

下午的茶馆，店堂里茶客寥寥。我找了一张临窗的桌子坐下来，窗外，绿荫闪烁，那是蜀山的影子。一把紫砂壶端上来，茶香扑鼻。我用笨拙的动作把热茶斟入小小的茶盏时，从壶嘴里射出的茶水大半都溅在桌面上。就在我慌忙擦桌子时，邻桌的一个茶客站起身，在我对面坐了下来。这是一个面目清癯的中年人，穿着朴素，举止文雅，像是个当老师的。他伸手提起我面前的茶壶为我斟茶。茶水从壶嘴里射出来时，水柱有点歪，但还是不偏不倚地斟入小小的茶杯。他放下茶壶笑着说："这不怪你，这把茶壶做得不够好。"

"你也是做茶壶的？"我问。

他微笑着，不置可否。这时，店里的一个伙计跑过来，惊讶地问我："你不认识他吗？他是顾景舟，他是名人，宜兴最好的紫砂壶就是他做的！"

顾景舟？我从来没有听说过这个名字。

中年人见我一脸懵懂，笑着说："别听他瞎吹。"他说着，把自己的茶壶从旁边的桌子上端过来，一边喝茶，一边问我："你就是那个上海来的小木匠？"

我诺诺地点头，又摇头答道："我刚来不久，还没有学会做木匠。"说心里话，我并不喜欢做木匠，在这里拜师学艺，曾被人告知，要先磨刀三年。每天的活计，除了为师傅磨刀，就是拉大锯，把粗大的树段锯成木板。一天下来，精疲力竭，浑身酸痛。我想，做茶壶，比干木匠活有趣得多。

他见我愁眉苦脸的样子，笑着说："你还小，应该读书。学点手艺也没错。"

我看着窗外摇曳的绿荫，突兀地问了一句："这里不是四川，这座山为什么叫蜀山呢？"

"问得好！"他脸上的微笑没有消失，"这是因为苏东坡上过这座山。知道苏东坡吗？"

苏东坡我当然知道，我还知道他是四川眉山人，也知道他曾经游历天下，写过无数美妙的诗词。他生活的年代，距今九百年，想不到他也到这里来过。他来到这里，这座山就变成了蜀山？

他似乎窥见了我心里的疑问，慢慢地解答道："这座山原来叫独山，苏东坡来这里，上了独山，觉得这里的风景和他家乡很像，他说：此山似蜀。蜀山的名字就是这么来的。"

他喝了一口茶，看着窗外的绿荫，仿佛是自言自语："蜀山脚下，还有东坡书院呢。"

东坡书院？现在还在吗？当时到处都在"破四旧"，蜀山的东坡书院难道还能保存？我问他东坡书院在哪里，他说："在山的另一边，现在是学堂了。"

他放下茶壶站起来，拍拍我的肩膀，转身走出店堂，脚步悠然，感觉是飘出去的。我记住了他的名字，顾景舟。

很多年之后，我才知道顾景舟作为紫砂艺人的地位，他是承前启后的紫砂工艺大师。我在蜀山遇见他时，正是紫砂艺术被忽略的时代，也是他失意的日子。茶馆里邂逅的那一幕，在我记忆中却不是一个沮丧落魄的艺术家，而是一个平和睿智的读书人。我不会忘记他脸上那善意的微笑。

那天从茶馆店里出来，我沿着山脚一路寻找，走到古镇尽头，绕过蜀山，在山的南麓，终于找到了当年的东坡书院。那时，这里已成为一所小学，但依然保留着东坡之名：东坡小学。我站在校门口，隔着门墙往里看，只见院落里古树参天，天井里散落着一地斑驳的树影。正是放学的时候，孩子们的欢笑声从里面一路传出来……

我在东坡小学门口站了很久，心里想象着苏东坡当年如何在蜀山脚下流连忘返。后来我才知道，苏东坡和蜀山的传说并非虚构。苏东坡确实到过这里，被这里的山光水色和风土人情吸引，曾有过置田盖房，终老蜀山的念头。这些，有苏东坡留下的诗文为证："吾来宜兴，船入荆溪，意思豁然，如惬平生之欲。逝将归老，殆是前缘。"在他的一首词中，东坡先生这样抒发自己的情怀："买田阳羡吾将老，从初只为溪山好。来往一虚舟，聊随造物游。有书仍懒著，水调歌归去，筋力不辞诗，要须风雨时。"东坡小学的古老前身，曾经是苏东坡住过的草堂，故被人们称为东坡草堂，后来，在这里建起东坡书院，再后来，成为东坡小学。

那天离开东坡小学，已近黄昏，但我还是不想急着回我寄居的村庄，我要登上蜀山顶看看。山不高，从南麓攀登，越过山峰，下山就可以回到蜀山大桥边。没有找到上山的路，我从树林和山石间择道攀援。登临山顶时，正好看到日落，天边的云霞如无边无际的火焰，慢慢吞噬着一轮血红的残阳。从山顶俯瞰，蠡河是一条晶莹的光带，古镇的黑色屋脊在山脚下蜿蜒，像泼洒在山河之间的一道浓墨。我也看见了依山而建的龙窑，那是一条攀卧在山坡的巨龙，被古树掩隐着，被烟雾笼罩着。巨龙的腹中，蕴蓄着熊熊火焰，那些被灵巧的手捏制成的茶壶和陶器，正在烈火中涅槃新生……

半个多世纪过去，山河依旧，但人间的景象天翻地覆。在我的心里，蜀山总是隐藏着一些古老的秘密，虽然只是一座小山，但是和我以后登临过的无数名山相比，蜀山的清丽奇秀，还有它的孤寂和诗意，它的云缠雾绕的烟火气息，成为一幅意境独特的画，烙在我的记忆中。

近日重返蜀山，看到了新时代带来的变化，陶都丁蜀，是富甲江南的名镇，紫砂工艺，早已成为举世瞩目的中华国粹。东坡小学又成了东坡书院，现代紫砂作坊星罗棋布，龙窑进了博物馆。蜀山古街上，石板路还在，老房子还在，当年的气韵还没有消散。临街的小楼中，有顾景舟的故居，门口挂着牌子，成了供人参观的博物馆。我想，当年在茶馆里遇到的这位大师，那时就是在这里隐居吧。

2021 年秋日访丁蜀镇归来，写于四步斋

作者简介：

赵丽宏，1952 年出生于上海，散文家，诗人。中国作家协会全委会委员、中国散文学会副会长、上海作家协会副主席、《上海文学》杂志社社长，华东师范大学、交通大学兼职教授。出版有《珊瑚》《生命草》《心画》《岛人笔记》等七十多部诗集、散文集、报告文学集。作品曾数十次获奖，《诗魂》获新时期全国优秀散文集奖。2013 年荣获塞尔维亚斯梅德雷沃金钥匙国际诗歌奖。

一壶阳羡茶泡出江南诗画

赵李红

乌米饭，阳羡茶，紫砂泡出一壶故事入诗画。

"天子须尝阳羡茶，百草不敢先开花。"唐代诗人卢仝为阳羡茶留下千古绝唱；

"人间珠玉安足取，岂如阳羡溪头一丸土。"清代诗人汪文柏咏赞紫砂壶妙笔流芳；

"买田阳羡吾将老，从初只为溪山好。"宋代大文豪苏东坡对阳羡情有独钟，晚年曾计划在此养老终身。

诗人笔下的阳羡，就是现在的江苏省宜兴市。这里不仅因是茶的绿洲、紫砂壶的故都，留住了古今无数诗人墨客的足迹和墨迹，也是诞生了徐悲鸿、吴大羽、吴冠中、钱松岩、尹瘦石、潘汉年、周培源这些仁杰的江南宝地——为茶、为紫砂壶、为大师的家园……在宜兴寻一处江南雅居，端一杯宜兴红，夜幕下，听风、听雨、和友人细诉过往，一颗悬浮的心慢慢沉静下来。

在西渚农家饮茶、在岭下茶厂饮茶，在清幽竹海饮茶，在守艺匠人的简陋工作室饮茶，淡雅、清香、浓郁、醇厚……

小雨中，我用虔诚的眼神致敬满山绿色，迷醉这片望得见山，看得见水，留得住乡愁的如水墨晕染的仙境。

为什么古代那么多名人雅士、墨客骚人来到宜兴？又为什么他们来过宜兴之后不是留下千古佳话，就是写下优美诗文？

与爱茶人敬茶人品茶，茶的雅、茶的静、茶的趣激发你茶的瘾。

七千多年的制陶历史，成就了一座陶的故都，而阳羡茶在唐朝已负盛名。茶与紫砂壶更是好马配好鞍，相映成趣，共同铸就了宜兴的陶文化和茶文化。

"纤秀形、甘甜味、宫廷艺、文人情。"一撮丹凝落入壶中，倏忽间，澄红明亮，香气氤氲、滋味甘醇的茶汤入眼入口，在回甘中体味宜兴茶文化促进会杨亚君会长的四句话，捕捉宜兴红丰富的内涵。"好茶、好壶、好水，唯宜兴有也。"王敖盘副会长讲述阳羡茶与人文文化的故事入心入笔。

梅尧臣、欧阳修、苏东坡、朱熹等文人到过宜兴后，留下了许多脍炙人口的诗篇。欧阳修留下了"喜共紫瓯吟且酌，羡君萧洒有余清"，梅尧臣写就了"天子岁尝龙焙茶，茶官催摘雨前芽"，"小石冷泉留早味，紫泥新品泛春华"的佳句。这两位都是苏东坡的老师，坡仙更是后来居上，他与宜兴人单锡、蒋子奇为同科进士，在琼林苑赐宴会上又同桌进餐，定下了来宜兴的"鸡黍之约"。当他游完宜兴秀丽的山水风光后，便产生了"买田阳羡吾将老，从初只为溪山好"的想法，他曾先后四次来宜兴，最长一次逗留了三个多月。他对"阳羡茶"更是情有独钟，泡茶烧水的壶是紫砂的，点茶的水必用玉女潭泉水，三者的绝妙配合，使坡仙对茶的研究深入堂奥，留下了"雪芽我为求阳羡，乳水君应饷惠山"的佳句。宋代理学大儒朱熹在《茗岭春芽》的诗中写道："茗峰千仞产灵芽，滴露烹泉处士家。读罢楚骚喉吻渴，漫贪七碗操梅花。"

是好茶都能喝出味道来，需要的是用心去品。当代作家叶兆言怎么也忘不了第一次喝宜兴红茶时的惊喜，"喝了以后，满嘴生香，久久不能忘怀"。

与紫砂大师品茶，有好茶，有好壶。有好壶就有人慕名而来。

"最初喝红茶的都是些窑工，都是烧紫砂壶的人，由此可见红茶本来已有民间基础。"在岭下茶厂品茶，顾景舟先生的弟子、八十多岁的中国工艺美术大师、非遗传承人徐秀棠先生娓娓道来。一辈子只喝红茶的他，说自己这个习惯来自祖传。"从小就常见爷爷提个提梁壶带到家里来，自己也随着喝了起来。家就住在紫砂厂的旁边，工人们吃了饭以后都喝，上午喝，下午也喝，以后自己也用红茶招待方方面面的人，领导来了喝、普通人来了喝、朋友来了都喝这个，一喝就是一辈子。这里的人们出去打交道带些什么，也是宜兴红茶。它和饮料不同，茶脱离了饮品和食品的范畴，最大的特点是文人情在里面。"从柴米油盐酱醋茶，到现在的琴棋书画诗酒茶，茶赋予了生活的雅意，成为一种精神的象征和文化传承。

雨中傍晚，撑伞疾步，平日游人必到此一游的丁蜀镇蜀山紫砂一条街，商铺已关门打烊，只有"顺意居"还亮着灯。"顺意居"主、五十多岁的刘顺洪夫妇还在忙碌。刘师傅端上一壶热茶，顿时驱散寒意、陌生。刘师傅的妻子端上一盘茶食，几只手同时伸向盘中的花生、核桃、栗子、茨菰、荸荠、瓜子，却发现足以乱真的它们只能观赏不能吃。女主人笑盈盈地说，它们都是紫砂制品，虽然颜色不同。聊天中得知，这是他们夫妇的好友、紫砂大师蒋蓉当年送给他们的结婚礼物。

比起丁蜀镇几位大师工作室的豪华养眼、触目惊心，刘顺洪的工作室显得微不足道，但生于蜀山的紫砂世家，有着对紫砂技艺的热爱和坚守，紫砂是他的精神寄托，是他世界的一方净土。潜隐民间，兢兢业业，如同前辈们一样，是深耕紫砂文化的传承者。

与墨客文人一起喝茶，自古佳茗似佳人——

作家乔正芳曾有美文《知茶如女》，她把茶比喻成女子，万千女子万种风情。白茶是远离红尘的逸人，一袭白衣，迎风傲雪，飒飒于山野林泉之间，素心若水，高天流云。

红茶，应是佳丽中的暖女。粉嘟嘟的面皮，唇不点而红，眉不画而翠，笑眼弯弯，和风徐徐，天生自带一股富贵喜气相。上好的红茶，汤色呈橘红或橙黄色，晶莹剔透，浓而不腻，入口绵软甜滑，任是无心也动人。那应该是端庄成熟的女子吧，优雅娴静，不张扬、不喧哗，任凭世间风吹雨打，我自安然以待。让人想起《红楼梦》中的宝姐姐以及《京华烟云》里的姚木兰。

美女如茶，美女亦如花，从眼前开到田野，从身边开到天涯……

"看一眼是钟情，再看一眼是情深。喝一口是鲜爽，再喝一口是销魂。"上海大学教授、七十多岁的女诗人张烨呷一口茶，声情并茂地朗诵自己的诗《阳羡茶宜兴红》，让众人怦然心动，击掌共鸣。

记住了宜兴，茶的鲜爽、城的销魂。

作者简介：

赵李红，汉族。出生于北京市。历任《北京文学》杂志社编辑，《北京晚报》编辑、记者。北京作协第五届理事会理事。作品获庆祝新中国成立六十周年散文佳作奖、第八届中国新闻奖副刊金奖暨报纸复评二等奖、2009年北京新闻奖一等奖。

宜兴茶家乡的味道

赵亮宏

"开门七件事,柴米油盐酱醋茶"。茶在日常生活中这么重要,我也是慢慢体会到的。

我基本上是个"茶盲",对茶的知识知之甚少,更别说什么茶道茶艺了。年少时生活在宜兴小镇上,那时印象中能同茶联系在一起的就只有小街上的茶馆。上午的茶馆最热闹,四邻八村的人上街来,先到茶馆,几个人要上一壶茶凑在一起聊半天,交流乡下人有限的一点信息,近乎茶喝白了也就该回家了。我们不喝茶,也不愿去听大人们攀谈,所以很少去这种地方。

后来外出求学,毕业后又留京工作。工作的性质属于脑力劳动,坐办公室的,就有需求也有条件天天喝点茶了。上班后打来开水,沏上一杯淡茶,一直喝到下班,中间也不换茶叶。作用嘛,就是解渴和提神。退休后闲暇时间多了,同家乡联系也多了起来。家乡的茶叶和紫砂茶具,也声誉日隆。自然而然我也喝茶就多了起来,尤其是当家里来了客人,第一时间就是泡上一壶香茗,向来客展示一下我们家乡的茶香壶韵。

科研成果里关于茶有很多学问。茶叶里含有少量咖啡因,又可以提神醒脑;含氨基酸、茶多酚、维生素等多种对人体有益的成份,消炎、抗病毒、抗氧化,

斟茶

利于健体强身防病。而文人墨客居然还把喝茶这看似简单的活动分出了层次和境界。一种是饮，没有多少讲究，提神解渴而已。另一种叫品，细品茶水滋味，这要茶叶好、茶器美，甚至场景雅。所谓"品味人生""人生如茶""茶如人生"，把那种"先苦后甜，苦中有甜"的感觉品出来了，进而同人生长短也联系起来了，把"茶寿"作为一百零八岁的代名词，以"相期以茶"来互祝健康长寿。

　　这一个时期，因抗疫需要，我和老伴深居少出，在家里除了吃饭睡觉，就是喝茶和上网看电视了。饭后，端出老家带来的紫砂茶具，放一些宜兴红茶，冲入开水。这时，一股特有的清香气味就在室内弥漫开来。我们一边浅酌慢饮，一边阅览手机或电视屏幕上的信息，抗疫战斗牵动人心呐。我每天都要浏览宜兴公众号，关心一下家乡经济社会情况。令人惊喜的是，在几天前的央视财经新闻频道连续两次看到一则相同的新闻，宜兴茶园新茶陆续开采。宜兴成了全国众多茶区的最吸睛者。我为家乡自豪，我为家乡点赞，我为家乡的茶农乡亲点赞。我忽然有一种感觉，我面前这壶宜兴茗茶何止是可以解渴健体，也何止是可以怡神养性，其中蕴含着浓浓的乡情呢。

作者简介：

赵亮宏，宜兴人，原中央工艺美术学院党委书记，原教育部考试中心主任。

和颜悦色阳羡茶

赵峰旻

"烹茶留客住金鞍,月斜窗外山。"夕阳斜铺出一屋子的金黄,窗外柔风缱绻,群山寂静,绵延不尽。此刻,尽收眼底的不是黄庭坚词里的明月,而是夕阳余晖下,被和风吹醒了的宜兴太华山区的九香茶园。那蛰伏了一冬的一垄垄茶树枝头上,鼓鼓囊囊的芽苞,轻轻一摇,一抖,栗棕色的壳悄然落下,青翠欲滴的嫩芽,妍妍姗姗,摇曳成一群绿衣仙女,在叶尖上轻歌曼舞,诠释一株茶的天赋。

暮色沉降的茶山,渐渐披上淡淡的黛色。茶室内的独板大茶桌面已经泛出包浆的柔光,几杯呈现着诱人酒色的九香红茶,氤氲着一层层水汽,让空间弥漫着醉人的茶香。突然感觉,此时薄暮对影喝茶的,岂止三人……投茶,洗茶,泡茶,出汤,分茶……宜兴市"九香茶业"董事长熊金芳亲自为我们泡着她首先推荐的"九香红"。主客品茶间,熊董事长说:今天我们正要做一款黄金芽茶,也是这几年我们精心培育的优良茶品,那色,那香,那味,真是别具一格。听熊董提起,眼前就浮现出整山坡金光熠熠的嫩芽,心里骤然升起了期待。

茶生天地之间,出自泥土之中,伴草木生长,得自然之精华。刚采上来的茶青，是树的叶子，得木之心，鲜活光艳。"要做阳羡黄金芽茶，首先是青叶采回四小时之内，就要对它进行杀青；而杀青是一门技术活儿，也是制茶的基础所在。首先要将茶青摊晾去湿，去除自带的草气涩味和残余刚性。顶级的阳羡黄金芽一定是自然凋萎，蒸发的水分带走草腥味，茶的香气就显露出来了。杀青后，还要立即降温，待冷却后再静置三到四小时，让茶芽芯里面的水分，通过茶的脉络，慢慢地返回叶面，待到触手柔软，便可以置于铁锅之中，开始进行阳羡黄金芽的炒制了。新茶火气十足，要过一个星期，等退火了才好喝……"熊董事长如数家珍，娓娓道来。我们听着不由对黄金芽茶生出一股神秘的期待。

茶趣

田园诗人韦应物《喜园中茶生》这样写道:"性洁不可污,为饮涤尘烦,此物信灵味,本自出山原,聊因理群余,率尔植荒园,喜随众草生,得与幽人言。"由此可见,从种茶、饮茶到上升为茶文化,都必须有文人的参与。大凡品性好的茶或生在雾气缭绕的山涧小溪旁,或与小草为伴生在人烟稀少没有污染的地方。唐代陆羽所著《茶经》提出了精行俭德的茶道精神。宜兴阳羡,好的植茶环境,成就了品性高洁的茶道精神。

茶经过慢火慢焙,得火之形,涅槃重生,悟透世间风情,人生况味。茶遇上一杯清水,得水之韵,一股香甜之气,从口至舌、至喉、久久萦回。立时蜕化为灵物,穿越历史时空,踏上人类文明征程,跻身寻常百姓的茶桌。在花好月圆月下,在寻常烟火间,得清净享自在,正如此刻的你和我。

来宜兴品一壶阳羡茶,若观清山秀水,满目旖旎风光,一杯茶由此喝出"清茶皓月照禅心"的意境来。难怪明朝文人陆树声《花寮记》中认为,只有在凉台道院、明窗静室、松风竹月意境下才能品出茶的真味,悟出禅的真谛。

宜兴作为阳羡茶的产地,自古以来,文人非常重视茶的精神享受和道德规范,讲究饮茶用具、饮茶用水和煮茶艺术,并与儒、道、佛哲学思想交融,逐渐进入人们的精神领域。壶中茶水,茶中乾坤,而好茶要配好壶。喝阳羡茶用宜兴的紫砂壶,得土之喜。宜兴紫砂壶与九香黄金芽是君子之交,相得益彰。

自古以来,品茶的文人在饮阳羡茶的过程中,创作了很多茶诗,仅《全唐诗》中流传至今有关茶的诗就有四百多首。唐代卢仝《走笔谢孟谏议寄新茶》这样写道:"天子须尝阳羡茶,百草不敢先开花。"文人一起品茶吟赋,随境写意,也让人感觉阳羡茶的醇香,感受到有阳羡茶作知音的那份禅悦。

品一壶阳羡茶,须保有一种从容淡定的神态,淡泊平常的心境。悟人生沉浮,造万物世界,不是刻意的超然,而是水墨画褪却繁华后留有风骨的意境,是远水无波的禅思。活在当下,要的是这种庸常静好,要的是这种宁静简约。当我们带着对一事一物的感慨,或是一枝一叶的吟赋,对着风,对着树,对着雾；春去也，秋去也，冬去也，连窗外太阳的血色也褪尽了，而茶兴正浓。品阳羡茶，品的是茶的香醇，喝下的是清苦，沉淀的是深思，休味的是"采菊东篱下，悠然见南山"的人生意境。

茶和禅相通，茶与禅之所以相通，因为把神气收回来，使精神返观自身即是"禅"。早在汉朝，茶已成为佛教"坐禅"的专用滋补品。魏晋南北朝，已有饮茶之风。禅是佛教的一种修持方法，其境界是言语道断，心行处灭，虚灵宁静，把外在事物都摒弃掉，不受其影响。当下，物质生活奢侈浮华，有不少人生活空虚，精神焦虑，苦痛倍增。只有禅能让人心静神明，万缘放下，活出生命的大境界。

阳羡茶蕴含金木水火上天地五行。心安则一切清静，心清静则神安。现如今，回归本心，我成了阳羡茶的常客，每当身心烦倦的时候就喝阳羡茶，每次对茶的体悟都不同。

一片小小的树叶，遇水之后，滋味醇厚，清新飘逸，茶的汤色，由浅慢慢变深；茶香由淡雅变得馥郁，再入口，由轻柔变得醇厚，历经三变，正应了天地三生万物的本性。于是，茶仿佛一个能量巨大的超人，攻城掠地，一下子占领地球三百万公顷土地，为一个个旅人完成一次次情绪的释放后，如此，世界变得和颜悦色。

作者简介：

赵峰旻，作家，媒体人。出版散文集《一样花开为底迟》《与太阳一起行走》《董永故里行》《烟火流年》《路过幸福路过你》等。文章选入多种选本选刊和中学生高考阅读，部分作品译到海外出版。获孙犁文学奖、全国微型小说年度奖、蒲松龄散文奖、盐城市政府文艺奖等多种奖项。

禅意茶缘阳羡品茗

姜尚之

世间有世缘，人间有人缘。而说到茶，自然是要有茶缘的。记得是三年前，承宜兴茶友的盛请，邀约我和几位朋友作茶园之行。正是人间四月天，茶山春浓，新叶正香。此行浸润于绿海之中，便是与阳羡茶结下了缘分。

早早地上了茶园，体验双手采茶的苦与乐。嫩芽上闪着露水，叶片上散发着清香。做一回采茶人，再与种茶人细说种茶的艰辛，有了体验谈感悟，便倍加亲切。午后又去一处山中的竹寮品茶，看茶艺演示，将山水风云都聚于碧绿的汤色，将禅意沉浸到另一种意境之中。这一天的行程，足以陪伴阳羡茶走过了一千八百年的风雨。

可是到了晚上，意犹未尽，几个朋友来到庭前，又喝起茶来。风清月朗，林涛松海，你听，岩韵溪韵竹韵，结下的正是茶品茶禅茶缘。

一番茶话，不觉引出了茶有三得。这样，才远离了不自如。

得之于天——天地之灵气，日月之芳华，这便是天地自然。阳羡茶产生于宜兴，不是偶然的。下午在兰山竹寮品茶，先是清香，继之醇厚，再之酽酽然。后来，只觉得微酣中舌尖甜适，问此甘饴何来？清风答曰，君不见垅中翠叶，溪边野花，峰顶薄雾，谷间清流。是啊，茶中融进了日月精华，天地灵气，山

茶禅一味

阳羡贡茶院供图

水性情，更有制茶人的呕心沥血。不用说，宜兴有山水之胜，秀美，清幽，湖、山、林、竹、洞、壶融为一体，而茶独具其胜。难怪阳羡茶内质优雅，品味上乘。

得之于源——文化之底蕴。源头是文化的起源，源流是文化的流派。宜兴这地方，什么都相宜，山有太华、茗岭为苏南第一高峰。水有太湖、滆湖、氿湖。乐山者仁，乐水者智。湖山环绕，峰青水碧，气候相宜，得天独厚。人们不但崇尚自然，也崇尚人文精神，是一片深沉的文化厚土。自古以来，人文荟萃，文脉传承，贯通古今。源头源流，让人耳濡目染，浸润其中，必然神韵自来，人杰地灵。在中国，说起茶，就不能不说到江南，说到江南，就不能不说到宜兴。中国是茶的故乡，宜兴，是中国茶文化的发源地之一，阳羡茶自公元前220年便负有盛名了，这不是阳羡人的骄傲吗？阳羡茶不但有着唐贡茶的传统风格，而且，一代代沿袭下来。我想，这是因为，阳羡茶不是孤立存在的，它与山水自然、人文历史融为一体，天地同根。尤其与茶人紧密相关，因因相陈。说到宜兴的茶人，自古至今，数不胜数，而当代的制茶大师，又超越了前人，个个出奇制胜。我觉得，对阳羡茶的再认识，首先在于对宜兴茶人的再认识。白天在茶山，我与茶园的主人有过一次交谈。我一边品茗，一边听他细说。杯中的宜兴红，汤色清纯，亮如琥珀，小口地啜饮，如醇酒一般，我对于这新鲜出锅的金茗，一时是醉了的。茶园的主人常常默默地面对山峰，或者一个人在茶园里行走。他在想什么呢，对于做茶的人来说，不仅仅是技术活儿，更需要一种悟性。是的，做茶的道理，和做人一样，没有一份执着，一种忘我，一腔情怀，怕是难于成事的。宜兴山水，怡情养性，文化内涵独特。而茶，又有独特之处，阳羡茶——紫笋、云膏、蝉翼、岳芥、雀舌、旗枪、宜兴红等，还有"阳羡雪芽""竹海金茗""竹海春月""竹海毛尖"等品牌，"岭峰"等系列产品，哪一个不是心血的结晶，人性的光辉。

　　得之于心——自我之禅悟。一个人的世界，分外在和内在两部分。外因不可把控，而内功是可以修炼的。人品艺品，德行并重，构成了不可或缺的要素。茶者，似道似儒，有进取有淡出。沉静，是让心沉下来；淡泊，是不受名利的诱惑。有了这两点，就能做到勤奋、刻苦，经受得住种种磨难。一壶道人，这是志向，也是抱负。上承文脉，下接地气，茶，是人种出来的，是人制出来的，茶与人，融为一体，人茶同语。茶与禅，浑然天成，茶禅同缘。

　　这一次宜兴之行，领略了阳羡茶的妙处，品茗全在于一个静字。静，便是禅静。静心才有细品，细品才得其味。三五好友，聚于舍前竹下，林是静的，溪是静的，心也是静的。一杯在手，无须多语，意境全生。色香味尽在其中。世间沧桑、人间冷暖也尽在其中。

　　至于品茗的清玄，更在于一个禅字，茶的禅意，是况味的升华。舌尖是形，内心是意——素养、品质、道德、哲思。其实，茶从来就不是孤独的，有水为母，有壶为父。茶也从来不是单一的，人与茶，如兄弟，如夫妻。茶水是苦涩的，又是甘甜的。汤汁可满可浅，茶味可酽可寡，茶香可浓可淡。有人把习茶与禅修并行，有人把茶艺与悟道齐观。不错，饮茶是一种生活，饮茶也是一种人生态度，或者说，茶人与茶相交，成为一种境界。人们，正是深悟了茶文化的内涵，与茶为友，因茶得缘。

阳羡茶到了这份上，对品茶人来说，该是融入清静无为了罢。因为洒脱自如，因为心无旁骛，便成了一种境界。

融入山，融入水，融入这无边的绿色。山为茗岭，水是碧溪，绿呢，浓得化不开。守着树，守着岭，守着那连绵的竹海。树是茶树，陶是紫砂，竹呢，清修而疏朗。清为高洁，静如山月，有所为，有所不为，一生能做成自己想做的事，不必心比天高。一生与山为伴，以溪为友，以茶为知己，足矣。

茶艺，简而又玄。茶道，深而且奥。宜兴春日，岭下之行，我似乎学到了许多，又似乎还有许多的不明白。

作者简介：

姜尚之（姜滇），本名江广玉。曾任南京市文化局局长、南京市文联副主席、南京市作家协会主席、江苏省作家协会影视文学工作委员会主任。中国作家协会会员、中国电影家协会会员。国家创作一级。出版小说、散文、报告文学、纪实文学等二十一种。有多部作品改编成电影、电视剧。

不惯今宵向月看

胡晓军

  有茶须有壶。茶像一帮孩童，嬉笑着、蹦跳着冲入一个厅堂，在那里逐渐静下来，待水的旋律响起，便用经日月孕育和人工修炼的嗓子，一齐唱歌。

  有好茶须有好壶。天下的茶，怕没有不愿意在紫砂壶里唱歌的，因为紫砂素朴，不但不夺茶的原味，反可延伸茶的余味；紫砂细腻，不仅发散茶的气息，且能留驻茶的消息，数曲唱罢，歌声还能在空荡荡的厅堂中萦绕。只这两点，便令所有的茶岂止是愿，更是盼。

  纵是大如中国，既有好茶又有好壶的所在，也仅宜兴一方。宜兴西临太湖，南接天目山的余脉，全年水秀山青。尤当每年春初，太湖水便凭暖阳之召唤，借东风之回旋，依山势之牵引，漫漫蒸蒸，氤氤氲氲，成就了修竹成海、碧茶漫坡。竹茶共生，绿意清气互通相长，已是妙哉，最妙的是造物眷顾，独以紫砂赋予此地，亿万年后，终于成全了茶的期盼。

  宜兴之行，去岁秋末便在筹划。平素众人主张各异，犹如散沙一盘，难得这回沙聚成塔，齐定为来年莺飞草长之时。其中缘故，自是新茶初上，尝个新鲜；而我则多一个理由，即人名巧合，图个口彩。据说紫砂之用虽有两千多年，但以紫砂制茶壶者，当推明代正德年间的书童供春为第一人。何以供春？当以名茶。我不否认表象多与现实没有关系，但又觉得名与实之间，也可能存在人所不察的微妙联系。退一步讲，两者真有距离，岂不正是神秘与意境之源，也正是寻诗最好的理由。

宜兴胜境为谁开，宛若小蓬莱。修竹吟风照水，碧芽未染尘埃。
东君为伴，供春作引，名士生涯。闲了吃回茶去，忙中平下心来。

——调寄《朝中措》

才到宜兴，便上茶山。主人以上宾之礼相待，亲自开车游山，让我们饱览一路缓丘盘桓，新绿连绵。车停半坡，主人手指一大片茶树说，此处绿茶长势最佳，上周已采过一茬。近几天阴雨不断，今日开晴，茶叶会加速生长。又说，新茶像一帮孩童，不仅长势迅速，而且最是敏感，其色、香、味会因天候的变化而变化，长势最盛时，甚至早晨、中午和黄昏采的同一批茶，口味也大不相同。

下得山来，茶庄落座，主人以紫砂壶载茶飨客，先是阳羡雪芽，此茶叶大肉厚，上有微微白芒，宛若细雪薄覆。汤入盏中，其色倩碧，饮之清新甘爽。阳羡是宜兴在秦时的地名，延至晋代，改为义兴，宋时为避太宗赵光义之讳，更名宜兴。料苏轼来此时，宜兴之称已有百多年矣，但他偏说"吾来阳羡，如惬平生之欲"，言之不足，复填词谓"买田阳羡吾将老，从初只为溪山好"。归隐之心，去处大致有二，一为远古，二为远方，苏轼时空齐发，为的是完全脱离现世的郁闷。我想他每日若能饮此三杯，便可超越完全而得完美了。

饮罢阳羡雪芽，再品宜兴紫笋。此茶因色偏紫、形若笋而得名，汤色湛青，入口温润，有敦厚之美和堂正之象。宜兴产茶始于汉，出名则始于唐，皆仗茶圣陆羽鉴茶之力与荐茶之功。他在《茶经》中写的"紫为贵""笋为重"，指的就是此茶。我边看主人提壶添茶，边想汉唐距今不过千百年，而紫砂生成何止

阳羡采茶忙

亿万载，因而将茶喻为孩童，将紫砂比作厅堂十分合适，不由窃喜，面露得色。

　　临别之时，主人慨赠我们每人两盒阳羡金毫。金毫乃是红茶，据说叶形如毫毛，茶色若红金。好茶既握，必配好壶，少不得午后往丁蜀陶瓷城流连一番。谓之为城，其实不虚，因外有大厦层叠犹如城墙，内有街道铺排好似民舍，其中十之七八，都是紫砂店铺。

　　我们穿街过巷，在数万只紫砂壶中徜徉，像几片嫩绿的茶叶，又像一帮顽皮的孩童，找寻着最适宜唱歌的厅堂。只是壶的品种太多，造型各异，尤其价格差别极大，我们外行，委实作难，所幸得当地紫砂协会的行家随行指点，心安不少。行家边行边说，那些附有证书、标价昂贵、店主让价审慎的，多为工艺大师所制，是名家的艺术和藏家的收纳，审美功能远超使用功能。对你们而言，壶之为器，毕竟重在使用，工艺次之，更考虑到使用中难免有损，所以不必追求名贵。况且所谓好壶，并不是在欣赏中成为的，而是在使用中成为的。行家此论虽是通俗，实在颇含阳明先生"山中之花"的哲理，可直接引申为不用壶时，壶与我同归于寂；用壶之时，壶才与我"一时明白起来"，我添上一句，谓之"赋形为器非为器，为使尘心不染尘"。

　　经行家的参谋，我择定了一把"光货"，一把不饰字画、极少雕饰的石瓢壶。

我的想法是，既然紫砂天然本色，任何奇思精工均不能掩其质，那么索性任其造型古朴、工艺素朴、通体纯朴。店主人眉目和善，言语温婉，难得又够爽气，讨价还价只一个回合，顷刻成交，皆大欢喜。

回到家时，天色将晚。春月方升，其形若芽，其色微银，酷似一叶刚焙出的阳羡青茶。我将新壶取出，双手拢之，闭目摩之，感其砂质细密，圆融可爱，恍若手捧一轮圆月。

金毫茶像一帮孩童，嬉笑着、蹦跳着冲入这个石瓢厅堂，然后逐渐静下来，随水的旋律响起，便用初春暖阳般明艳细软的嗓子，一齐唱歌。歌声洋溢在我的斗室，如兰的香氛放飞着我的神思。

天地造物用于人类，有用以温饱却容易闭塞其神思的，也有放飞神思但无助其温饱的，兼容者虽有，可惜极少。我不喜咖啡，以为放飞神思者，无非烟酒茶三类。先撇去对身体的益害不论，烟酒茶祛疲、释怀及开心之功，大体相当，但唯有茶可兼顾解渴。再涉及对人生的长短而论，神思既以身体为依托，便须以身体的承受力来作取舍，此时的茶又胜过了烟酒。我已不近于烟，也将不近于酒，唯愿终近于茶。原想将来让我既身体清安又神思飞扬的，一定是茶，且只有茶；但从今晚开始，不止有茶，还有茶壶，一把紫砂茶壶。

新壶入手玉团团，不惯今宵向月看。
从此开心何必酒，神如碧水气如兰。

作者简介：

胡晓军，原名胡宇锦，1967年生于上海。1989年供职于上海市文学艺术界联合会，现任上海文联理论研究室主任。上海市作家协会会员，上海市戏剧家协会和中国戏剧家协会会员，上海市文艺评论家协会副主席、中国文艺评论家协会理事，上海诗词学会副会长。

我对宜兴茶的新认识

施正东

因多种原因，我已经有较长一段时间不怎么去触碰身边的"雨花""碧螺春""龙井""安吉白茶"，尤其是靠南京很近的"句容茶""溧阳茶""宜兴茶"了。好像舍近求远，把对茶事的注意力投向更远的地方，就能显得更加高明似的！所以多次去云南看茶山，去广东的凤凰山、福建安溪与武夷山、湖南安化高马二溪山、洞庭湖的君山、江西铅（读"沿"音）山，以及安徽黄山、祁门、霍山等地去踏山寻茶。现在看来，千百里外的茶山里当然会有许多好茶，此乃毋庸置疑。但邻近南京城的江浙地区，古来就有诸多丘陵茶园这也是事实。海拔虽稍低些，可千百年间是出产过不少顶级好茶的。如宜兴阳羡茶，早在唐代就被茶圣陆羽推荐给了宫廷，成为"御贡茶"。由此，茶仙卢仝的"天子须尝阳羡茶，百草不敢先开花"的诗句，流传千百年仍经久不衰。

其实，我舍近求远含辛茹苦吃力不讨好，也是因为有些"心里障碍"在作祟：近年在许多低海拔的台地种植茶里，常有"少良知""无底线"造成的农残超标问题的存在。消费者们当然知道，喝这种对人体有害的所谓"超标茶"，其实是在拿钱买罪受。即便短时间里喝不坏人，那也会引发出多种疾病，让人心里很不舒服。所以，才会"被逼"跑到外省地去寻找一些高海拔原生态的、

九香茶场供图

无农残的古树茶叶（觉得从未使用过化肥和农药的茶叶最靠谱）。一年前有幸认识了宜兴珍香茶业专业合作社总经理熊金芳，品尝了她几款自制的宜兴"有机茶叶"，尤其是近年才开发出来的九香"小茶饼"与极品"九香红"，确实很有特色，其"安全与诚信""香气及口感"等，都让我对宜兴出产的"家门口茶"又有了新的认知和兴趣。

说起宜兴茶叶人们并不陌生，因为南京与宜兴两地实在靠得太近了，知我爱茶的朋友们常会把他们认为比较好喝的茶叶留给我，这当然是少不了有宜兴茶的。但由于对常见地种植茶的几年"陈见"，故对此类茶叶大多不会留存。这次受熊总盛情邀请，约茶友一行拟去宜兴茶山参观学习。三月底，宜兴阳羡茶山正开摘早春芽叶，我与南京茶叶协会副会长、御隆昌茶业公司老总俞正新等人，上午就赶到了宜兴太华镇珍香公司，但当地人更习惯称其为"九香茶场"（我也觉着这名字好听）。迎面碰上院子里一批茶农正在上缴刚采的茶青，我又闻到了久违的、浓郁茶树鲜叶的清香气息。公司收茶姑娘认真翻看过秤茶青，全都是标准的一芽一叶。熊总引我们察看了采茶的山地、摊青凉青的厂房、各种工艺的器械，累了便坐于茶室品尝，于是红茶、绿茶、白茶、黄金芽一番轮泡……说真话品茶的环境氛围太重要了，在熊总的茶室里喝茶，各款的香气以及口感，竟比她带到南京来"品尝"的要好出许多。究其原委，只见小熊笑盈盈地说：要泡出好茶来，茶、水、杯、壶、气场，缺一不可！也就是所谓的一方水土养一方人，品茶也是如此。我们是用自己茶山上取的泉水冲泡的，这茶当然好喝。

宜兴人杰地灵也比其他地方更多一点福气，宋代大文豪苏东坡就感叹过饮茶三绝："茶美（阳羡茶）、壶美（紫砂壶）、水美（金沙泉），唯宜兴兼备三者。"为让我们更全面了解宜兴阳羡茶，她陪同我们和宜兴市茶文化促进会《阳羡茶》刊物执行主编裴秋秋等，又一同拜访了阳羡贡茶院、无锡茶研所。每到一处都是参观茶山茶园、制茶生产线、品茶聊天、学习交流。但每一处都给了我不同的触动：阳羡贡茶院贾炎、贾晶超父子原来并不是茶叶圈里的人，但是他们接手阳羡茶场后投入了全部的精力，创造出了自己的特色，打开了自己的市场，茶叶的质量产量都非常好。一到茶研所就觉得与许群峰所长相见恨晚，我曾遍访全国诸多茶山，然许先生算是少有的专家学者型茶人。他谈茶叶，是从选苗、培植、管理、采撷、制作、加工等娓娓道来，让听者得益非浅。当然交流中也把自己对茶事的一些见解稍作阐述，也试提出（我创意的）作为当代极简版《新茶经》的"四句话八个字"，即：茶叶的本质是"药"、茶叶的核心是"茶多酚"、制茶的灵魂是"发酵"、喝茶的目的是"养生"，等等。以茶会友畅所欲言，杯盏呼应相叙甚欢。

初次正式考察宜兴的茶山茶场，虽只两天时间，来去匆匆，却使我对宜兴茶叶的看法开始产生观念性的转变，对宜兴阳羡茶有了较大兴趣。只要宜兴茶人们坚持生态环境的保护和有机茶叶的种植，那么，宜兴的茶叶就会更好，茶园也会更美。此次每到一处，移步换景虽都是茶田，却都是每一位茶山主人别具匠心创意打造出来的人间仙境。在我成稿之时又得到了有关九香的一些喜讯：2019年《九香茶场》大丰收，荣获全国茶叶品质评价五星名茶称号；九香翠芽"黄金茶饼"获"创青春·新农菁英"，无锡农村创业创新大赛一等奖；而我最喜欢喝的那款"九香红茶"，也获得了江苏省"十佳名茶"评比的特等奖。通过对宜兴茶园的实地考察，我看到了宜兴茶叶生产的优势，品尝到了宜兴茶叶制作的特色。如九香茶产品，能在全国茶叶品质大评比中荣获多个奖项，也就是必然的！

作者简介：

施正东，南京市文化局原局长。近年悉心茶事研究，先后赴全国各大产茶区，深入茶田接触茶农虚心讨教，且融入自己的体验感悟，发表众多有独到见解的茶文章。

茶醉宜兴君莫笑

海 笑

一杯翠绿显毫、汤色清澈的阳羡茶放在我的面前，就像是一件会冒热气、能散出清雅香气的科学工艺品，我聚精会神欣赏了好一阵，才端起杯来呷了两口，果然滋味鲜醇，芬芳可口，我几疑是西天王母娘娘宴会上的玉液琼浆。

六月初，天气不热不冷时，无锡市的茶文化联谊会在宜兴开幕。

宜兴不仅是溶洞之乡、毛竹之乡、紫砂之乡，也是茶叶之乡，而且还有纯净的金沙泉水。有人把紫砂壶比作茶之母，把金沙泉水比作茶之父，把阳羡茶比之为子女，这三者合一便产生了具有浓厚的文化特色的宜兴茶。每个与会者面前都是这样一杯新茶，大家轻轻地呷着茶，慢慢地啜着，细细地品着，一个个都沉醉在这迷人的氛围中，这高雅的境界是喝咖啡、喝雪碧、喝可口可乐所不可能达到的。第二杯第三杯喝下去后，人人精神振奋，谈笑风生，于是会议边喝边聊，谈茶的历史，茶的品种，茶的功效，茶的文化。有人把宜兴的开发首先归功于范蠡。越灭吴后，范蠡偕西施泛游五湖，到达宜兴，难怪宜兴有慕蠡洞，难怪丁蜀紫砂的艺人们自豪地称自己是范蠡的后代，为宜兴茶文化作贡献的还有陆羽、苏轼、杜牧等人。茶圣陆羽对阳羡贡茶推崇备至，认为"芳香冠世产，可供上方"。卢仝在《饮茶歌》中写道："天子须尝阳羡茶，

阳羡茶园风光

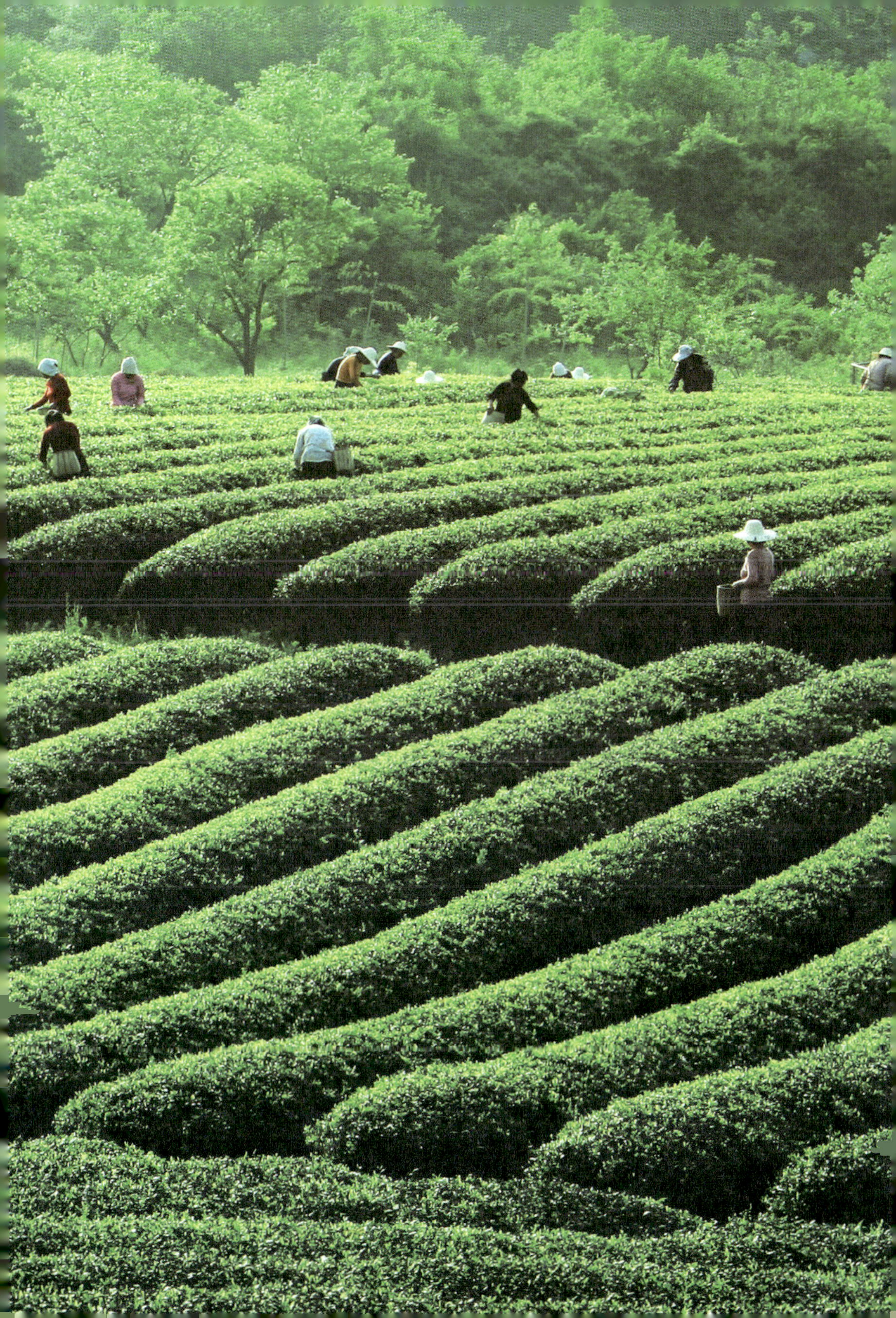

茶趣

百草不敢先开花。"苏东坡为了喝好茶,还自制了东坡提梁壶,杜牧也有诗赞道:"山实东吴秀,茶称瑞草魁。"而现在宜兴的茶较之唐代又有了很大的发展,茶场135个,茶园7.5万亩,年产干茶5000吨以上,不仅"阳羡雪芽"名闻国内外,现又生产出"荆溪云片"这一名茶。这茶是在谷雨前采制,以多茸毛的一芽一叶为原料而制成的,每500克约需六千至八千个芽叶,茶形宽扁挺直、白毫显露、色泽绿翠,被农业部评为全国名茶,今年在溧阳的茶叶节上又压倒群芳独占鳌头。

当我们从会议室走进一望无际、犹如绿海的茶场,环顾四周时,只见天目山透迤至此，峰峦叠嶂，树木茂盛、郁郁葱葱，即使在初夏时节，也能感到从西氿升腾而来的氤氲水气。原来是这得天独厚的地理条件，加上宜兴人的聪明才智、勤劳勇敢才孕育出被誉为"冠世"之茶的啊！

宜兴报的俞静芬来看我们时，她又请服务员为我们重新沏了一杯浓浓的阳羡茶，她大概想以茶代酒把艾煊，把高风，把我都灌醉，然后多采访一点文人茶醉后的自由谈去发表吧！古人有诗云："茶亦醉人何必酒，书能香我不须花。"果然，我们似乎都被她这好茶灌醉了，个个变得亢奋起来。艾煊深情地回忆起他下放茶乡的生活，高风得到了二首好诗，我则浮想联翩，觉得宜兴一地在这近百年中出了五百余名教授、研究员，可能与阳羡的关茶、好水有关。还有宜兴人的长寿也堪羡慕。

其实何止是我们几个文人，那些长期担任领导工作的老干部，如江苏的邢白、陆荫，浙江的戴盟，上海的林克，他们也都个个茶醉宜兴，兴致勃发，有的即席吟诗，有的侃侃而谈，有的出谋划策，大家以茶会友，以茶促经，以茶弘文，无不想将茶乡宜兴建设得更加繁荣、美丽。

一个思想，或者就是一个口号，正在茶醉宜兴的客人们中酝酿着，外国人的事咱们管不着，也不应去干涉人家的内政，可是咱们中国人自己能不能"不抽烟，少喝酒，多饮茶"，这对某些人来说可能是一个艰难的目标，那么就把达到的时间从明天改为后天吧！

茶醉宜兴君莫笑，醉人常爱唱高调啊！

作者简介：

海笑，原名杨忠，江苏南通人，中国作家协会会员。历任《无锡日报》总编，《钟山》主编，《雨花》主编，江苏省文联副主席，江苏省作家协会副主席，江苏省家民画研究会副会长等职。

尘外南山坞

竞 舟

　　正是采茶时节，南山坞茶香袭人。一条未经刻意修葺的小路通向位于山坳中的茶场，隔绝了马路上的噪音和污染。道路两边，山花从高处倾泻而下，似条条瀑布，镶嵌在大片浓绿中间，引人驻足。一下车，又被眼前蓝宝石般清澈的池塘迷住，不停拍照，发朋友圈，竟忘记了工作。跟帖都在猜测，说我去了欧洲。无污染、空气透彻，天很蓝，太阳光格外有穿透力，大家一直认为这是欧洲才有的环境特征。

　　茶场主人姚建忠出来迎接我们。他个子不高，面色红润，后面跟着他的妻子，长发白裙，宛若仙子。他们俩看上去比实际年龄要年轻许多，让人相信世上真有长生不老之术。姚建忠谦虚地笑笑说，是喝茶喝出来的。我不懂茶，忽然想到刚才路过的那片池塘，蓝得像海，静得像果冻。女娲补天的石头，大概就是这种颜色吧。在这种环境中生活，人怎么会老呢。

　　场部建在半山腰上，推窗望出去，峰峦起伏，绿油油的茶树漫山遍野，奇异的茶香阵阵飘来。几次深呼吸，便有些醉了。

　　难以想象十多年前这里曾是一片荒山。十多年，姚建忠为荒山披上了盛装。山下的水榭、山上的四角亭，羊肠小道在树丛间若隐若现，格局俨然江南的私家园林，蜕尽了人间烟火味，山风吹来，梵音袅袅，带着一股禅意。一个茶叶

茶趣

商，一块承包地，就这样被他变成了避世之所。

据说他曾做过多种营生，都干不长，直到2004年土地流转，南山坞到了他手上，租期三十年。他的心一下子找到了归宿，停泊下来。

姚建忠做茶叶，凭的是一种处世态度。不知是因为爱上了茶才让他变得如此安静脱俗，还是天性被这里的自然环境激发出来，竟有了一些世外高人才有的怪癖。他烟酒不沾，交游少而简单，一年中，除了采茶季节外，多数时候都闭门谢客。做什么呢？在池塘边的水榭里，品茶，听风，看云聚云散，花开花落；或登上山顶，遥望一山之隔的大觉寺那座庄严肃穆的塔，还真有点"结庐在人境，而无车马喧"的超然。当代人的那些灯红酒绿和长夜无眠，于他，只是些传闻。

只有极少数亲朋好友偶尔来这里，喝茶聊茶。不过即使聊到兴致正浓时，吃饭时间一到，客人便会自动离开。大家都知道姚建忠多年来的习惯，绝不在南山坞招待客人吃饭。南山坞是他的心灵秘境，没有世俗的油腻，没有人群中的纷纷扰扰。在这里，除了家人和茶，其他都是过眼云烟。修行莫过于此。

对于这片山峦，姚建忠还有更大的计划。目前他还在不断投入，希望不断改善茶场环境。他坦言，资金上确实有些压力。曾有人向他建议，不妨利用优良的环境资源，增加经营项目，比如做民宿，搞旅游，可以增加经济效益。但姚建忠至今不肯做这些尝试。

酒香不怕巷子深。他相信他的茶。在面对那些漫山遍野的茶树时，他不像一个商人，而更像一位慈爱的父亲，呵护着自己的孩子。

作者简介：

胡竞舟，女，中国作家协会会员，现任职于江苏省作家协会创联部，《江苏作家》执行主编；江苏文学内刊联盟负责人。小说曾获首届江苏省优秀期刊小说奖，金陵文学奖。

宜兴茶事史话

徐秀棠

宜兴古称阳羡、荆溪，地处江苏省南端，与浙、皖交界。这里山清水秀、竹海溢岭、溶洞幽藏；气候温润、雨量充沛、四季分明，不但是农事富庶的鱼米之乡，还是茶的绿洲，是古代著名贡茶"阳羡茶""晋陵紫笋"和"罗岕茶"的产地。根据《桐君录》的记载推断，宜兴产茶历史悠久，应始于东汉（220）以前。

唐代（公元758年前后）"茶圣"陆羽的《茶经》八之"出"里记载："常州次义兴县（公元976年改为宜兴县）君山悬脚岭北峰下，与荆州、义阳郡同；生圈岭善权寺石亭山，与舒州同。"可见宜兴产名茶《茶经》早有记载。史料中还提到陆羽晚年隐居湖州苕溪，在此前后他曾到长兴顾渚、宜兴南山一带采茶。唐肃宗（756—761）李栖筠任常州太守时，有山僧进阳羡茶，陆羽品为"芬芳冠世产，可供上方"，于是阳羡茶被列为贡茶。并称阳羡茶为"晋陵紫笋"，又称"阳羡紫笋"。每年贡茶在万两以上，贡茶的生产设贡茶院。据《宜兴县志》记载，当时出产贡茶的唐贡山即如今位于湖㳇镇的唐贡山，山虽不高而雄浑，坡虽不峻而缓延，众山相拥，中有盆地，林木森然，翠竹丛生，山岗多植茶树，所产茶叶极佳。"在县东南三十五里，临罨画溪，以唐时产茶入贡故名，

《回味甘且永》徐秀棠作

金沙寺即在其下",这也就是今天的唐贡山、唐贡村的由来。

"陆羽名茗旧茶舍,却教阳羡置邮忙",当时采制贡茶是一件大事。贡山采茶时太守要亲临开园,征调万人突击采茶;贡茶制成后,湖州、常州两地刺史要张宴赋诗,蔚为盛事。由于阳羡贡山的"贡茶"是皇室偏爱的珍品,产量不多,极为名贵,故须通过驿道快马加鞭日夜兼程急送长安,成为"急程茶"。唐代诗人卢仝在其《走笔谢孟谏议寄新茶》诗中称:"天子须尝阳羡茶,百草不敢先开花。"充分说明了阳羡茶的至尊品味。卢仝号玉川子,嗜茶隐居洞山,种茶于阴岭。因此宜兴西南有一座山得名"茗岭"。由于宫廷讲究茶事,官府十分重视,于是茶树由山岭野生而成为作物栽种,并进而扩展到民间,饮茶之风日盛而文人品茗格调尤高。

宋代饮茶之习基本承袭唐法。但称冠于唐代的"阳羡茶",其地位到宋有所改变。据明代许次纾《茶疏》(1597)云:"江南之茶,唐人首称阳羡,宋人最重建州;今之贡茶,两地独多,阳羡仅有其名。"尽管不如建州,但每年的贡茶数量仍不减。而且宫廷所重虽不如前,却为文人雅士所好。所产"雪芽"在当代极负盛名,苏轼在《次韵完夫再赠之什,某已卜居毗邻,与完夫有庐里之约云》一诗中云"雪芽我为求阳羡,乳水君应饷惠山"。多次到宜兴并意欲卜居阳羡终老于此的大文豪苏轼曾有"从来佳茗似佳人"的诗句,而这如佳人般的"佳茗"中就有"阳羡雪芽"。

元朝因战乱茶事史料记载较少,但饮茶却推广到边疆少数名族,当时的需求量更大。《宜兴旧县志》曾有"宜兴贡荐所茶五十斤,金字末一千斤、芽茶四百一十斤"等记载,而且"雪芽"的影响不减前朝。如元代耶律楚材《西域从王君玉乞茶因其韵七首》中第七首云:"啜罢江南一椀茶,枯肠历历走雷车。黄金小碾飞琼屑,碧玉深瓯点雪芽。"

到了明代,叶茶(片茶)逐渐取代了末茶,在沿用煮茶法的同时出现了沏泡茶的方法,此时,阳羡的"岕茶"独领风骚。《秋园杂佩》的"庙后茶"说:

"阳羡茶数种,芥为最;芥数种,庙后为最。"就是说,阳羡茶中的芥茶为最好,而芥茶中尤以"庙后茶"为最优,据说此茶"色香味三淡,初得口泊如耳,有间,甘入喉;有间,沁入心脾;有间,清入骨"。此时,绿茶制作工艺已成熟,明代人已懂得用紫砂壶来泡绿茶了。

据《宜兴县志》记载:嘉靖十六年(1537)南京户部给宜兴张渚茶引所茶引八千二百九十八引(茶引是购买茶叶的凭证),按每引可通行一百斤计,则此次所买茶叶约八千二百九十八担之多,这当然可能是苏、浙、皖三者购茶的总计,但也充分说明宜兴民间茶叶产量非常可观。到崇祯癸酉年间,有人开设

陆羽品茗图

茶馆，有文人题名曰"露兄"，取米颠"茶甘露有兄"句，并撰《斗茶》称茶是家常事，列柴、米、油、盐、酱、醋下，并说"一日何可少此君"，足见，茶已进入宜兴百姓日常生活中，成为开门七件事之一了。

清代以来，专题论及宜兴茶事的篇章不多见，但在清代阳羡派领袖陈维崧的词作中，多有咏及宜兴春茶的，如"摘蕙满山裙带绿，焙茶十里水泉香"，从中可见当年采制春茶的劳动场面及规模；而文人对品茶的要求更高了，不但重视茶叶的品质，还讲究茶水和茶具的选择。同样是陈维崧，在其《满庭芳 吾邑茶具俱出蜀山暮春泊舟山下赋此》中云："而我独怜茗器，温而栗，湿翠难扪。掀髯笑，茶事正堪论。"文人由饮茶而推崇紫砂壶，亲自参与定制、设计、题铭、镌刻，从而使紫砂壶达到了鼎盛时段。

民国以来，除了上层名流、文人雅士品茗雅趣仍不减外，宜兴茶馆遍及城乡街巷，在茶馆品茶已成为有些人生活中不可少的一部分，而茶馆也成了贸易谈判、信息交流、休闲小憩乃至解决纠纷争端（方言叫"吃讲茶"）的场所。宜兴人爱吃茶，且每有客至，必泡茶以表敬意。

作者简介：

徐秀棠，中国工艺美术大师，中国美术家协会会员，江苏省文史研究馆馆员，中国工艺美术学会紫砂专业委员会会长，国家级非物质文化遗产项目宜兴紫砂陶制作技艺代表性传承人。江苏省茶文化艺术研究会副会长，宜兴市茶文化促进会顾问。

与君共尝阳羡茶

谈 伟

我小时候不喝茶,因为没有茶叶,那时西渚也没有像样的茶场。山上种的大都是红薯、南瓜和各种豆类,田里是水稻、小麦或油菜轮作。也有休耕的荒田长满了红花草,像绿底红绣的绸缎铺展开去,无数的花朵在阳光下抖动着,没有比这更绚丽的农田了。

土地和庄稼是农民的希望,哪怕是在风调雨顺的江南。而正是在江南,四季的田野才那样色彩分明,五谷丰登,如诗如画,仿佛以此回报着农民的勤恳与虔诚。耕耘、播种、灌溉、治虫施肥、收割晾晒、交易仓储……农民劳动的场景在我的记忆里成为长久鲜活的老电影。无论冬夏春秋,他们都在肩挑手作,以出卖劳力和汗水换取生活的本钱。

农民好像没有正儿八经喝茶的,有人带上热水瓶和搪瓷杯到田间地头,就算是考究的了,一般渴了就在沟里掬一捧水就解决了。也有条件优越的,拎上一只很大的陶壶,带上自制的粗茶,小半天下来,坐在田埂上,就着壶嘴吃一通茶,再抽上一根香烟。

不知是从什么年代开始,单一的农耕经济渐渐走向了多种经营。横山水库下游的平原地带出现了碧绿的桑园,虬山岭的红壤上,零散的茶园也已成为新

雅趣

的景观。不过中间有一两年的时间，引进了日本苎麻种植，因为利润高，手脚少，于是全乡种苎麻，连稻田都改种了苎麻，麻苗卖到五分钱一株，老老少少都在门前屋后剥麻、刮麻，晒干送到新办的麻纺厂。没想到麻纺厂很快倒闭了，成捆的干麻只能当草绳用，成堆的麻根只能用来烧火，稻田复耕又让老百姓增加了更多负担。

后来粮食种植大面积缩减，因为横山水库成了全市老百姓的大水缸，依赖水库灌溉的历史过去了，标志着自给自足的口粮时代已经结束。农民要花钱买商品粮吃，而新的收入渠道并未形成，虽然改种苗木，但农民主要给苗木场的老板打零工，做一天算一天工资，我的印象里，老百姓的生活是清苦、闲散而迷惘的。

但人们对美好生活的向往从未淡漠，这片寂静的土地，也并非真的如此贫乏。典型的的酸性土壤，丘陵地貌，温润的小气候，闲暇的劳动力，农业转型发展的政策，都十分利于茶叶的生产。一批能人开始承包集体土地，扩建和新建茶场，茶业的又一个春天来了。

桑麻远去，茶禅正好。安静的横山水库更换了一个富有禅意的名字——云湖，一方水土的默默守候，跨越了工业化，在新的历史阶段彰显出另一种的优势，这似乎是上天给予生态禀赋的一种褒奖、一种福报。

在最忙的春季，茶厂老板都会雇佣附近村民去采摘茶叶。有时我也跟母亲去，整个山坡是连绵起伏的茶垄，蔚为壮观，枝头翠绿鲜亮的嫩叶令人心动，大自然无处不展示着旺盛的生命力。按照一芽一叶、一芽两叶等标准，一斤可得三到五角钱工钱，勤快灵巧的人一上午能摘个七八斤以上的鲜叶，一般四五斤鲜叶才可制成一斤干茶。她们把篓子里的嫩叶抖抖地倒入专用的竹编箩筐，茶厂的拖拉机在路边等候着，差不多装满几个箩筐就赶紧往茶厂送。

春茶到底是金贵的，有人监工，至于夏茶、秋茶，管理就没那么严格了。收工的时候，采上一篓子或者半蛇皮袋回去，用草把烧火，控制小火，用手在铁锅里翻炒搓揉，一时清香四溢，夹杂着焦枯味和烟火气，这时母亲粗糙的双手也变得乌青闪亮了。从此我家也开始喝茶，甚至还要送一点给乡下的亲戚，他们最喜欢山里的笋干、茶叶、花生、山芋粉，也给我们带来糯米和刚刚捞到的河蚌、螺蛳。

茶是送礼佳品，包容并蓄，不轻不重，大方得体。作为礼品，茶的包装也经历着蜕变，从纸包、塑料袋、铁皮罐，到竹木盒、青花瓷、锡罐、紫砂陶罐，外包装更是一度极尽奢侈，超过了虫草人参。如今这方面理性了许多，讲究低碳简约，像纸包的西湖龙井，本色古朴，堪称低调的奢华，换装在茶叶罐放进冰箱，一年下来都是碧绿的。从包装份量看，也从半斤、二两半，到一两，到小袋、小罐包装大约十克，越来越小了。但无论怎么变化，茶叶的品质始终是核心价值，这个大家都清楚的，好茶就是好茶。

春天有了几盒新茶的，总会想到分给几个朋友，能分享的这几个人应该是心目中比较重要的。即使知道他们也有新茶，但送与不送也是不一样的。谷雨前后有人送点新茶好像是一种待遇，捎带着一股尚未远离的人情味儿。

这些年来，我去过一些本地茶场，西渚盛道、洑东兰山、太华乾元、茗岭项珍、灵谷有机茶场等十家以上。宜兴是茶的故乡，有诗云："天子须尝阳羡茶，百草不敢先开花。"自古阳羡贡茶与杭州龙井、苏州碧螺春齐名。宜兴茶在全国评奖屡获殊荣，就是块头不大。以前在接待办工作时，经常有省城的朋友托我，能否帮助他们买到茶研所的阳羡金毫，据说这款红茶产量稀少，香气浓郁，汤色醇厚，冲泡次数多，但价格不肯便宜一分，还真牛逼得很。如今好茶也不是一家两家了，大家都铆足了劲在提升自己。今年去了太华镇九香茶场，听了老板娘介绍，很受触动，他们致力于新品开发，满足多元需求，把茶作为高品位的文化产品来精心打造，而带动合作社的茶农一起致富奔小康，更是一份功德无量的事业。

我曾经去过云南的普洱、勐海、澜沧等地，在勐海逗留了一天，独特的高山地貌和星罗棋布的千年古树群令人叹为观止，他们有成熟的合作经营模式；在台办工作时，我也考察过台湾的一些茶厂，有一家游山茶坊，印象比较深，可以窥见台湾人对于茶文化研究是极深的。这家规模不大的茶厂，关于茶历史研究、现代制作工艺、创意包装、茶道修养都是系统化、全方位的谋划布局，让人感到茶绝非一项简单的种植，而是农业与科技、教育、文化、生活的融合。茶叶和水果之所以成为台湾农业的支柱，也不是一朝一夕轻松而来的，当今的茶人需要走出去，到世界各地去看看，一定会有所启迪。

在宜兴市茶文化促进会，老领导杨市长说，"我倒不主张宜兴茶叶产业化，不要片面追求规模大，根据宜兴茶产业的实际情况，庄园式的模式就很好，带动合作社，一季三五千斤到一万斤的产量，精心呵护，用心制作，品质持久，拥有一批回头客，多好。有条件的茶企可以茶为平台，实现茶、文、旅元素融合，获得持续竞争力。"杨市长给我们泡了茶研所的"丹凝"红茶。一壶紫砂，一注热水，高低缓就，慢慢冲泡，细细品味，舌尖上的一股恬淡如夏日荷花绽放心头。

当我们有一包好茶的时候，与人分享是一件快乐的事。窗外听风雨，小楼共饮茶，友情如茶，淡而绵长。一个有情有义的人，总会有一杯属于你的茶在守候。普洱也好，龙井也好，或是一盏透亮的"宜兴红"，正期待着与有缘的人畅谈这亦苦亦甜的茶道人生。

作者简介：

谈伟，宜兴市作家协会会员，宜兴市政府机关干部。

我所知道的紫砂壶与阳羡茶

凌鼎年

我这人不喝酒不抽烟,因为一喝酒脸就红,头就晕,心跳就加快,一抽烟就呛就咳嗽就难受,反正喝酒、抽烟对我来说都不是享受。一喝酒一抽烟,我书也看不进了,文章也写不成了,于是,对烟酒畏而远之,能不碰尽量不碰。烟酒不碰的我,唯喝点茶而已。喝茶也不考究,不像有些人非七年存以上的普洱不喝,非大红袍不喝……

我是江苏人,也就更关注、偏爱江苏产的茶叶。江苏的茶叶比较有名的要数碧螺春与阳羡茶。而喜欢阳羡茶,一半是因了紫砂茶壶。

我有一个要好的朋友是画家,他的母亲是宜兴人,20世纪70年代就是江苏省宜兴紫砂工艺厂的技术员,当年因嫁了个太仓老公,为了爱情,辞去了工作,随老公调到了太仓。厂里的同事依依不舍地送她,每人做了一只或两只紫砂壶给她留念,共有上百只,大大小小,形态不一。她的画家儿子把紫砂壶陈列在装饰橱里,我常去他家,欣赏之余,对"方非一式,圆不一相"有了深刻的感受。画家是个老茶客,可能她母亲是宜兴人的关系,他特别推荐喝阳羡茶。慢慢也使我对阳羡茶的了解越来越深,渐渐喝上了瘾。

我的另一个高中同学是收藏家,紫砂壶是他的收藏专题之一。他痴迷茶道，喝茶极为讲究，常常邀请我去他家喝茶。他的茶叶品种甚多，光阳羡茶系列就有"阳羡雪芽""荆溪云片""竹海金茗""盛道寿眉""善卷春月"等多种。他泡茶的水都是请人接的洞庭东山山泉，烧的铁壶是日本产的，必须是炭火烧水，头泡茶、二泡茶、烫壶、洗杯，反正挺复杂，仪式感挺强。

他认同古人"美食不如美器"的观点，所以他的壶都是宜兴特制的，以紫砂的为主。歪打正着，让我喝茶喝到了鉴别紫砂壶的某些知识，被我写到了小说里。

关于紫砂壶，一般认为起源于明代。可我这位同学坚持认为起源于宋代，依据是近年在太仓宋代的海宁寺后面已淤塞的河道里，挖掘到了宋代残损的紫砂茶壶，说是宋代和尚扔在河里的，似乎言之凿凿，也算是一家之言。

我的这位高中同学系著名收藏家，收了多位徒弟，其中就有宜兴人，有做紫砂壶的，有种阳羡茶的，因了这层原因，我也跟着去了几次宜兴，结识了几位制壶的、种茶的，家里的阳羡茶也就不缺了。

据我了解，阳羡茶在公元220年的东汉时期就种植且小有名气，算起来有一千八百多年历史了。但真正让阳羡茶广为人知、大放异彩的是因了唐代的茶圣陆羽的品评，陆羽对阳羡茶评价甚高，赞誉迭出，从此阳羡茶身价百倍，步入名茶序列。陆羽的品茶，相当于伯乐相马，换句话说陆羽的慧眼、法眼奠定了阳羡茶在中国茶行业中的地位。老话说：名山需要名人捧，名人藉此名山传，这大概就是所谓的双赢。陆羽与阳羡茶的关系也可以如是理解。

中国的另一个特色就是凡是吃的用的，一旦与皇帝与宫廷扯上了关系，有了"贡品"两字，立马身价倍增，影响几代。

阳羡茶也是如此，查考史书可知，在唐代，阳羡茶就列入贡品了，这应该与陆羽的推荐不无关系。唐代著名诗人卢仝在《走笔谢孟谏议寄新茶》里有"天子须尝阳羡茶，百草不敢先开花"的名句，可见阳羡茶早在唐代已是贡茶不虚不假。

我这人有时会瞎想，中国有茶树的地方不少，为什么名茶就那几个地方，茶的优劣到底与哪些因素有关。我猜测，与地理环境，与土壤质地，与水源，与气候，与茶树品种等应该大有关系。以前一说到风水等，被认为是迷信，其实更正确的名称是经济地理学，有科学的成分。

　　谚语云：云雾山中出好茶，这我相信。大红袍就产于福建的武夷山，武夷山的云雾我见识过。那么阳羡茶的地理优势在哪呢？

　　宜兴位于江苏最南端的宜溧丘陵山区，系天目山的余脉，山不算高，但濒临太湖，水气氤氲。种植茶树的地带山连山，峰接峰，峰峦叠嶂，植被茂密，生物多样，四季分明，雨量充沛，小环境内云雾弥漫，温和湿润，上有光照，下有沃土，丘陵山区的黄棕壤、红壤土确乎适合茶树生长。

　　关于茶树历来有"阳崖阴林"的说法，阳崖就是向阳的山坡，有光照，这好理解。阴林，我的理解，不是阴山背后的阴，不是北坡的林，而是有荫的林。阳崖阴林看似矛盾，其实是有机统一的，你想想，向阳的山坡，长得郁郁葱葱的树木，形成大片树荫，加之丘陵地带，太阳不是从早晨升起到傍晚落山都直射，这样的阳光比较柔和，而且有树木的地方必土壤肥沃，有适合茶树生长的小环境，这大概就是所谓的"阴阳相济"，蕴含哲理呢。宜兴的宜溧丘陵山区应该符合这些条件，阳羡茶产在这块风水宝地也就不奇怪了。

　　据宜兴地方志记载：阳羡茶的创始人是一位普通的农民，名字也很土，叫潘三。至于他被尊之为宜兴的"土地神"，那是几百年后的事。这说明，宜兴产茶，出名茶，不是长官意志，不是刻意培育，而是自然选择，自然形成。首先是宜兴的土壤好、水好，气候好，适合茶树的生长；其次，是历代茶农的付出，结出了硕果；其三，是陆羽等名人的肯定、追捧、宣传，缺一不可。

　　我在与宜兴茶农的交往中，听说了一个有意思的细节，因为茶客在与茶农的交往中，有感于宜兴茶农的真诚、热情，后来成了朋友，以致每年到清明前后，都会专程开车来买茶，顺便看看茶农。这样来一趟，来回汽油费、过路费，搭上时间，成本比在店里买还贵，但他们愿意，因为友情无价。

最有意思的是，我的同学还会在清明前后专程到宜兴参与炒茶，还会根据自己的特殊要求，在当地茶农的配合下，私人订制，制作桂香茶、荷香茶等。

我这人，请我喝酒，一般会谢绝，请我喝茶则例外。我觉得喝茶就是喝心情，喝气氛，喝环境，喝文化，不一定在于要什么什么名贵之茶。三两知己，五六好友，雅室一间，清茶一杯；雨夜也好，雪天也罢，喝着聊着，海阔天空，天马行空，无拘无束；或无主题，兴之所至，放马行缰；或观点碰撞，切磋交流，尽兴而散，有兴再约，岂不提神，岂不快哉！

这样，喝的是茶，收获的是友情，是长进，是提高，是思想的提升，境界的提升。茶可清心，诚哉斯言。

听说代表宜兴红茶和绿茶的"宜兴红茶制作技艺""阳羡雪芽制作技艺"正在申报省级非遗项目。应该的，举双手赞成，相信会成功的。

作者简介：

凌鼎年，中国作协会员。世界华文微型小说研究会秘书长、江苏省微型小说研究会会长。发表作品八千多万字，出版集子三十六本，主编集子一百七十多本。作品译成英、法、德等九种文字，并有多篇作品收入海内外三百五十多种集子。作品曾获世界华文微型小说大赛最高奖、冰心儿童图书奖、紫金山文学奖，七次获中国微型小说学会年度一等奖等。

阳羡茶的骄傲

钱俏枝

春暖花开，万物萌动，休眠了一冬的茶树开始冒出新芽，阳羡茶再次开启新的旅程……

一片小小的叶子，一个个耐人寻味的故事，在华夏大地传承几千年，生生不息。阳羡茶有文字记录的历史可追溯至汉代，距今已有两千余年。

汉书《桐君录》有云：酉阳、武昌、晋陵皆出好茗。其中的"晋陵"是古代常州府的别称，史书记载当时的常州府境内唯一产茶的地方就是阳羡，也就是今天的宜兴。

中国的贡茶分"土贡"和"官焙"，茶叶作为土贡，在《华阳国志·巴志》中早有记载，至今有三千一百多年历史。

公元766年，李栖筠任常州太守期间，有山僧进献阳羡茶，时值陆羽在此寻茶著《茶经》，品后，称其"芬芳冠绝他境，可荐上方"。这一年是阳羡茶的一个重要历史时刻，李栖筠在罨画溪头建起了第一个官焙的"贡茶舍"，制茶五百串，每串十饼，重一唐斤（六百六十一克），运往长安，赶赴朝廷的清明宴。阳羡茶从此步入宫廷，史称"急程茶"，成为中国官焙贡茶第一焙。

唐大历770年，随着规模宏大的"大唐贡茶院"，在常湖两州界山啄木

无锡茶研所供图

岭南的顾渚山的正式设立，阳羡茶开启了它的唐、元、明、清四代贡茶历程。卢仝的那句"天子须尝阳羡茶，百草不敢先开花"，奠定了它在那个时代无与争锋的历史地位。时至今日，流传海内外的"七碗茶"诗，我们依然很骄傲地说"您知道，卢仝是喝了哪里的茶，写下的这七碗茶诗吗？"是的，他喝的就是阳羡茶，诗的原名为《走笔谢孟谏议寄新茶》。这是属于阳羡茶独一无二的骄傲。

啄木岭，位于湖㳇镇邵东村最南端，因山中多啄木鸟得名。山路盘旋曲折呈"之"字，因其从山脚到山顶的山道有二十三个曲折，俗称"廿（niàn）三湾"。这里溪水潺潺，竹林茂密幽深，一条千米左右的贡茶古道就掩映其中，连结江浙两省，它见证了阳羡茶事的繁盛与绵延。千余年前，阳羡贡茶从这里被送往长安。斑驳的小路，长满青苔的石阶，蜿蜒曲折，记录着历代茶农从这里运送贡茶的足迹。

山顶的境会亭遗址一直存在，后经修葺，成为茶人到宜兴的必到之所。站在亭子中间，透过时光远眺，遥想千年前的三万茶工开采新茶喊山的盛况，那一声声"茶发芽喽"似乎依然穿越时空，在每年的茶季到来时唤醒着今天的茶树。一草一木、一山一石、四季更迭，见证着岁月的沧桑，见证着阳羡茶的兴盛。"遥闻境会茶山夜，珠翠歌钟俱绕身。"当初茶山境会的空前盛况已随着历史而去，但今天宜兴茶的辉煌依旧一直在这片土地上延续。

宋代由于常湖两地处于历史上的低温期，茶树发芽晚，贡茶院南移至福建，但是阳羡茶因其卓越的品质依然受到文人雅士的追捧。大文豪苏东坡为它挥毫泼墨，写下"雪芽我为求阳羡，乳水君应响惠山"的千古佳句。也因此阳羡茶在宋代又有了"文人茶"的美誉。

元代是马背上的民族，不喜欢宋代繁琐的点茶工艺，干脆在茶叶的产地设立"磨茶所"，将饼茶磨成末茶送往京城。张渚是宋元两代茶叶承上启下的关键地区，设有"茶园都提举司，秩正四品"，至今仍保留着"茶园村""茶亭"等与茶相关的地名。

明代，中国茶叶史书上记载的名茶"岕茶"，出自宜兴铜官山"南岳岕"。位于茗岭一带的"庙后岕""庙前岕"更是一撮难求的"文人茶"。随着时代的变迁，我们已无法得知当初赫赫有名的贡茶"岕茶"到底何样、有着怎样的香气滋味，但它依然是阳羡茶的骄傲。

清代，史书中仍有宜兴贡茶的记载，直到太平天国时，因战乱，宜兴茶的影子慢慢退出历史舞台。新中国成立后，耕读传家的宜兴人，并未在茶叶上大作文章，每年茶季我们依然采、依然制，会寄给在外的游子，会留在家中招待远道而来的客人。茶是中国人的骄傲，一盏茶，把文化礼仪、民风民俗，皆一一映照，人情世故、礼尚往来、邻里纠纷调解，随处可见它的身影。阳羡茶同样是宜兴人的骄傲。

物换星移几度秋。宜兴这片古老的江南茶区，是江南茶文化的重要发祥地之一，是中国官焙贡茶的发源地，在中国茶史中占据着不可磨灭的历史地位。

不知道作为几代贡茶的它，有没有伴着悠悠驼铃声，踏上过古丝绸之路？越过广袤的亚欧大陆，又或者坐上过远洋大轮，穿过马六甲海峡，进入过印度洋？这一切无从考证，我们只能从大量的史料、诗词里看到它辉煌的曾经！

两千多年的光阴弹指而过，曾经辉煌的阳羡茶以崭新的面貌继续着它的骄傲！"阳羡雪芽""荆溪云片""宜兴紫笋""阳羡金毫""竹海金茗""宜兴白茶""宜兴黄茶"等一大批名优红绿茶如雨后春笋般涌现，配上宜兴独特的紫砂壶，形成宜兴人独有的茶式生活。

鲁迅先生说"有好茶喝，会喝好茶，是一种清福"，这句话大抵是三个意思：茶好喝、好喝茶、喝好茶。宜兴得天独厚的地理条件孕育了优质茶叶，茶必是好喝的；"三山两水五分田"的地理格局，注定了这片土地肥沃富饶，茶是清雅的、闲逸的，耕读传家的宜兴人尚德崇文，茶必是喜欢喝的；"教授之乡""书画之乡"的宜兴人，骨子里自得风雅，也必定会喝好一杯茶，感受它的香滑沉静，清心淡雅。这是属于宜兴人的骄傲，是阳羡茶的骄傲。

作者简介：

钱俏枝，无锡市作家协会会员。中国茶叶学会会员、江苏省茶叶学会理事。国家一级评茶技师，一级茶艺技师。《阳羡茶》杂志编委。

永远的阳羡茶

章剑华

人类创造的东西，有些很快过时、迅即淘汰，而有些长盛不衰，历久弥新。比如这茶，自祖先发明以来，就成为人们生活中须臾不可或缺的东西，甚至成为一种生活方式、一种独特的文化延续至今。

我国盛产茶叶，名茶众多，而宜兴的阳羡茶，香溢四海，艳羡古今，有道是"阳羡茶、羡天下"。

人们不禁会问：阳羡茶何"羡"之有？

羡"山水之精华"。宜兴古称阳羡，东濒太湖，西连群山，山青水秀，景色宜人，素有"阳羡山水甲江南"之美誉。一方水土养一方茶，故而，阳羡茶集天地灵气孕育，聚山水精华洗礼，为自然之珍品。

羡"历史之久远"。宜兴是我国最负盛名的古茶区之一，早在汉朝便有"阳羡买茶"和汉王到宜兴茗岭"课僮艺茶"的记载。三国孙吴时代，宜兴所产"国山茶"名传江南。至唐代，茶圣陆羽到宜兴实地考察阳羡茶，认为"紫者上，绿者次，笋者上，芽者次，可供上方"。从此，阳羡茶名扬全国，纳为贡茶。

羡"文化之浸润"。自古以来，宜兴文化昌明，文人墨客常会于此，品茗赋诗，给阳羡茶注入丰富的文化内涵。唐代茶圣陆羽赞曰：阳崖阴林、芬芳冠

阳羡采茶忙

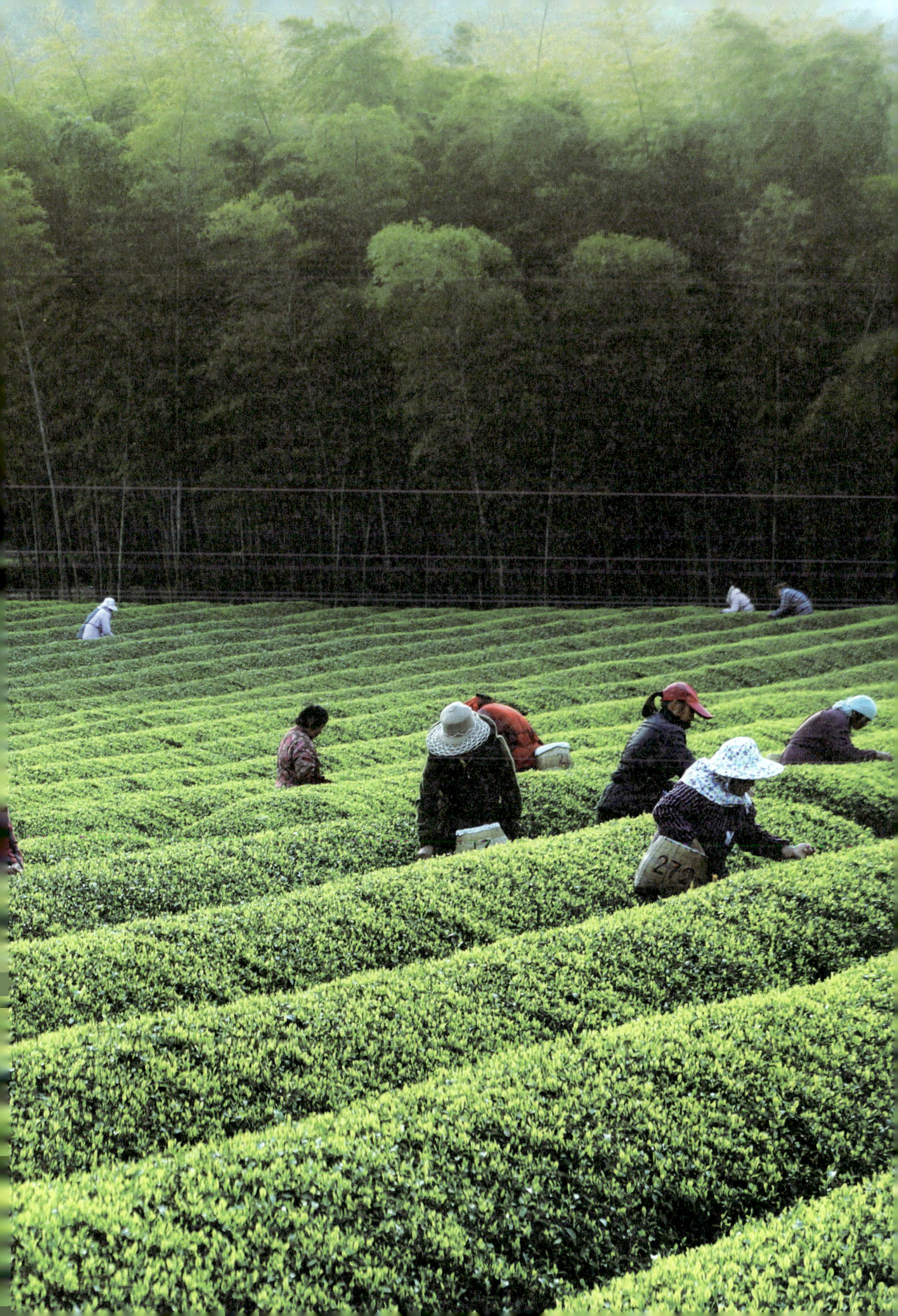

世。茶仙卢仝曾称："天子须尝阳羡茶、百草不敢先开花。"而多次到宜兴并想"买地阳羡，种桔养老"的宋代大文豪苏东坡则留下了"雪芽我为求阳羡，乳水君应饷惠山"的咏茶名句。历代名士的诗文礼赞，使阳羡茶成为名副其实的"文人茶""文化茶"。

羡"三绝之和合"。"人间珠玉安足取，岂如阳羡一丸土"。宜兴紫砂闻达于天下，用于泡茶则有不走味、不变色、不易馊之奇特功能，加之清澈晶亮的金沙泉水，与色翠毫妙的阳羡茶相和、相合、相融，清香淡雅、沁人肺腑，被誉为"江南饮茶三绝"，正如清代文学家李渔所云："茗注莫妙于砂，壶之精者，又莫过于阳羡。"在全国，产茶之地多矣，而好茶、好水、好壶共处一地，唯其宜兴。

更令人羡慕的是，阳羡之茶，历千年源远流长，处盛世更负盛名。时至今日，宜兴阳羡茶更是以其品高质优享誉国内外。"阳羡雪芽""荆溪云片""善卷春月""竹海金茗""盛道寿眉""宜兴红茶"名品迭出，"茶产业、茶品牌、茶文化、茶精神"融为一体。正所谓：

今时非及清明宴，饮茶三绝羡阳羡；
世间万事烟云过，唯有茗品名永远。

作者简介：

章剑华，1957年10月生，江苏宜兴人。1980年3月参加工作。在职研究生学历，文学博士。国家一级艺术监督，教授，博士生导师。曾任江苏省委宣传部常务副部长，江苏省文化厅党组书记、厅长；现任江苏省文联主席。

百岁红的三道茶境

黄咏梅

宜兴的紫砂壶，或方或圆，内里有乾坤；宜兴的阳羡茶，或浓或淡，汤中现人生。如果说，乾坤是这个世界的容器，那么，人生便是在这容器内的每一次起舞，如同这壶中的茶叶，沉沉浮浮，最终浸泡出香醇甘和的滋味来。我想，宜兴这个地方是有造化的，既产壶又产茶，而且是名壶配名茶，这是本地人的福分，想来也是宜兴这个地方的好山好水造就的。

春天，应朋友邀约，得以到宜兴游玩，并且深入到湖㳇镇的永红茶场，品茶，赏茶。一天下来，齿颊回甘，竟似经历了一次峰回路转的人生，涌上来若隐若现的那些滋味，如同一个人面对世界欲说已忘的言语。

我坚信，茶对于不同的人，会起到不同的"化学反应"，忧伤的人喝出了苦涩，快乐的人喝出了甘甜，平静的人喝出了深邃，简单的人喝出了芳香……如同阅读一部经典作品，每个人借由他人的故事进入自己的人生，喝茶的人借由一杯茶回味自己的人生。

永红茶场的主人老徐，看上去就像个典型的茶农。他带我走进茶场明亮的茶室，里边已经有人，三三两两各成几桌，就像围着一把壶的几只杯子。茶浓话稀。看起来，这些人老徐并不熟悉，甚至不认识。老徐说，能找到茶场来

百岁红供图

  喝茶的人，都是有缘分的人。他为他们免费供应茶水，临走的时候，收获陌生人对他制作的茶叶的点赞。这是老徐一天当中最满足的时刻，就像遇见了真正的朋友。

  永红茶场出品的茶命名为"百岁红"，取意于北宋诗人梅尧臣的一首诗。根据记载，当年梅尧臣隐居湖㳇山中，常常前往永红崇保禅寺品茗论道。有一天，住持给他献上一杯红茶，汤色金红，清香扑鼻，诗人即吟："天子岁尝龙焙茶，茶官催摘雨前芽，团香已入中都府，斗品争传太傅家。小石冷泉留早味，紫泥新品泛春华，吴中内史才多少，从此莼羹不足夸。"

老徐给我泡的第一道是百岁红的"静茶"。茶汤清澈，红中透亮，趁着闻香杯的热气，我闻到一股馥郁的香味，一杯一小口饮尽，肺腑通透，口腔生津，完全驱散了刚才舟车的乏味。"静茶"喝了三泡，边喝边听老徐讲他从学徒到制茶专家的坎坷往事，在他波澜不惊的讲述下竟然是困境重重的人生道路，然而，他的表情，就像这杯中的茶一样——静不见底。

第二道是百岁红的"定茶"。看起来，"定茶"比"静茶"的汤色略显深沉，红如锈铁，闻起来，暗香如影子般在茶气中浮动，悠悠升起又悄然荡开。等到我将杯子放到唇边，那暗香竟消失了，等到我将杯中的"定茶"呷入口，那暗香已经随着温热的茶汤停留在了记忆中。那一刻，我体会到老徐一开始就对我说的——茶是一种平衡。放下一切，身心收敛，外境不扰，平衡了呼吸，平衡了体态，进而平衡了心中诸事。

最后一道是"禅茶"。到此，我才理解老徐将百岁红茶分为三个境界，由静入定，以定开慧——进入禅境。"禅茶"比前边两道更为开阔，如同豁然开朗的心境。细品之下，"禅茶"色泽呈琥珀金色，香气如羚羊挂角，无迹可循，入口圆润无边，顺喉而下，似乎那一小口禅茶瞬间进入身体，打通了感觉。的确，茶最终给人带来的就是通感。如同各种交叉分岔的小径，温暖而又百感交集，最后到达心旷之境。

老徐花毕生时间和精力研究茶、制作茶、参透茶，将百岁红茶分为"静、定、禅"这三层境界，就是为了将茶的真味经由茶的冲泡诠释出来。"也许，这是我的一厢情愿罢了。"老徐淡然笑笑说，但他不强求，也不四处鼓呼，自然醇顺，这是茶给予老徐的"道"。

在这个世界上，一切的结果都是偶然与必然的相加。我在湖汶镇的此行，

阳羡采茶忙

见识"百岁红"的三道茶境以及了解老徐的人生故事,怎能说不纯属偶然?我曾经对茶友说过:"人选择喝什么茶,几乎也是一种宿命。比如我出生在广西梧州,从小便喝六堡茶。到岭南工作,便转喝铁观音。如今生活在江南,又改喝绿茶了。"然而,现在我领悟到——不仅止于偶然。表面上看,与一道茶的相遇,的确是偶然,然而,经由喝茶而获得的感受却又是必然的、共通的。因此,我特别珍惜这三道茶境,珍惜这偶然中抵达的必然。我想,人们总是会不断地感叹宿命,而真正有智慧的人往往懂得热爱宿命,并与宿命处之泰然。这就是人生平衡、平和的理想状态。

  品过三道茶之后，老徐兴致盎然，要亲自带我到茶山去看看。登上小团山，我们几乎被云雾包围得看不见道路，一阵山风吹来，云雾才促狭地躲开。老徐指着四面环山的远处告诉我，每座山上都遍布着茶林，这是湖汊镇的传统。种茶、制茶，在湖汊镇早已不是一种营生手段，而是一种文化传承。清明刚过，嫩绿得耀人眼的茶叶，如旗如枪，锐气不可挡。将这些年轻新锐的绿叶，经过萎凋、揉捻、发酵、烘干等多个程序，经过不同时间段的湿度、温度的历练，最终成为一杯温润、平和的百岁红茶。这过程，就像一个人的成长。老徐说他制茶不多，因为坚持用古法来制作。老徐两只手掌代替机器，就是为了触摸茶叶的每个成长阶段，往往他自己也随着它们的成长又成长了一次。所以尽管面对市场竞争的压力，老徐依旧平和淡定，内心宽阔通达，一如"百岁红"的三境。

  喝茶是一件平常事，解渴有之、去腻有之、提神有之、减压有之……各种目的各种方式，如同这世上的茶叶品种万千，喝茶亦不是一件虚玄的事，大可去掉各种繁复讲究的茶艺茶道。喝茶仅仅是一种心情，只不过，爱茶之人往往境由心生——生出种种意境来了，恰如我喝出了百岁红的那三道境界。

作者简介：

  黄咏梅，女，广西梧州人。作家，主要代表作品有小说集《把梦想喂肥》，诗集《寻找青鸟》等。现任浙江文学院副院长。

顺势而兴宜兴红

寇 丹

宜兴自古就是一个重要的产茶区。浙江的西天目山逶迤到这里变成丘陵并湮没于浩淼的太湖之中。太湖上湿润的水汽在春天由东南风沿丘陵缓缓上升,加之土壤肥沃,竹茶共生,这里的茶树品质就优于其他地域。唐代中期,湖北的陆羽到此把"阳羡紫笋"推荐作贡茶,开创了到清代同治年间才停止的共八百七十六年的贡茶史。在此期间,因茶而起的礼仪、习俗、文词书画、茶具发展也得到旷世未有的发展。从全国的茶区看,宜兴的贡献是巨大又不可比的。

紫笋茶之名源自陆羽《茶经》,认为茶叶是"紫者上""笋者上"。以茶芽色紫形似笋而为上品。我以为除茶芽的外相之讲究的,更不能忽略中国自隋朝开始直到今天的文化传统上有个"崇紫"的情结。例如隋朝,最高级官员腰间系印玺的丝带是紫色的,再下是红、绿、蓝等色阶。唐代改在穿着的袍服上:皇帝穿明黄,一、二品大臣着紫,依序类推不得僭越。像唐代大诗人白居易原为三品着红,可是贬到九江时已是六品以下,自叹"江州司马青衫湿",只能穿青色的了。因有这个礼制的原因,陆羽把给皇宫的用茶以"紫笋"为名是完全正确的。这也说明,《茶经》虽然是世上第一本关于茶科学的书,但不等于

斟茶

完全不讲文化内涵。中国人喜红，更要红得发紫，如天上紫薇星，地下紫金山、紫阳山、紫禁城、紫光阁等。宜兴的紫笋贡茶在北宋时期沉寂了约一百年。那是因为这一时间气候变冷，清明时节茶芽未吐，不能按时急程送到长安祭祖上供。所以改向福建要茶，也因此，北宋的茶就应运而生，宋徽宗又是尚之爱茶的，亲自撰写了《大观茶论》，所说的全是福建茶，当时，人们几乎忘记了紫笋之名。

明代朱元璋下令废饼茶改散茶，散茶的始祖安徽休宁的松萝茶技术传开，宜兴的紫砂壶就大兴其道。紫笋紫砂相合，开始普遍用的砂质较重的红砂壶都称紫砂了，有茶有壶也是宜兴独有。又是，20世纪末中华茶文化在复苏之后，壶发展迅猛，茶相对滞后，这其中原因是很清楚的。

松萝茶的技法传到武夷山，他们创制了小种红茶（约1567—1572），又被英国东印度公司窃取了茶种与技术传到印度、斯里兰卡、肯尼亚、印度尼西亚等国，他们以他们的大叶种红茶销到六十多个国家成为消费主流，甚至反宾为主地散布茶的母国是印度。这一说法直到 20 世纪初才以多种考察和实据，国际上才承认中国是茶树的母国。

今天，世界生产红茶的总量约年产两百万吨，有三十亿人在饮用。其品种基本是小种红茶、条形红茶以及分级的红碎茶，还有的是近年不断出新的花色茶。我国是条形红茶为主，有祁红、滇红、川红、宜红（江苏宜兴与四川宜宾）。近年红茶大兴，一些出产黑茶、绿茶、白茶为主的地方也不管所产的茶种是否适宜做成红茶，也都在做红茶或似红非红的茶了。有人形容这是"全国山河一片红"现象，我认为这是一种时尚茶，你方唱罢我登场的非传统非文化的利益趋使，茶科学的存在是难以颠覆的。

世界上的红茶消费区大致分为四个区域：

西欧：以英国为主的红碎茶冲泡过滤加奶与糖。茶产地以印、斯为主。近年他们领略了中国的条形红茶，虽冲泡方式不太习惯，但认为茶叶的芳香口感更好，完全不必加糖，喝到茶的本味更惬意舒畅。

中亚及北非：其中以土耳其为代表，红茶的饮用量比英国更甚，茶也是他们的"国饮"。

东欧独联国家及东南亚诸国：这些前苏联解体后的国家需求红茶量大，东南亚的越南、柬埔寨等在法国殖民的影响下还是以喝咖啡为主，他们中的华裔都来自中国南方，喝岩茶和红茶并重，新加坡人认为绿茶生寒湿，喜欢红茶、岩茶。

美洲及澳大利亚：喝咖啡与茶的比例是十比一。我在美国走了许多城市的超市，基本上找不到中国的成品茶，大都是拼配成各色的袋泡茶。

国内市场：这是有地域性的。例如江苏宜兴与浙江湖州两地只隔一条茗岭，两地语言相近，姻亲互通，但宜兴习惯喝红茶，湖州则喜绿茶。现在云南也在生产老树红茶饼，名目繁多。

比较而言，中国虽是茶的母国，红茶又是创造了最广泛的世界各族人民融合的饮料，但我们的科技含量还是不足，例如其形状影响了快速的出汤时间。肯尼亚的红茶已经变成了仁丹大小的圆珠状，沸水冲泡立即变为晶莹的红色，香味四溢，而且冲泡五六次后，颗粒不会涣散成淀粉状，只是颜色变淡了。如果用同样的叶量，他们可泡四杯，我们只能泡两杯。巴基斯坦是进口红茶量大的近邻，他们宁可远去肯尼亚要红茶。我到过印度、尼泊尔、越南、柬埔寨、缅甸访茶，尼泊尔人说："没有中国和印度给我们茶，我们就没茶喝。但中国的茶比印度的好喝，印度的茶太苦了。"确实，我作为一个喝过许多茶的人，印度的茶不堪入口，那是必须加奶和糖的。我想，人的口感是不断求新的，我们不能老是停留在采茶芽烘焙的农耕方式制茶，也可充分利用夏季的茶制成红碎茶，更可以制出茶香、果香型的符合青年人的口味茶。

中国提出的"一带一路"建设获得了世界的认同。历史上，中国东方的由宁波开始茶路到朝鲜半岛和日本；西方的由澳门开始到欧洲。茶走过了陆上丝茶之路到中亚、非洲。现在"一带一路"的沿线大都是穆斯林国家，他们的教义不能饮酒只可喝茶，大量吃牛羊肉又要以茶来消化补充维生素，所以，宜兴的红茶一定要走科技的茶产业之路，沿着"一带一路"再来一次复兴。

宜兴，紧依茗岭，是翠竹依依、茶山相连的茶区，生产"香高、形美、味醇、色艳"的"乾红""盛道""茗鼎""华锦"等品牌红茶的同时，走科技的茶产业之路，充分综合利用茶树的特性，走进饮食、印染工业等领域，让我们茶区的人民更加富足。

作者简介：

寇丹，中日韩茶道联合咨询顾问，韩国中华茶文化研究会名誉副会长，澳门中华茶道会顾问，浙江湖州师院艺术学院客座教授，中国少数民族作家书画家协会创作研究员。

宜兴茶在遥远的阿拉斯加飘香

龚亚群

儿子把读研的大学选在了遥远而又有些神秘的阿拉斯加大地上的阿拉斯加大学。从他入学的时候开始，我的心中也充满了激动和向往。阿拉斯加，那是一片神奇的土地，也是一个神秘的"远方"。

2018年的元月，我从上海的浦东机场出发，飞行了十几个小时，再由西雅图机场入境转机，来到了阿拉斯加州的费尔班克斯市看望儿子。行李中，除了保暖防寒和换洗的衣服，都是吃食和调味料。吃食中，我带上了老家宜兴的茶叶。儿子在家上学的时候，为了追求"那种感觉"，时不时地会泡上一杯茶。我带上了家乡的红茶和绿茶，想给学业紧张的儿子带去一点休闲，带去一点放松！

旅途的辛苦自不必说。可是，儿子的学习和工作太紧张，自己读研，还要做助教给本科生授课、做实验。他没有时间像在家里那样，坐在舒服的椅子上，看着茶杯中青翠的茶叶和袅袅上升的氤氲茶气，阔谈魏晋风骨和门阀制度。他要"跑程序"。儿子会问，"妈妈，我老是忙忙忙，你会不会太冷清了？我介绍一个楼下的阿姨给你认识，她是台湾人。是我在剪头发的时候认识的阿姨。"儿子又说，这几天好像没有看到阿姨出来。你看，那就是阿姨的车。我从餐厅的窗口往楼下看，看到一辆白色的轿车。

这个台湾"阿姨"给我带来了在遥远的阿拉斯加的期待。终于在一个星期一的早上，儿子准备到学校去的时候，看到了楼下门前场地上正在扫着车顶上积雪的阿姨。儿子赶紧下楼去和阿姨打招呼。他指指二楼站在窗前的我。"阿姨"抬头我们俩微笑点头挥手，户外是零下二十几度，窗子密闭，我们隔着窗子，一个在楼下、一个在楼上，算是互相认识了。

我让儿子带给她一包家乡宜兴的绿茶，还有一点酥糖。就是这天的午饭后，她来到了二楼。手里捧着一杯茶。

"阿姨"个子高挑，五官端正，眼睛不大不小，略长，笑起来如弯月，说不说话都透着温和诚恳的气息，令人感到舒服、感到放松。

她看到我正在用一只长形的杯子擀饺子皮，赶忙下楼给我拿来了一长一短两根擀面杖。她说，我很久不用了，你看看好不好用。我说，你这可真是雪中送炭呀。我包着饺子，她坐在旁边看着，我们相互告知了各自的姓名籍贯，得知她姓"侯"。

饺子包完了。我也给自己泡上了一杯茶，我俩喝着茶，吃着甜点，看着窗外金色阳光照耀下的松树树梢，开始了一个大陆大妈和一个台湾大妈的阿拉斯加之聊。

侯姐祖籍山东。她出生在大陆的南京，一岁的时候去了台湾。"你爸爸是国民党的官员？"我脱口而出。"也不算啦。"侯姐有点嗲气的台湾味道国语，让她显得女人味道十足。在大陆，很少听到这种声音。"我们家很复杂的。"这样说的时候，侯姐的弯弯眼儿里闪过一束近乎玩味的笑意，"在台湾我有四个哥哥姐姐，我是老五，最小。可是，在大陆我还有好几个弟弟妹妹。"

她低头喝一口茶，她说，"这茶真是好喝，昨天晚上我和我二姐视频了，我姐说，这样的茶是很贵的，因为只有一二片嫩芽。"

我说："这是我们家乡江苏宜兴的茶，人称'阳羡茶'，在唐代时就被茶圣陆羽推荐入宫廷做了贡茶。我也觉得好喝，所以就带了一点过来。"侯姐说："大陆我没有去过，以前老是听妈妈唠叨大陆的人和事。我妈妈也是1949年离开以后就再也没有回大陆过，她已经过世了。"

"你爸爸没有和你们全家一起到台湾吗？"

"我爸爸把我妈妈和我们兄弟姐妹五人送到台湾后不久，就回到了香港。他是中央民航局的职工，他们到香港后不久就宣布全体起义了。后来就回了大陆，和一个空乘小姐结婚了，听说又生了好几个小孩，应该是我们的弟弟妹妹。可是我们并没有来往。"

"你爸爸妈妈再没有见过面吗？"

"见过一次。大概20世纪七八十年代的时候，在洛杉矶他们见过一面。那时候我妈妈年龄也大了。我的姐姐哥哥联系他们见面的。"说到这儿，侯姐吹吹刚刚续上的有点烫的茶汤，放下杯子，抬起眼睛，看着我说："我妈妈没有原谅我爸爸，一直没有原谅他。为什么要原谅他？"

"你恨你爸吗？"

"还好啦。从懂事开始，我就没有见过他。家里的生活，我觉得一直以来就是那样。我哥哥姐姐说，到台湾以后家里变得困难了。不过，现在都很好。我读完高中就来了美国，找了一个很好的美国人，我有两个孩子。最早生活在洛杉矶，我的哥哥姐姐也生活在洛杉矶，我在犹他州有房子。在费尔班克斯也有房子，在郊区的乡下还有房子，有院子有地。下次，你夏天来，我们就可以去乡下住。那儿可以经常看到极光，夏天还可以种菜种花。阿拉斯加的夏天美极了，也很舒服。"

儿子的这位"阿姨"，我一看到就倍感亲近的来自台湾的美国人"大姐"，陪着我在阿拉斯加快乐地生活了一个月时间。在她休息的周一周二，她开着车带着我，几乎跑遍了费尔班克斯的每一家商店和超市，在每一家商店超市的前面拍照。她带我在商店里寻找折扣的商品，带着我逛了有针头线脑花布卖的什么商店。看到我买回来的东西，儿子也是一边称奇一边感慨。"妈妈，你真是太神奇了，居然买到了这些东西。"在我待在阿拉斯加费尔垃克斯的那些日子里，侯姐可能也变得更加中国了，她蒸年糕，烤面包，每做一次都会拿到楼上来和我分享。

我俩用宜兴茶就着年糕，用宜兴茶就着烤面包，还用宜兴茶就着阿拉斯加地道的三明治……

茶香和我们俩的悄悄私语趁着开门的间歇，悄悄溜出门去，在寒冷的阿拉斯加大地上徜徉。

在那遥远的、接近北极圈的阿拉斯加费尔班克斯，2018年的严冬和寒冷的初春里，我和一位来自台湾的美国人侯姐，一连四个礼拜，就着宜兴茶氤氲的香气和淡雾，看着窗外皑皑白雪和阳光给雪松映照的金色轮廓，谈论着人生的悲欢离合。

哦，难忘的2018年的初春，难忘在他乡喝过的宜兴茶。

作者简介：

龚亚群，笔名贴水莲。宜兴人，南京某高校副教授。

中国官焙第一贡——阳羡贡茶

盛畔松

中国贡茶,是古代专门进献给皇室朝廷,供帝王将相享用的特制茶叶,中国许多历史名茶都来自贡茶。

贡茶又分"民贡"和"官焙","民贡"是地方官员发现当地的珍稀之物,主动进献给皇室的土特产品。中国最早的贡茶记录在《华阳国志·巴志》中,至今已有三千一百多年历史。西汉时贡茶简接反映出来,有"武阳买茶""烹茶尽具"之句。长沙马王堆西汉墓出土的竹简有"槚笥"的文字,反映茶在贵族生活中的地位。三国时,孙权十五岁执阳羡长,吴国宫中的"国山荈",应为阳羡茶。吴末帝孙皓年轻时也曾执阳羡长,当上国君后,很著名的以茶代酒典故:"密赐茶荈以当酒"讲的也是阳羡茶。晋代,宫廷饮茶已有记录和印证:"惠帝蒙尘,还洛阳,黄门以瓦盂盛茶上至尊。"中国茶业"兴于唐,盛于宋"。欧阳修编修的《新唐代·地理志》中,唐大德三年(620),阳羡紫笋茶已是晋陵郡(常州,古称较多,还有毗陵、延陵之称,唐初延袭隋朝郡县制,后改为全国十个道,下辖州、县制,后改为府、县制)的贡品之一,不过那时仍属民贡性质。

"官焙"是从唐中期开始,官方设立的贡茶机构,如公元766年,在义兴

姚国坤题阳羡贡茶词

设立大唐"贡茶舍",公元 770 年,在长兴设立"大唐贡茶院"等,由官营督造,专业制作贡茶,开启了官焙贡茶的先河。每年春天,由官方组织力量,负责茶叶的采摘、洗涤、蒸煮、捣碎、模压、烘干、装箱、钤印、驿送的全过程。应该说,自唐代开始设立官焙后,贡茶对中国茶叶的生产和文化起到了极大的推动作用,影响与日俱增。宜兴是中国官焙贡茶的发源地,也是中国茶文化的发源地之一。

"义兴贡茶"是始于何时?究竟是肃宗还是代宗?为此,笔者花了四五年时间,从《旧唐书》《新唐书》《唐史》等古籍中寻觅,围绕肃宗、代宗、李栖筠刺史和陆羽的生平展开研究考证,从中理出一些线索,供大家参考。唐肃宗李亨(原名李玙)是乱世天子,在"安史之乱"中,唐玄宗逃亡到四川避难,长安、洛阳落入安禄山史思民手中。李亨挂"天下兵马大元帅"之印,一直在外领兵征战,公元 756 年农历七月十三,李亨在灵武(现宁夏)登基,遥奉唐玄宗为太上皇,改年号为"至德"。肃宗在位六年,正是"安史之乱"之中,连年征战，颠沛流离，连京城都没有，哪能顾及茶事。收复长安、洛阳后，肃宗已病体缠身，宫中太监专权，张皇妃与宦官勾结，欲想将自已亲生的李侗（肃宗三子）立为太子，长子李俶（豫）差一点被换掉。李辅国率兵当着肃宗面将他宠幸的皇后拉走，肃宗受惊吓而死，是为四月。他竟死在了他父皇唐玄宗之前，唐玄宗本来当了太上皇就忧郁，终于在肃宗死后二个月也去了。

代宗李豫（初名李俶）是个嗜茶皇帝，且与陆羽有过交往，他在位十七年（762—779,曾四次改元，年号为宝应、广德、永泰、大历），李豫原封广平王，后封楚王。肃宗登基后，他接替父皇，挂"威天下兵马大元帅"的帅印，依靠大将郭子仪，率兵收复了长安、洛阳。肃宗乾元元年（758），被立为皇太子。他于肃宗乾元元年（762）四月，肃宗崩于长生殿，代宗接位于柩前，改年号为宝应元年。

唐代宗永泰二年（永泰为公元765农历正月—766年农历十一月）春，常州刺史李栖筠听从茶圣陆羽的推荐，他认为的阳羡茶"芬芳冠世，可荐尚方"。故在义兴县湖㳇罨画溪头建起唐代第一个官焙"贡茶舍"，开启了中国官焙贡茶之先河。李栖筠在长安时曾为御史大夫，与年少的李豫多有交往，他被贬到常州刺史任上的时间为765—767年，768年便转任苏州刺史了，他在常州任职时正是代宗在平定"安史之乱"后，改革漕运、盐价、粮价等，实现了社会的初步安定。李栖筠刺史因负责官焙贡茶有功，深得代宗帝的青睐，即便转任苏州刺史后，每年春季常湖两州贡茶采制之际，仍要他负责督造，以至于后来苏州刺史督造贡茶成惯例，遂有白居易《夜闻贾常州（餗）崔湖州（玄亮）茶山境会想羡欢宴因寄此诗》一诗的由来。"遥闻境会茶山夜，珠翠歌钟俱绕身。盘下中分两州界，灯前合作一家春。青娥递舞应争妙，紫笋齐尝各斗新。自叹花时北窗下，蒲黄酒对病眠人。"

多年来，针对唐代贡茶的历史坐标，根据参于贡茶的几个主要人物在坐标上的位置，分别根据正史和演义反复考证后，我认为，"义兴贡茶"的时间节点应该比较明确，应为代宗永泰二年（766）春。这年是李栖筠在常州刺史任上的第二年，李刺史率兵在义兴山区剿灭山贼张度，恰逢陆羽在义兴茶区访茶觅泉，撰写《茶经》之际。据赵明诚《金石录》载："义兴贡茶非旧也，前此故御史大夫李栖筠实典是邦。山僧有献佳茗者，会客尝之，野人陆羽以为芳香甘鲜，冠于他境，可荐于上。栖筠从之，始进万两，此其滥觞也。"于是，李栖筠在罨画溪头建起大唐第一个官焙的"贡茶舍"，并请陆羽帮助督制，当年春季便制成五百串，每串十饼，每串重一唐斤（每斤相当于现在的661克）。这便是中国最早有记录的官焙贡茶，也是茶圣陆羽推荐的贡茶，"阳羡紫笋茶"可称中国贡茶第一焙。

次年，因皇室宫廷对紫笋茶的青睐，供不应求，加上湖州刺史的努力争取，还是由陆羽推荐，湖州府长兴县也开始进贡，两地分山析造，由常州府义兴县和湖州府长兴县共同进贡紫笋茶。为区分两地贡茶的不同，茶圣陆羽将义兴茶定名为"阳羡紫笋"，长兴茶定名为"顾渚紫笋"。

到了唐大历元年（770），代宗皇帝对紫笋贡茶欣赏有加。随着宫廷对贡茶需求量的增加（贡茶主要用于宫廷祭祀、茶宴品饮、赏赐大臣及和亲、与回纥换战马等），为增加贡茶数量，提高贡茶的质量，解决好常湖两州在"分山析造"中暴露出来的矛盾。朝廷决定在两州界山啄木岭南的顾渚设立规模宏大的"大唐贡茶院"。贡茶院有茶厂三十间，工匠千余人，岁造紫笋贡茶。每年贡期花"千金"之费，生产万串以上。《南部新书》记载："顾渚贡焙岁造一万四千八百斤。"贡茶生产期间，常湖两州刺史负有义不容辞的督造之责，朝廷还指定苏州刺史为"督造使"，贡茶生产由"刺史主之，观察使总之"。督造使为保证贡茶质量，调解两州矛盾，在湖州到常州的官道隘口，两州界山的啄木岭上设立"境会亭"，盖有三州刺史议事的"楼台"。这条中国贡茶最早的茶马古道，至今保存完好。

唐代官焙贡茶的开采仪式非常隆重，两州会组织三万役工，山上山下立

茶趣

旗张幕，祭天祭地祭茶神后，举行盛大的"喊山"仪式，三万役工和一千多制茶工会齐声高呼"快发芽"。喊声在山谷间迴荡，顿时山泉涌动。满山遍野皆是寻觅茶芽的山农，正如唐诗所述"安得知百万亿苍生命，堕在颠崖受辛苦"！"朝饥暮匐谁兴哀，喧阗竞纳不盈掬"。

与艰辛的山农相比，修贡的官员却趁此机会大事铺张，开采仪式的当天，他们会于太湖中浮游画舫十几艘，携官妓大宴，在湖中饮酒作乐。贡焙新茶制成后，要用黄绸封裹，装箱钤印，并用银瓶装上"金沙泉"水。驿骑快马加鞭，日夜兼程，赶送京都长安，是谓"急程茶"。唐代诗人李郢的诗"万人争啖春山摧，驿骑鞭声砉流电。半夜驱夫谁复见，十日王程路四千"，是"急程茶"的真实写照。

作者简介：

盛畔松，1980 年参与《宜兴报》复刊工作，煮字烹文几十年，写成报道过千篇。1991 年出版《荆溪浪花》和《紫砂春秋》，醉心于本土紫砂陶和茶文化研究近四十年。曾任宜兴市茶文化促进会副会长。

故乡的茶

盛　慧

　　人在异乡，见的是五湖四海的人，大家见了面，总免不了先问一句，你老家是哪里的？而当我说出江苏宜兴时，大家的神情里满是羡慕，咂咂嘴说，那真是一个好地方啊。大家都知道，宜兴盛产紫砂壶，却并不知道，宜兴的茶叶也是极好的。其实，早在唐代，它就已经声名远扬，茶圣陆羽在《茶经》中称其"芳香冠世，推为上品"。唐代诗人卢仝则有诗云，"天子须尝阳羡茶，百草不敢先开花"。

　　作家几乎都爱喝茶，我自然也不例外，茶就像是我生命中的轻音乐。每天早上，到单位的第一件事就是泡茶，睡觉前，也必须喝一杯茶，心里才觉得舒坦。每次出差，行李箱里必带的是茶叶和茶具，进了酒店，第一件事就是煮水泡茶。去年参加全国作家代表大会，我的房间里挤满了全国各地的作家，大家一边喝茶，一边讨论文学，热闹得好像茶馆一样……

　　我年纪不大，茶龄倒是很长，称得上是一个"老茶客"了，最早与茶结缘，应该与外公有关，那应该是小学一年级的事情。每天上午，外公都要去泡茶馆，一直到中午才慢悠悠地回家。我和小伙伴们在街上玩，像调狮子一样，从东街调到西街，口渴了，就会去找茶馆店里外公喝茶。外公的茶泡得

阳羡采茶忙

山村茶景

很浓，洋桶茶壶里塞满了茶叶。起初的时候，苦得我恨不得把舌头吐掉，没想到，过了一会儿，嘴里竟然冒出了甜丝丝的味道。每年过年前，总有人到茶馆店里来说书，我便跟着外公一起去，一边喝茶，一边吃徐舍小酥糖。印象中，冬天的茶馆门口挂起了棉布的帘子，很暖和，空气浑浊，让人昏昏欲睡，我听着听着就睡着了。

我在故乡生活了十九年，十九岁那年冬天，离开了故乡，先去了贵阳，后来在广东佛山定居。因为经常出差，几乎尝遍了全国所有的名茶，但最喜欢的还是故乡的茶，那不仅仅是茶，是生命最初的味道，带着故乡阳光的气味和泥土的芬芳。英国作家吉卜林曾说："气味比起景物和声音来，更易使你的心弦断裂。"这话说得真好，无论走过多少地方，每个人最眷恋的，终究还是童年那一口熟悉的味道。

老家的亲朋好友知道我喝茶成瘾，每年都会给我寄茶叶。记得有一回，我的一位亲戚捎给我一斤太华乾元的茶叶——半斤红茶，半斤绿茶，我视若珍宝，放在冰箱里，慢慢品尝。绿茶鲜嫩回甘，喝完之后，满嘴都是愉悦的清爽，好像走进了春日的空山。红茶则浓香滑口，带着往事的甜美与温暖，好像一家人围着炉火闲聊。

对茶的喜好，会随着年纪而变化。年轻的时候，我偏爱绿茶的鲜碧，年纪渐长，我更喜欢红茶的甘醇。我知道叶兆言先生特别推崇宜兴的红茶，他说："紫砂壶天生是为红茶准备的，要用紫砂壶，就得喝红茶。要想品味好红茶，必须是紫砂壶。"他真是一个识货的人，我喝过锡兰红茶、祁门红茶、滇红、英红九号、正山小种、金骏眉，还有九曲红梅，最喜欢的还是宜兴红茶。有一年，年近七十的小姑妈给我寄了两斤红茶，那是她亲手摘，亲手炒的，汤色红亮，味道甘甜，香气饱满，回味悠长。那段时间，每天晚上夜读的时候，我一定会用泡上一壶，一边读书，一边喝。原本平淡的时光，便拥有了诗的隽永，那种幸福的感觉，别人是很难体会得到的。

不知不觉，离开故乡已经二十五年了，对故乡的思念也愈发浓烈。茶叶，成了治愈乡愁的良药。对我来说，故乡的茶，已不仅仅是单纯的茶，而是一种温柔的抚慰，喝上一杯，就等于回了一趟家，满嘴都是故乡春天的味道，满目都是故乡熟悉的风景。

作者简介：

盛慧，中国作家协会会员，国家一级作家。佛山市艺术创作院副院长，佛山市作家协会副主席。主要著作有长篇小说《闯关东》《白茫》，散文集《外婆家》《风像一件往事》，诗集《铺九层棉被的小镇》。作品见于《人民文学》《诗刊》《十月》《上海文学》《山花》等。

家乡和茶的散叶

黑　陶

家乡宜兴，地处江南腹心，因为得天独厚的地理和气候条件，自古产茶。小时候对茶并没有自觉注意，口渴了，有什么就喝什么。现在回想起来，盛夏季节，家里总是用父亲所在的合新陶瓷厂生产的酱色釉大罐头泡茶，有大麦茶，有牛筋草茶，更多更平常的，是宜兴地产粗红茶。一大罐头的茶，放在长台上，谁渴了就用搪瓷茶缸舀了喝。天气转凉，家里也会用茶壶泡茶。记得常用的，是一把传统的牛盖洋桶壶，铜丝壶把已经被磨得细腻光亮。这把壶是著名壶人朱可心做的。那时从东坡书院附近的家里，走去丁蜀中学上学，在红阳大桥西堍，每天要经过朱可心老人的家门口。这把牛盖洋桶壶，在 20 世纪 80 年代我爷爷去世时，因人多事杂，不慎被一位亲戚打碎了。碎了也就碎了，家人并不特别惋惜，只是后来还有贩壶商人上门，来询问这把壶的消息。除了这把牛盖洋桶壶，印象中家里还用过一把很大的寿星壶，可以灌进去大半热水瓶的开水。有客人到家，有时也不用茶壶，直接将茶叶放进一只只杯子里泡。这种杯子是丁山青瓷厂生产的，有盖，杯色淡青，温润如玉。

童年少年生活在陶瓷生产区，左邻右舍以及熟悉或陌生的路人，常见有手里拎着茶壶者。陶瓷工人出汗多，体力消耗大，随身带着茶壶喝茶往往是普遍习惯，而且是只喝红茶，不喝绿茶。丁蜀镇上的陶瓷工厂，几乎每家都有一个大浴室，那时候去工厂浴室洗澡，总能见到洗好澡的陶工，在惬意地对着壶嘴呷上一口热茶。儿时镇上还多茶馆，黎明时分的茶馆特别热闹，人声鼎沸，茶气缭绕。"茶客们都是茶叶末子／时间泡着他们／一代有一代的味道"——这是多年之后，我写的有关乡镇茶馆的诗句。

丁蜀中学初中毕业后，我离开家乡，去无锡读中等师范学校；三年师范毕业，有幸继续去苏州大学念书；苏大毕业，又回到无锡工作。年岁渐长，对茶开始有了感觉，慢慢知道了中国茶的好处，慢慢喜欢上了茶。

中国南方有众多名茶产区，因着对茶的喜爱，我到过一些茶区，有的确实印象很深。

像云南的普洱茶区。当地朋友携带了蒸熟的糯米饭团，陪我们在哀牢山的原始丛林中整整攀爬了半天，最后在海拔 2450 处（哀牢山主峰大雪锅山的海拔是 3137 米），瞻仰到了世界野生古茶树之王。这棵世界的"茶祖"，"树龄 2700 年，树高 25.6 米，树干胸围 2.82 米"。"茶祖"周围，散生着万亩野生古茶树群落。而眼前的这棵世界茶树王，枝叶滋润碧绿，神情遗世独立。我须用劲仰头，才能看清它的冠顶。

像安徽的祁门茶区。有一年春天，为着寻访明代戏剧家郑之珍遗迹，为着祁门的茶，我曾独自深入过祁门。郑之珍是祁门县渚口乡清溪村人，他的不朽作品《新编目连救母劝善戏文》，于明万历七年（1579）刊行。郑之珍这部作品影响极大，在徽州，"支配三百年来中下层社会之人心，允推郑氏"。当年郑之珍科场失意，"不获伸其志，乃思以言救世，又以世溷浊不可与庄语，而挽救人心莫如佛化，囚特撰目连救母劝善戏义，俾优伶演唱以警世人"。作品中的戏语，如"举头三尺有神明""人善人欺天不欺""阎王注定三更死，定不留人到五更""但将冷眼观螃蟹，看你横行到几时"等，已经成为江南地区的俗语、谚语。在清溪村一位叫郑怀怀的年轻人带领下，我找到了密林中的郑之

无锡茶研所供图

珍墓,还在怀怀家喝到了他家新做好的祁门茶。

还有像江西福建交界处的武夷茶区。江西铅山县的河口镇,为古代一处水陆大码头,是武夷茶走出深山,通往世界的万里茶路的起始点。此地出产一种红茶,人称"河红",在朋友处喝到,有特别的味道。

阳羡茶记

......

中国的好茶名茶真是太多了，不过，喝来喝去，到最后，还是觉得家乡宜兴的红茶好喝，那种特有的回甘滋味，真是太妙了——这是家乡茶的品质使然，还是别有情感性的因素存在，自己似乎也不得而知。也许正由于此，当我读到

徐秀棠老师《我爱宜兴红茶》中的这段时，有特别会心的感觉："说起来也怪，有事忙忘记吃茶，会感觉头里有点晕，不舒服，只要把红茶一喝就有明显的好转。另外我有个毛病，喝了绿茶，胃里泛酸不舒服，还是觉得宜兴红茶暖胃，所以喝宜兴红茶就常态化了。"

在家乡，有几位乡贤本着对宜兴茶的热爱，自觉承担起一份负责，发起成立了宜兴市茶文化促进会，利用一切机会，大力向外推广宜兴茶，其诚感人！因为他们的缘故，我有幸认识了若干致力于宜兴茶栽培、制作的茶人，像阳羡贡茶院的贾炎先生，像项珍茶场的王小明先生等，其中，无锡市茶叶研究所的许群峰先生，可算是宜兴茶人的一个典型代表。他做的"丹凝"宜兴红茶，茶味纯正，汤色明亮澄红，喝了真是让人难忘！那天，在群峰先生的山麓工作室，一窗绿色山雨的背景下，边喝"丹凝"，边听他谈茶，是极大享受。期间，有两个细节触动了我。一个细节是物——在他巨大的茶桌上，有几枚硕大碧绿的新鲜野茶叶。群峰先生介绍，这是刚从江浙交界处的山路边顺手采来的，这几叶鲜茶，闻上去，有着既浓郁又清新的兰花香。另一个细节是话——他特别介绍了宜兴采茶时的"提采"手法。用这种手法采茶，可以小心呵护被采的每片茶叶，做到不伤茶叶。"一片鲜茶叶，如果被折叠，有折痕，就受伤了，就会慢慢死去。用这样的鲜茶叶做出来的茶，肯定就不好喝了。"这句看似朴实的话语，深深震撼了我。

由许群峰先生的这句话，我联想到当代紫砂大家顾景舟教导徒弟打泥片时的要求："此后每日敲打上千枚泥片练习基本功。按先生要求十三下拍平泥片，多打则泥门被打散，少打则泥门还未'醒'。叠成一尺高，以弓割之，均要每片一样二点五毫米厚，中间稍厚边缘稍薄，先生曰'磨刀不误砍柴功'……"（高振宇《顾景舟紫砂艺术——文化之工艺与工艺之文化》）

——许氏的"鲜茶叶有生命"与顾氏的"泥门"散与醒，都是由器而道，进而通神的最好说明。各行各业中，"匠"与"家"之间，区别其实微小，但就是这极微小的一点，并不能轻易获得，它需要极深之真情和一生之功夫；而一旦获得，便"匠""家"分明，大地立判。

生活、工作在外地，现在每天早起的第一件事，就是烧开水，泡家乡宜兴的茶。茶，这天地间的自然精华滋润着我，让我每天和家乡之间，有了潜在的、如此紧密的联结。

作者简介：

黑陶，本名曹建平，1968年生于江苏宜兴丁蜀镇。中国作家协会会员、一级作家、无锡市文联副主席、无锡市作家协会主席。出版个人作品集《泥与焰：南方笔记》《烧制汉语》《绿昼：黑陶散文》等多部。曾获《诗刊》年度作品奖、江苏省紫金山文学奖、三毛散文奖、中国田园诗歌奖、首届艾青诗歌奖等奖项。

每口茶都是唯一

鲁　敏

　　去往兰山的时候，有雨，路越走越弯，深春的竹叶极为生猛，叶端垂挂着雨滴，慰人心绪。渐渐看到茶园，视线开阔了，山景退为远处的屏风，茶园成了这天地舞台的独有。

　　茶园主人放缓车速，或远或近地指点。两年前新栽的黄茶树幼苗，像一长排茁壮的士兵，在山道两侧殷勤。更有月季、桔树、茶花、枇杷、杨梅、南烛等，精心抛掷于茶垅边际。尤其是正值花期的月季，模样俏丽，逶迤着修长盘旋的台阶。"我喜欢种点茶树外的植物，一来使我这茶园，四季都有不同的颜色。二来，我遐想着，这些花呀果呀，没准对茶树是好的。"茶园主人姓柯，有一种近乎艺术性的直觉。这可不是遐想，在葡萄酒领域里早有定论，土质、地域、气候包括周边地物的特产，对当年葡萄酒的口味都会产生微妙但确凿的影响。谁知道呢，这半片兰山的日月消长，雨气空蒙，竹声喧动，花影摇曳，蜂绕蝶舞，小鸟唱歌，果实坠落，没准也就会浸染、流传到低矮处，在那些沉默的茶树身上，留下这片山坳的所有记忆。不同的记忆造就不同的茶树，并化为独有的汁液，融进当年的枝叶。

　　喝茶处在二楼，之前要经过一楼的茶叶制作车间。浓郁的茶味，像欢愉的春风，带着热乎乎的重量兜头而来。热源来自刚刚从发酵机里出来的几大屉红茶半成品，伸手去掬起一把，像掬起赤诚的大地之心，湿热含情，凑近鼻头。甜——不同于蜂蜜、蔗糖、西瓜、冰淇淋、奶油、巧克力，不同于任何一种你曾经嗅闻或品尝过的甜味。它新颖，天真，似淡实浓，着实令人周身一怔，近乎肃然起劲。从茶叶摘下到茶叶成形，中间要经过晒、凉、摇、筛、炒、揉、捻等若干专业工序，每个工序之间，最重要或也是最关键的一个内容，是"等待"。等它干透，等它变凉，等它变薄，等它纤瘦，等它含香，等它凝神。这些等待，或长或短，并无严格的定式，它要结合了它的品种与采摘月份与时间，它是生于山阳还是山阴，要结合了外面的天气，是稠雨，还是艳阳，是阴冷还是轻暖，还要结合了这一批茶叶的脾性与气质，它是细嫩娇气，还是成熟丰腴……这种偶然的随性与小性子，真是妙极啊，既需要老道的经验，更需要一种飞扬的大胆的灵感。茶人与茶叶，在互相的周旋、亲昵、尝试中，成就出每一掬新茶的独一无二，不可复制。

主人先后倒了三杯茶，"太湖白茶""阳羡雪芽""太湖红茶"。我心里有些担心着，接下来要像做数学题一样，来分析和鉴赏茶的滋味……内心里，我老觉得茶已经被过度地言说与诠释。养生角度也好，产地特色也好，芽叶之纤美也好，兰花之异香也好，苦后回甘之余味也好，等等，不一而足，名家方士都有各样的癖爱与灼见，写就的皇皇巨著足可以建成几座图书馆了。还好柯先生没有来这么一大套讲究，我们几个人就像老朋友一样，随意聊天，随意取饮。我们聊到了江南人氏对明前茶、雨前茶特有的、近乎执拗的时令之求，正是这种追求，像一把无形但极为有效的口令，从根本上避免了喷洒农药的必要。又讲到如何防霜，日本进口的一种自动温控装备。再讲到新茶树与老茶树的不同产出，正像一个人，处于青壮年，还是衰老期。我们似乎有种默契，什么都聊到，恰恰没有聊杯中的茶本身。

我很喜欢这样的自在与舒适，这或许也是茶的本意。全世界有各样的饮

斟茶

料，人造的、加工的、多方合成的，指向与功用亦千差万别，有的开胃，有的饱腹，有的助人兴奋，有的令人沉醉，有的饮之麻木，有的使人昏睡，等等吧。茶在其中，是至为含蓄的。茶不语，一种沉静无求的默之道，在一种清泠泠的透明与亲近之中，它带给你千差万别、稍纵即逝的滋味。稍纵即逝，在这里，不是一个比喻——每一掬茶叶，它们来自不同的坡地，有着或深或浅的时光记忆，有过不同手势的晾炒捻揉，经历过心焦或耐心的等待，它们会进入不同的茶具，陶的，瓷的，玻璃的或是土海碗，随即溶进不同的水源与水质，高山雪水或古村小溪。就算上述的一切都无比接近乃至恰好重叠，在同一只杯子里，哪怕只是三分钟的前后，茶水亦已悄然发生了温度、色泽与气质的变化，包括你本人，作为饮茶者的心境，由于交谈与沉思，由于迂解或放空，你饮入舌端的每一口茶水，都是原创的、即逝的、偶然的。这是大自然与手工劳作的唯一性，更是艺术与禅意的唯一性，是你与茶之间的独有之遇。

正像赫拉克利特所说的那句哲学名言一样，人类不能两次踏入同一条河流，人类也不可能两次饮下同一口茶水。

……我喝一口淡白，再喝一口苦绿，再来一口甜红。来回喝，不讲究。不问缘故，不求甚解。我还给三杯茶拍了照片，觉得它们很漂亮。也想到了三，一生二，二生三，三生万物。挺高兴的，一种外行的幸福，陌生路人的美意，对深厚事物的满足感。

直到一日将尽，方下了兰园。白茶加绿茶加红茶，当夜大概是在我脑子里开了一个规模不小的聚会，一整个通宵，脑中风驰电掣，心事沸腾，一夜无眠，连带着次日也有点神思恍惚。有知者断言，你很少喝茶，这准是醉茶了。我一听，倒高兴了。因为我还从来没有醉过呢，倘若一定要醉一次的话，能够醉在茶上面，最理想不过了。

作者简介：

鲁敏，1973年生于江苏。鲁迅文学奖获得者。已出版《小流放》《九种忧伤》《墙上的父亲》《纸醉》《取景器》《惹尘埃》《六人晚餐》《此情无法投递》等。有作品译为德、法、日、俄、英、西班牙、意大利、阿拉伯语、韩语等。江苏省作家协会副主席。现居南京。

阳羡红

葛　芳

到鲁院学习，我带了一副小茶盏，两个月的时间，空闲下来就是喝茶。茶盏也有讲究，是景德镇瓷器，友人蔡猜在上面画了些小品，藤萝缠绕、蚂蚁爬在叶片上，柴扉打开……十分简约传神。西北的诗人有些惊讶——生活能如此慢节奏，一小口一小块地饮啜，体悟茶的芳香和在舌尖的感觉。茶有金骏眉，或者大红袍，也有江西浮红、宜兴红茶。不急，一样一样喝过来。尤其是酒酣耳热时，三五好友到我宿舍，喝茶谈文学，几乎成了每日最美的消遣。

回苏州，预想成了现实，我再不用急匆匆在人流中穿梭奔走。生活，成了自己能安排的艺术品。读书、写作、远行，我就在这三者之间轮回颠倒。而饮茶，是贯穿始终的小清新。我素爱喝宜兴红茶，此次宜兴之行，宜兴的朋友送了我不少阳羡茶，我特地嘱咐了一句：要红茶！

晨起，阳台上光线宁谧，落地纱窗摇曳多姿，我就在藤编小圆桌上喝茶。阳羡茶味不苦涩，有淡淡的甘甜味，饮之，神清气爽。远眺，小区内树木葱茏，可以看见上学的孩子背着书包蹦蹦跳跳，不远处的运河水万古东流，时不时有机帆船开过。

一段冥想过后，我就安排一天的生活，兴起时，就在阳台上读书、写作。

茶趣

王世襄的《锦灰堆》、白先勇的《一把青》、梵高传《渴望生活》、吴冠中自传《我负丹青》……书散乱地堆积在阳台，风吹哪页读哪页。写作也是，散文、随笔、小说，交叉着写，哪种感觉占优势哪种文体就多写一点。一会儿我又搬到书房里写，满壁江山，云蒸霞蔚。写时，饮一口宜兴红茶，温润、平和，它没有金骏眉娇贵，也没有大红袍的显赫，却似一介书生，摇了折扇，慢慢地走，赏花、惜月、吟风、入寺，一不小心撞上了崔莺莺或者杜丽娘。春阳烂漫，于是日思夜想，直至成全了琴瑟友之的美事。而品茗，成了必不可少的一个环节或诱饵。

更让我感到随性的是，宜兴红茶不事源水，入沸弥香。第一泡即能喝，那味道如岸芷汀兰，沙鸥翔集。茶渍留在杯底，也似一幅文人画，枯荷？还是乌篷船？隐隐约约，又像被咬了一口的枇杷。

把玩茶叶盒，上面印着"竹海金芽"四字和一句诗"天子须尝阳羡茶，百草不敢先开花"，好个口气！自从茶圣陆羽品味此茶芬芳冠世，推荐入贡，阳羡茶的名气就流传在外了。

晚上懒懒地歪在沙发上。听到雨声，江南的雨声，从屋檐下一滴滴坠入尘埃。取出朋友送的汝窑青瓷，泡一壶阳羡红。青对红，如绿藓对红妆，素手汲泉，竹里飘烟，一个人饮着茶闲敲棋子落灯花，直到困了、倦了，以手推书曰："睡去！"

我喜欢冯可宾的话："茶宜无事、佳客、幽咏、挥翰、徜徉、睡起、宿醒、清供、精舍、会心、赏鉴、文僮。"想当年，苏舜钦有兴致的时候就乘小船出盘、闾两道门，谈古论今，煮茶野酿，足以消除忧虑了。苏舜钦的忧虑是官场之蝇营狗苟，幸亏有一壶茶伴随他一天游荡，飘飘悠悠，真正茶禅一味了——如此推想，我也可以凭一壶阳羡红逍遥我的下半生了。

宜兴红茶外形不张扬，似小家碧玉，紧结秀丽，色泽乌润显毫。中医朋友也多次劝谏说我性寒，不宜喝绿茶，多喝红茶可以暖胃、养颜。好像是女人自知女人心，宜兴红茶成了我首选。有时也会因为夜晚创作，多喝了几杯红茶，躺到床上脑海里竟然都是小说中的人物在走马回身,我辗转反侧,无法入眠,于是只能自嘲:"哪有作家不失眠的?正常!"

阳羡红。阳羡,荆溪,战国时即得名。去江阴访友人庞培,顺手带了一盒阳羡红,诗人抚掌,说:"正合我意啊!"

作者简介:

葛芳,女,1975年12月生,苏州大学文学硕士,中国作家协会会员,江苏省作家协会签约作家,曾获江苏省第四届紫金山文学奖新人奖、第五届冰心散文奖。著有散文集《空庭》《隐约江南》及小说集《纸飞机》。在《钟山》《上海文学》《花城》《中国作家》《美文》等杂志发表小说、散文若干。现居苏州。

宜园月

储福金

站在宜兴的宜园，抬头正见一轮白月，挂在深青色的天空中。月是故乡明，此时看到的月，感觉确实比平时明亮。

现代人对故乡这个词，已经是淡漠了。古时的人，一生系于家乡的土地，便是当官经商外出者，只把自己当作离乡背井之人，充满着对故乡的思念，往往到老也想叶落归根，就是客死他乡，遗言也要子女抚柩而回，安葬在故乡。而现时，特别是城市里的人，多有上几代就离开了家乡，新出生长大的一辈人，想着的是飘向都市，飘向世界，没有了故乡的概念。

在宜园漫步，我与接待的当地朋友说到我是宜兴人，他用疑惑并带着微笑的眼光看着我。

这眼光是自然的。因为我去上海与去金坛时，也都会说我是那里的人：我在上海出生，并在那里度过整个的少儿时期；而金坛，我在那里生活过较长时间，曾经还以挂职的方式牵系着。

但是，要说故乡，还是习惯说宜兴。这不仅仅停留在填表时的籍贯，在我还没完全成年就踏上社会时，我在宜兴生活过四年，在那个艰难的岁月中，生活刻下了深深的时代痕迹。

而今的宜兴已不是原先的宜兴了，宜兴城与苏南的大部分县级城市一样，已尽显现代城市风采。进宜园前车行宜兴街上，彩灯辉映不夜之城。当年，我第一次到宜兴城里来，一条长街，两边多是暗沉沉的古式木建筑，只有抬头看到的那一轮月亮是明亮的。

过去在宜兴奔波劳作，偶尔望月，月只是月，感觉中朦胧一片；而今宜园的月，显得清亮亮的，静静地泻着银辉。

兰山茶场供图

宜园是休闲憩息的新园林，倚团沈之滨，柳堤长长，夜色中望去，不见尽头。处处见水，处处见亭，处处见阁，处处见桥，一座座各形各式的桥，仿着各种各样有名的桥，有形如颐和园中桥的玉带桥，有形如赵州桥的和畅桥，有形如瘦西湖中桥的兴桥……桥形个个不同，而相同的便是都铺洒着月色。

在仿本地蛟桥而筑的和顺桥上，倚汉白玉的桥栏，桥下水光轻摇，一轮圆月也仿佛被这宜园的水洗得洁白如玉，分不清月色与桥栏之色，恍如月在身下，身在月中。

桥有一处竹，竹叶上月影斑驳，久久地看着，仿佛有无数的竹，又仿佛有无数的月。不由想着白天在宜兴竹海，风吹来一片竹海涛声，走入竹海，处处青绿，处处滴翠，处处清凉，处处竹涛，想眼前这一轮明月，也同样清冷地照着无边的竹海，那竹海在想象中仿佛与这宜园之景融在一起。

现在，据说宜兴市茶文化促进会已乔迁至宜园，宜园内还有特色茶馆以及融茶道茶饮茶艺于一体的茶空间。如此风景怡人处，加上宜兴独特茶文化的加持，身在宜园，明月依然，有悠悠的心境来赏月品茶，实在是一件惬意不过的事了。

宜园的月，宜兴的月，故乡的月。

作者简介：

储福金，1952年出生，宜兴人。中国作家协会会员，一级作家，江苏省作协专业作家。历任《雨花》杂志编辑、江苏作协副主席等职。先后创作了《黑白》《心之门》等十二部长篇、五十个中篇、一百个短篇，还有各种随笔、剧本等。曾获多种文学大奖。

给生活加点茶

程启坤

　　传说"神农尝百草，日遇七十二毒，得茶而解之"。中国茶从原始森林吸云饮露的草木，成为消渴提神、解烦去乏的仙药，又"煮作羹饮"，成为菜蔬、羹饮，在唐宋得以长足发展，采造、碾罗、冲点，茶徒为饮料，茶事始成；明清以后强调回归茶本味，倡导原叶调制、冲泡，中国茶从山野缓步走来，登堂入室，慢慢地走进了中国人的生活，成为"柴米油盐酱醋茶"开门七件事中不可缺少的内容。后来又逐渐成为"琴棋书画诗酒茶"文人雅士文化生活要素之一。

　　中国茶从云贵高原的深山老林起步，在马铎声中走向川鄂，又沿着长江，沿着驿道，走向江南，走向闽越，走向中原，走向中国所有宜茶栽种的地域。经过历代茶人的巧手，培育制造了六大类数千种茶，绿茶、红茶、白茶、青茶、黄茶、黑茶；龙井、碧螺春、滇红、祁绶、铁观音、大红袍、黄金桂、冻顶乌龙、普洱、六堡……蔚为壮观。形态各异、滋味有别的多种名茶，供人们在碧沉香泛中品饮，更形成各具地域特色和民族风格的饮用方法。

　　中国茶从原生态到人工种植，到形成各种制茶工艺、冲泡技艺，再形成底蕴深厚的茶文化，中国人终于不负上苍的厚爱，在茶树的原生地上创立了茶

雅趣

文化大系。陆羽的《茶经》、赵佶的《大观茶论》、朱权的《茶谱》、许次纾的《茶疏》等，著述备矣；历代文人骚客的诗词吟咏与茶书画，洋洋洒洒；近代的茶道、茶艺，更是多姿多彩。中国茶的品饮从形而下的生活方式上升为形而上的精神享受。中国茶文化以其"清敬和美"的核心理念，登上了文化殿堂的雅座。

江苏是我国重要茶区之一，宜兴是江苏省产茶最多的地区。宜兴产茶历史悠久，文化底蕴深厚。唐代卢仝有诗曰："天子须尝阳羡茶，百草不敢先开花。"明代许次纾《茶疏》称："江南之茶，唐人首称阳羡。"自唐至清，阳羡茶为历代贡品。宜兴又是中国紫砂壶的故乡，历代紫砂艺人创作的紫砂茶壶千姿百态，是十分珍贵的艺术品。

中国是世界公认的文明古国，上下五千多年的中华传统文化要素是多方面的，然而茶与中医是中华传统文化走向世界的两翼。茶既是物质的，也是精神的。倡导茶为国饮是利国利民的好事，意义非同小可。几千年的饮茶文化证明：饮茶有利于身心健康，饮茶是现代文明的重要标志之一。茶是人类最廉价、最靠得住的健康饮料。愿天下人都深信：有茶生活真好。

在山高水清的郊外，沐斜阳清风，又或在闹市中安静的一隅，邀上三五好友，听悠然丝竹，温壶烫杯，捧茶细语，放下负重的身心，让闲情逸致回归。即使是在乡村田埂边、村头大树下，劳作后和美地悠然地喝上一杯，再烦嚣的生活，再浑浊的心情，都将得以过滤而变得清新。

给生活加点茶，加点轻松和闲适吧。

作者简介：

程启坤，教授，中国国际茶文化研究会名誉副会长兼学术委员会主任。曾任中国农业科学院茶叶研究所所长、中国茶叶学会理事长、中国农业部茶叶质量监督检验测试中心主任、中国国际茶文化研究会副会长。

乡愁与茶

蒋宪平

乡愁是对家乡的感情和思念，是一种对家乡眷恋的情感状态。乡愁是很有亲和力的，只要是从小在家乡生活，长大后在外地工作、生活的人，都会有乡愁。

构成乡愁的元素很多，不同地区、不同时期、不同经历，乡愁的内容各不相同。乡音、乡趣、乡土风情；乡亲、乡味、乡间美食，都在乡愁的范围。古时交通不便，信息不畅，乡愁会很多，时有暴涨。乡愁现象在古诗词中多有体现，如杜甫有诗云：幸不折来伤岁暮，若为看去乱乡愁。诗中的雪景、梅花，使诗人的乡愁满满。今时交通发达，信息便畅，解决乡愁的办法也多了，因而乡愁已不是那么浓郁了。

当今的乡愁，最多最广泛的元素，恐怕是家乡的美食。所谓美食，其实就是小时候吃过的这种或那种本地食物。有科学家论证过，幼年时期的味蕾，有着超强的记忆力，因而人们一辈子都喜欢小时候吃过的食物。在我的家乡宜兴，就有许多美食：咸肉煨笋、乌米饭、清蒸黄雀、雁来蕈等，还有家中自制的咸菜、萝卜干。这些不起眼的平平常常的家乡食物，足以勾起无数在外乡贤浓浓的乡愁。当一个人对家乡的某种食物特别特别想念，特别特别想吃，我

梅园·茶园·家园

认为那可以称为乡馋，是乡愁中的极品。

乡愁是一个概念，细分可有许多种类型。每个人因为生长环境不同，成长经历不同，乡愁的内容也就不同，所以，乡愁是因人而异的。有一次，在南京工作的老乡小聚，一起吃茶闲聊，不知为何谈起了对家乡的念想。有的忆起村里过年时的民俗，有的想起小时候吃的美食，还有的"交代"出上小学逃课偷桃吃的乐事。他们几位都是读完大学就在外地工作的，感知和记忆的乡情在青少年时期，因而乡愁的内容也在这个阶段。我与他们的情况不一样，我是在家乡工作了二十多年后，调离家乡，先后到无锡、南京工作的。在家乡工作时养成了吃茶、吃浓茶的习惯，家乡的阳羡茶最是我抹不去的乡愁。

家乡宜兴坐落在太湖西岸，位于茶叶生产的"黄金纬度带"，雨量充沛，光照充足，空气湿度高，加上丘陵山区以黄棕壤为主，十分适合茶树生长。得天独厚的条件使宜兴成为江南最古老的茶区和中国贡茶的发源地。"天子须尝阳羡茶，百草不敢先开花"，唐代茶仙卢仝此诗句，为阳羡茶引来了无尚荣耀。如今，宜兴有茶园七点五万亩，年产茶叶六千五百余吨，产值超过三亿元。"阳羡雪芽""竹海金茗"等名特优茶盛出。宜兴绿茶条索紧直有锋苗，色泽翠绿显毫。香气清雅，滋味鲜醇，汤色清澈明亮，回甘舒畅，口齿留香。宜兴红茶则是另一番景象：乌黑油亮，叶形紧曲香美，汤色泽如绛酽之琥珀，茶气浓郁，醇厚甘甜。择宜兴山间茶园，邀三五好友，用丁蜀紫砂壶，引竹海山泉水，泡鲜醇阳羡茶，此饮乃人生幸事也。

我不会喝酒，也不会抽烟，长年的加班熬夜，靠浓浓的阳羡茶支撑，让我保持清醒的头脑。阳羡茶具有独特的口感：鲜味。可能是多种氨基酸、维生素和茶多酚的作用，阳羡茶无论是绿茶红茶，开始吃的几口，有着明显的鲜味，一如食用新鲜水果的鲜迹。当然，绿茶的鲜味要更重些。鲜味从味蕾传遍全身，令人舒爽。阳羡茶娇养了我吃茶的口味，无论外地的茶叶名气多大，皆因口味不合而不喜欢。由此，阳羡茶成了我生活中的依赖，不可一日无茶。

一般人到了晚上就不敢吃茶，怕影响睡眠，而我每晚必泡上一壶茶，吃了才舒服。记得刚到无锡工作时，家还没搬来，我大部分的晚上时间是在办公室度过的。看书，阅卷，写论文，有阳羡茶相伴，就有精神，就不寂寞。

我喜爱阳羡茶，也喜欢分享阳羡茶。家乡有亲朋好友带阳羡茶来，我都乐于分享，送老乡，给同事，均好友。去外地会朋友，我也会捎上阳羡茶作礼物。有空的时候，我会邀请好友吃茶，品赏阳羡茶的美妙。分享阳羡茶的过程，是快乐的过程，快乐之中还宣传了阳羡茶。

离开家乡在外地工作，总会有不适应、不习惯的地方，会有在家乡工作遇不到的困难。这样的时候，思乡之情难免泛起。故人云，何以解忧，唯有杜康。而我呢，解忧之物是那鲜醇的阳羡茶。烦恼来了，先泡上壶阳羡茶，静下心来细思量。两壶浓饮之后，清心清脑，豁然开朗。想明白了，烦恼就没了。解决问题的思路清了，困难就不怕了。阳羡茶，真乃神助也。一首小诗，表达我对乡愁与茶的情怀：

> 我有一壶茶，足以走天涯；茶禅天地宽，壶小乾坤大。我有一壶茶，足以解乡馋；茶自阳羡来，壶出丁蜀山。我有一壶茶，足以乐年华；茶香伴书韵，文思妙生花。我有一壶茶，足以抚尘沙；世间常烦恼，缘来多问茶。

作者简介：

蒋宪平，江苏宜兴人。下过乡，当过兵，做过工，长期在执纪执法部门工作。系中国法学会会员，中国犯罪学研究会常务理事，无锡市作协会员。现为无锡市政协联谊会副会长。

阳羡茶西游天竺

蒋海珠

宜兴古称阳羡,以汤清、芳香、味醇著称的阳羡茶在中国茶史上地位非常重要。其历史可追溯到汉代,至唐代成为贡品,北宋时期阳羡茶达到鼎盛,在明清时期,阳羡茶更是名扬四海,对中国茶文化产生了深远的影响。今年原农业部的一位朋友来宜兴,我送他一盒"阳羡雪芽"茶和一册《阳羡茶》杂志,上面有我的一篇茶文。他边翻阅边自语道:"阳羡茶、阳羡茶",好像他想起了什么,提示我读一读《西游记》第八十八回,里面有阳羡茶。"你们宜兴的阳羡茶名气可不小啊,一千多年前就出口印度啦!"

我回家马上翻开《西游记》找到八十八回,真有描述"献几番阳羡仙茶",还称赞阳羡茶"香欺丹桂",评价极高,我深感惊奇。名著《西游记》是明代作者吴承恩在《大唐西域记》《大唐慈恩寺三藏法师传》两部写实作品基础上经过整理、构思最终写定的。吴承恩居然把宜兴的阳羡茶写进了他的神话故事里,如此看来,阳羡茶的名头可谓不小。我仔细阅读了书中那段描述,背景是唐僧师徒四人西天取经,来到天竺国(印度)下郡玉华县,拜见玉华王。悟空、八戒、沙僧答应收他三个小王子为徒,教授武艺,玉华王大喜,随命大排筵宴,而且仪式相当隆重,筵品极为丰盛。"但见那,结彩飘飘,香烟馥郁,戗金桌子挂绞绡，愧人眼目；彩漆椅儿铺锦绣，添座风光，树果新鲜，茶汤香喷，三五道闲食清甜，一两餐馒头丰洁，蒸酥蜜煎更奇哉，油札糖浇真美矣，有几瓶香糯素酒，斟出来，赛过琼浆；献几番阳羡仙茶，捧到手，香欺丹桂。般般品品皆齐备，色色行行尽出奇，一壁厢叫承应的歌舞吹弹，撮弄演戏。"不难看出玉华王摆到盛宴中所有般般品品皆是品名，没有品牌，唯有香茶冠以品牌"阳羡仙茶"，而且特别描写是"香欺丹桂"，品质上乘，清甜幽香，其香气胜过丹桂花香。这绝不是作者偶想奇出，凭空虚构，一定有其生活体验为基础或《大唐西域记》中有实录。阳羡茶在唐代被钦定为贡茶，无论是故事里的大唐盛世还是《西游记》成书时的明代，宜兴阳羡茶都已经名满天下了。

惊奇之余，不免又为之疑惑，即使阳羡茶在天竺国本为仙茶是真实的，但从宜兴到印度万里之遥古时交通极为不方便，阳羡茶又是如何抵达天竺玉华

阳羡茶园风光

的呢？查阅资料方知，唐僧（玄奘）到西天取经的年代正是贞观三年（629），是唐代"贞观之治"的盛世，也正是大批遣唐使盛行的时期，必然给丝绸之路带来空前繁荣，丝绸之路上驼铃叮当，商旅不绝，大唐的大宗商品出口日益增长，茶叶贸易也随之兴盛，随后数百年通过丝绸之路和海上丝绸之路进入国际贸易市场，销往西域是自然的了。其实阳羡茶在成为贡茶之前已经在长安西市出现，此后年复一年，产量、销量逐年增加，成为丝路商人最青睐的商品之一，以后便大量出现在中亚、西亚和印度次大陆以及地中海国家。

天竺是佛国，也是产茶国，追溯到汉明帝时，天竺国高僧摩腾竺法兰来到中国南诏（云南大理），带来了佛教文化和茶文化，在大理建造"荡山寺"，广种茶叶树；唐代贤者李成眉又重建荡山寺并易名"感通寺"，茶名为"感通茶"（普洱）。此时的感通茶已是云南茶文化的见证，在空山修竹、暮鼓晨钟的梵音中静心品饮，有感而通，体味茶文化的博大。

佛教文化的交流带动了茶文化的交流，大理成为中国内地与天竺之间的纽带，以大理为起始点，西南的茶马古道应运而生，兴于唐宋，盛于明清，通过古道将中国内地的茶叶，丝绸从云南运往世界各地，于是北方的丝绸之路，海上丝绸之路与西南滇藏的茶马古道相得益彰，开启了民族与经贸大融合。直到明代感通寺住持无极入南京朝觐朱元璋，授其"大理府僧纲司都纲总管大理佛教寺僧"，为感皇恩，感通寺大面积扩种茶树，每年采摘新茶上贡，由此推动了南京，大理与天竺的文化，贸易更加繁荣，茶马古道更为兴盛，阳羡茶、感通茶、印度茶同在茶马古道上互市，这就不难理解阳羡茶摆上玉华王的筵宴了。

大理人把感通茶与阳羡茶相提并论，明代进士李元阳，大理白族人，在修纂的《大理府志》把阳羡茶作为茶的品质标准对照，说"感通茶性味不减阳羡"。可见阳羡茶在大理的地位之高，自然天竺国通过茶马古道进口的阳羡茶称为"仙茶"就理所当然的了。古道、峡谷、高山、云雾，还有瘦马，茶路漫漫数百年，茶马商人穿行于滇藏与天竺之间。如今虽不见马帮跋涉的身影，然阳羡茶历久弥新，它的茶韵依然在古道飘香。

《西游记》作者吴承恩曾在浙江省长兴县任过一年多的县丞，长兴与宜兴接境，唐贡茶中包含宜兴阳羡茶和长兴顾渚茶，想必吴承恩一定知道。可明代全国已有诸多品牌茶相继闻世，如苏州碧螺春、杭州龙井茶、福建武夷茶、安徽祁门红茶、云南普洱茶；吴承恩唯独只赞阳羡茶，说明阳羡茶独占品牌头魁，或许天竺国王室独爱阳羡茶，至少在吴承恩心中阳羡茶在众多品牌茶中唯此最佳。世间万事皆有因，否则吴承恩不会将阳羡茶捧为仙茶，还赞其香欺丹桂。

阳羡茶香氤氲了一千两百多年，从书里书外，线上线下，唐宋明清，华夏天竺，阳羡茶西游了一遍，足以见证古代宜兴阳羡茶的名茶地位享誉天下。吴承恩冠以阳羡仙茶名实相当，压过群芳，任何品牌茶都无法挤走阳羡茶的历史地位。不妨可以借助《西游记》里的神通广大，拍一部《阳羡茶西游大话》的故事片，虚实相济，推向云端，飘香一带一路。

作者简介：

蒋海珠，笔名海之。1947 年生于宜兴，江苏省作家协会会员。有长期军旅生活和工厂、乡镇与机关工作经历。曾任宜城镇镇长、市旅游园林局局长等职。写作逾一百七十万字，主要著作有长篇小说《榜眼》《运河女》《涌潮》《秋声赋》。作品曾获无锡市"五个一"工程奖、太湖文学奖等。

老屋听雨喝阳羡茶

楼耀福

我沿河由西往东。这条练祁河，因"流水澄清如练"而得名。有雨滴打在身上，惆怅彷徨之际，我忽见一屋，门楣有"敬茶坊"招牌。

跨过门槛，小小的庭院古朴幽雅，青石铺地，雕花门窗，一切似曾相识。厅堂内老家具的摆设也是我所喜欢，茶桌琴几，香烟飘袅，水池倒影，盆栽草木摇曳生姿。一把禅椅，上方挂书家王伟平的蝇头小楷《心经》，更为这里平添几分禅意。隐隐约约中有柔婉音乐轻漾，那是昆曲《牡丹亭》。

店主小陈把我引进里屋雅室。一位姑娘端来一杯阳羡雪芽。阳羡雪芽，茶名源自苏东坡诗句"雪芽我为求阳羡"。唐肃宗年间，每逢茶汛，朝廷特派茶吏在宜兴设"贡茶院"，专司监制、鉴定。采下嫩茶，经焙炒，即快马日夜兼程上贡京城。陆羽称阳羡茶"芬芳冠世"，卢仝也有"天子须尝阳羡茶，百草不敢先开花"的咏茶名句。"天下茶品，阳羡为最"，这茶我自然喜欢。

上茶的女子二十来岁，眉目清秀，终日在茶烟琴韵熏育下文静无俗气，身着大襟薄衫，盘纽，青灰色的面料有点飘逸，靠袖口镶一段玄色，很有点古时女子气息。细雨绵绵的氛围中，阳羡雪芽袅袅中轻漾着清香，杯中汤色清亮，翠芽缓缓展开，飘浮着又慢慢沉入杯底。明代周高起在《洞山茶系》中描绘阳

茶趣

羡茶："入汤色柔白如玉露，味甘，芳香藏味中，空蒙深永，啜之愈出，致在有无之外。"我细品慢啜，觉周高起所言丝毫不过。

天色渐暗，稍顷，雨大了，雨点打着老屋，淅淅沥沥。闻香、品茗、听雨，别有情趣。"一庭春雨瓢儿菜""水风空落眼前花，摇曳碧云斜""青箬笠，绿蓑衣，斜风细雨不须归""雨打江南树，一夜花开无数""愁兼杨柳一丝丝，客舍江南暮雨时"……历代诗人笔下的江南雨给人太多的回忆和想象。

我有点坐不住，走到门前，雨水沿门檐往下淌，如注。屋外练祁河水面溅起水花，河对面老屋顶上雨雾在风中犹如白烟卷过，唯门前绿树在雨水洗濯中越发洁净。我有点激动，想把此情此景告诉更多朋友。我用相机拍摄了这一刻，并写了条微博，文字很简单："下雨了，坐在古色古香的茶室，听老屋外的雨声。"

网络真奇妙，极普通的一张图片一句话，即刻勾起许多人的情愫。有人回应说想起他家"依河而建的老房，风水好，有燕子常年做窝"，湖北一作家感慨："唉，老屋里，藏着多少年少的记忆。我家的老屋，如今空无一人了……"新加坡有位华侨，更是倾诉思乡之情，他说他家乡在浙江缙云一个叫梅溪的很淳朴的小村庄，儿时在那里度过，老屋有院子，抬头能看到屋檐四角和天空。他说："几十年了，真想回去坐坐。"又说，"一生何求？是采取行动的时候了，要不然那老屋可能都不在了。"我鼓励他：回家看看吧。他说："对啊，回去坐老屋院子里，听雨看雨。"

有人说：坐江南老屋，无雨便成遗憾。在老屋听雨看雨确实美，如果有一壶好茶相伴，就更圆满。

作者简介：

楼耀福，上海作家协会会员。小说曾被《中国文学》英文版、法文版向世界各国推介，并多次荣获《文汇报》等报刊优秀作品奖。主要从事文化策划、编辑工作。

后记

茶,是传承中国文化的重要载体,是中国优秀传统文化的传世珍品,是中国对人类文明的巨大贡献。说到茶,不可不提宜兴。

宜兴古称"阳羡",四季分明,气候温润,土壤肥沃,是天下茶人的灵秀福地。在漫长的岁月变迁中,演绎并积淀出了丰厚独特的茶历史和茶文化。宜兴茶文化与陶文化交相辉映,一把紫砂壶,盛满七千年陶都的风雨变迁;一壶阳羡茶,滋养出人文山水宜兴的百般柔情。

宜兴是中国贡茶的发源地,也是江南茶文化的发祥地,宜兴的阳羡茶有着比紫砂壶更为久远的历史积淀。秀美灵动天禀异赋的阳羡山水,赋予了阳羡茶香气清雅、滋味鲜醇的特质,也赢得了"中国名茶之乡"和"全国茶业百强县"的称号。一片叶子,成就了一个产业,富裕了一方百姓。阳羡茶既是宜兴独特的自然禀赋,也是宜兴人勇立时代潮流的文化自信。阳羡茶已经渗透到宜兴人的血液和骨子里,成为了日常生活中的必需品。阳羡茶,在中国陶都、陶醉世界的历史进程中,将国人以茶为媒的生活礼仪、以茶修身的生活方式和"茶和天下"的茶文化精神表现得淋漓尽致。

古阳羡辉煌而悠久的茶史,让历代茶人与文人墨客代不绝咏。茶圣陆羽称赞阳羡茶"芳香冠世,可供上方",奠定了阳羡茶的贡茶地位;茶仙卢仝"天子须尝阳羡茶,百草不敢先开花"的诗句,使阳羡茶的品质和美名广为传颂;大文豪苏东坡独喜阳羡雪芽茶，留下了"雪芽我为求阳羡，乳水君应饷惠泉"的咏茶名句，而苏东坡所说的"茶美、水美、壶美，唯阳羡三者兼备"的江南饮茶三绝，更使阳羡茶在中华泱泱茶文化中独领风骚。古代，阳羡茶是贡品，既为皇宫专属，也是贵族和文人墨客们的尊享；今天，阳羡茶早已进入了国内外寻常百姓之家。宜兴人以茶为媒，联通世界，传播宜兴地域文化，促进宜兴经济社会和谐发展。

以茶文化引领茶产业发展，以茶产业促进茶文化繁荣，是宜兴市茶文化促进会的宗旨，也是茶文化促进会成立以来孜孜不懈的追求。为深入挖掘宜兴茶文化历史，进一步提升阳羡茶的文化内涵，让茶文化与其他各类文化相融相济，永葆阳羡茶的生命与活力，开创宜兴茶文化新篇章，宜兴市茶文化促进会历时三年精心选编了《阳羡茶记》散文集。本书作品大部分均在《阳羡茶》杂志刊发过，部分优秀作品则从不同渠道约稿而来。本书选稿以质量为重，以现当代名家稿为主，兼顾地方作家和茶文化专家的优秀茶散文，未涉及宜兴茶文化内容的文章不予选用。全书内容以文学的手法，从不同角度全面反映了宜兴茶文化的源远流长和深厚内涵，在宜兴出版的文化体例书籍中，可谓独树一帜。本书不仅仅是宜兴在中国茶界打造茶文化制高点的需要，也是宜兴广大茶业从业者与茶文化爱好者不可多得的一本茶文化学习用书，更是市民和中外游客了解宜兴茶文化茶生活的一个有效平台和快速窗口。

本书作品排序以作者姓氏笔画为准，全书共收录五十九篇锦绣散文，其中不仅有叶辛、赵丽宏、李国文、海笑、范小青、叶兆言等一批享誉海内外我国著名作家为阳羡茶撰写的精品散文，也有尹汉胤、储福金、范培松、黑陶、盛慧、张焕南等一批宜兴籍著名作家与在外乡贤抒写的阳羡茶优秀作品，中国工程院院士、中国茶学学科带头、中国茶叶学会名誉理事长人陈宗懋，中国茶叶学会原监事长、江苏省茶叶学会名誉理事长张定等我国茶专家写的阳羡茶主题散文也收录本书，他们的生花妙笔使本书文星璀璨，光耀万丈。此外，省文联主席章剑华不仅为本书提供了散文，还为本书题写了书名，为本书增色不少。由于众多著名作家和各界名家的参与，本书既接地气又高品位，达到了我国茶文化精品书籍的高度，这样的定位是恰如其分的，同时也是宜兴茶文化能绵延繁荣的根本保证所在。

《阳羡茶记》是一本有温度的书，一本有情怀的书，一本和宜兴深厚茶文化以及宜兴历史文化名城相匹配的书。本书编辑过程中，得到了社会各界的大力支持和帮助。原宜兴市委常委、常务副市长、市茶文化促进会原会长杨亚君，原宜兴市委常委、副市长、市茶文化促进会原副会长兼秘书长王敖盘，原宜兴市政协副主席、市茶文化促进会原副会长钱胜华亲自策划了本书的编辑出版，他们不仅几次组织并参加本书的编辑座谈会，为本书确定了"纯粹、雅致、精品"的基调，还亲自参与了本书内容选定、作者约稿等，使本书编辑工作得以顺利推进。无锡市文联副主席、无锡市作家协会主席曹建平，宜兴市农业农村局局长万年青，宜兴市文联主席夏侯岭对本书出版也非常关心，多次询问出版进展并提出相关意见。在此，我们表示衷心的感谢。

为保证入选文章内容的准确性和图片的质量，编辑组人员进行了认真仔细的探求核实和甄别，力求少出差错和不出差错。此外，无锡茶研所、乾红茶业、阳羡贡茶院、兰山茶场等茶企，徐星审、陈成、高伟、鲍永刚、万正初、曹俊、曹婧雯、潘宝乐、李丽华、童瑜清、井芬、葛冰心、果鹏雷等向我们提供了精美的图片，使得本书能做到图文并茂，赏心悦目。对此，我们一并致以谢意！

茶是生活，因你而醉。宜兴是长寿之乡，也是最具幸福感的宜居生活城市，一把紫砂壶的温暖，一杯阳羡茶的芳香，一壶宜兴红的甘甜，呈现的是宜兴"陶式生活"的雅致、魅力与精彩。让我们在生活中畅饮阳羡茶的美妙和甘甜，舒缓身心，享受生活，在"茶和天下"的茶文化精神里，以《阳羡茶记》的一份文化力量，助推阳羡茶香飘万里，名扬四海。

由于宜兴茶文化博大精深，本书在编辑过程中，会存在内容考虑不周和其他疏漏之处，敬请读者不吝批评指正。

范双喜

2023 年 12 月 18 日